Hillarya: Die zweite Insel hält einige Überraschungen bereit: Nur wenige Menschen die Inselidylle bewohnen, doch ist kein ruhiges und gesittetes Zusammenleben garantiert. Im Gegenteil: Der Verzicht auf Technik, die viele Freizeit in paradiesischer Umgebung und die Ungezwungenheit verleiten zu manch unüberlegter Handlung. Das müssen auch Irma und Robin Newton am eigenen Leib erfahren. Eigentlich wollte sich Robin von seinem stressigen Job in einer renommierten Anwaltskanzlei erholen, doch die erhoffte Ruhe währt nicht lange.

Autorin

Bina Botta, geboren 1977, lebt mit ihrer Familie am Zürichsee. Als ausgebildete Geomatikerin ist die Faszination für Gebäude ein fester Bestandteil ihres Lebens. Die Freude an Büchern begleitet sie schon seit ihrer Kindheit. Mit viel Fantasie hat sie die Inselwelten erschaffen: *Harmonya* ist ihr Erstlingswerk. Das Wesentliche zu erkennen, sich in der Gemeinschaft auszutauschen und den Fortschritt kritisch zu beobachten, war der Anfang ihrer Inselgeschichten. Die Begeisterung, Gedanken in Worte zu fassen und weiterzugeben, das ist ihr Antrieb.

Hillarya ist ihr zweiter Roman, eine Fortsetzung folgt.

erotisch – fesselnd - unerwartet

BINA BOTTA

Hillarya

Roman

Bibliografische Information der Deutschen Nationalbibliothek:
Die Deutsche Nationalbibliothek verzeichnet diese Publikation in der Deutschen Nationalbibliografie; detaillierte bibliografische Daten sind im Internet über http://dnb.dnb.de abrufbar.

© 2024 Bina Botta

Umschlaggestaltung: Bina Botta

www.binabotta.com

Herstellung und Verlag: BoD – Books on Demand, Norderstedt
ISBN: 978-3-7583-1270-0

1. NEUE WELT

Das Meer warf kleine Wellen an den Strand und Max ging zufrieden auf das Boot zu. Sein braun gebranntes Gesicht verlieh ihm etwas Verwegenes, seine schlaksige Statur ließ nicht erahnen, wie kräftig er dennoch war. Sein braunes Haar stand wild vom Kopf ab, den Hut hielt er fest in der Hand.

Er genoss die Ruhe und dachte an sein lautes Zuhause. Kurz blitzte ein schlechtes Gewissen auf, weil er seine Frau Bethy mit den Zwillingen allein gelassen hatte.

Doch dann dachte er daran, dass er mit einem üppigen Fang wohl mehr für die Gemeinschaft tat, als wenn er zu Hause den Babysitter gab.

Und Bethy war ja nicht allein. Lillibeth war bestimmt froh, ihr helfen zu können.

Er fuhr sich mit der Hand durch die zerzausten Haare und blinzelte in die Sonne. Das Wetter war herrlich und er freute sich auf ein paar ruhige Stunden auf dem Meer.

Seit fast zwei Jahren lebten sie nun schon auf der Insel *Harmonya* und er genoss jeden Angelausflug. Meistens unternahm er diese allein. Das passte ihm ganz gut, denn damals auf dem Festland war er als Farmer auch auf sich allein gestellt gewesen.

Er löste das Boot vom Steg und stieg geübt ein. Dann startete er den kleinen Motor und tuckerte gemächlich davon.

Das Leben von damals schien ihm sehr weit weg. Da hatten sie noch keine Kinder gehabt und er hatte sich beinahe zu Tode geschuftet. Und das nicht einmal auf der eigenen Farm. Der Herzinfarkt schien ebenfalls eine Ewigkeit her zu sein und er schob die dunkle Erinnerung beiseite.

Das türkisblaue Wasser kräuselte sich am Bug des Bootes und warf kleine Wellen zur Seite. Der Himmel war wolkenlos und königsblau.

Er lächelte, als er an sein jetziges Leben dachte. Fernab der Zivilisation, ohne Strom, ein einfaches Leben in der Natur. Glücklich streckte er sein Gesicht der Sonne entgegen und atmete tief den herrlichen Duft des Meeres ein.

Es war noch früh am Morgen, aber die Sonnenstrahlen wärmten bereits sein Haar.

Seine schlanke Gestalt ließ vermuten, dass er viel für sein Aussehen tat. Doch er hatte das Glück, gute Gene zu haben, denn er hasste jede sportliche Betätigung. Seine Grundfitness erlangte er allein durch die Bewegung im Alltag.

Außerdem aß er viel Fisch und Gemüse. Mit Junkfood konnte Max nichts anfangen. Alles, was in viel Öl gebraten wurde, ekelte ihn an. Sein Herz hüpfte vor Freude, wenn er einen frisch gefangenen Fisch mit Kräutern und Salz würzte und über dem Feuer garte.

Jede Woche fuhr er aufs Meer hinaus und wurde von Mal zu Mal geschickter.

Letzte Woche hatte er mit Robert ein paar Dutzend Fechterschnecken gefangen, und heute wollte er einen reichen Fang für das Dorf nach Hause bringen.

Er lebte in Alpha, der ersten auf *Harmonya* gegründeten Gemeinschaft.

Dieses besondere Inselprojekt verblüffte Max noch immer. Im Großen und Ganzen gelang ihnen das Leben in der Wildnis ganz gut. Na gut, es war keine richtige Wildnis. Sie hatten eine einfache, aber doch zweckmäßige Infrastruktur.

Jede Familie bewohnte ein Tiny House. Fünf dieser Minihäuser waren mit einem Gemeinschaftsraum verbunden. So hatte jedes Paar oder jede Familie einen kleinen privaten Bereich und lebten doch eng in einer Gemeinschaft.

Seit die Zwillinge auf der Welt waren, schätzten sie diesen Aspekt besonders. Es war immer jemand da, der die kleinen Schreihälse beruhigen konnte oder die nötige Energie für einen Spaziergang aufbrachte.

Dass es keinen Strom gab, störte nach zwei Jahren niemanden mehr. Man gewöhnt sich erstaunlich schnell an neue Gegebenheiten, dachte Max und steuerte das Boot weiter hinaus.

Der Mensch scheint sehr anpassungsfähig zu sein, auch wenn er auf Luxus und Komfort verzichtet. Und die, die es nicht geschafft hatten, in dieser Einfachheit ihr Glück zu finden, waren nach einem Jahr zurück aufs Festland gekehrt.

Max fand es einfach genial auf *Harmonya*. Er vermisste nichts und niemanden. Sein Leben hier empfand er als großes Geschenk und er war dankbar, dass seine Frau das ebenso sah.

Das Boot glitt über die kleinen Wellen und er wusste genau, wo heute der richtige Angelplatz dafür war.

Er dachte an Bethy und die Zwillinge und ein Lächeln huschte über sein Gesicht.

Dass er endlich eine Familie hatte, erfüllte ihn mit Stolz. Lange hatten sie sich in Geduld üben müssen, aber jetzt hielten Finn und Lynn sie ganz schön auf Trab.

Mit ihren zehn Monaten krabbelten sie überall auf dem Boden herum und erkundeten mit großen Augen die Inselwelt. In ein paar Jahren würde er die Kinder mit zum Angeln nehmen, das würde ein Spaß werden, dachte er zufrieden.

Dass Bethy schon nach kurzer Zeit wieder in Erwartung war, hatte ihn fast umgehauen. Er hatte nicht geglaubt, dass sie mit ihren achtunddreißig Jahren so schnell nochmals schwanger werden könnte.

Jahrelang hatten sie auf Nachwuchs gehofft, und nun mussten sie aufpassen, dass sie nicht in ein paar Jahren eine Baseballmannschaft hatten.

Doch nun war es so und schon bald würde er dreifacher Vater sein. Was für ein Glück, dachte er und stellte den Motor ab.

Er setzte den Anker, schob die Gedanken an seine Familie beiseite und nahm die Netze in die Hand. Mit Schwung warf er sie gekonnt aus und sah zu, wie sie sanft im Meer versanken. Dann streckte er die Beine aus und schloss die Augen.

Das Boot schaukelte gemächlich hin und her und Max atmete tief durch. Er freute sich auf ein paar ruhige Stunden auf See, und dann –

Ein leises Brummen ließ ihn aufschrecken. Irritiert blickte er in den klaren Himmel.

Ein mittlerweile ohrenbetäubender Lärm kam auf ihn zu. Das muss ein Hubschrauber sein, dachte er und schaute sich um. Wenig später ratterte tatsächlich der erste metallene Vogel auf die Nachbarinsel zu.

Insgesamt waren es fünf Hubschrauber, an jedem hing ein riesiger Container. Gebannt schaute Max zu, wie sie langsam über der Insel kreisten. Der Lärm war nun kaum noch auszuhalten.

„Jetzt geht's los", flüsterte er und zog langsam seine Netze wieder ein. Es hatte keinen Sinn, bei dem Lärm auf einen Fang zu warten.

Kurz spürte er Ärger in sich aufsteigen, denn ihm wurde klar, dass dieser perfekte Angelplatz wohl nicht mehr lange ‚sein' Platz sein würde. So nah an der zweiten Insel würde er bestimmt bald Gesellschaft von den neuen Insulanern bekommen.

Er zog den Anker ein und fuhr zurück nach *Harmonya*. Er dachte an Tom und schüttelte lächelnd den Kopf. Dieser Tausendsassa konnte seinen Ruhestand einfach nicht genießen. Immer musste er ein Projekt aushecken, und nun schien die Bebauung der zweiten Insel in vollem Gange zu sein.

Doch genau diesem Mann hatte er es zu verdanken, dass er und Bethy ein glückliches Leben auf einer wunderschönen Insel führen konnten.

Anthony winkte energisch und hielt mit einer Hand seinen Helm fest. Als könnte ihn diese kleine Kopfbedeckung aus Plastik vor einem schnellen Tod bewahren, dachte Tom, der ein paar Meter neben ihm stand und das Geschehene aufmerksam verfolgte.

Er liebte diese Aufregung, die seinen ganzen Körper zu durchfluten schien.

Eigentlich hatte er sich vor zwei Jahren auf der Nachbarinsel *Harmonya* zur Ruhe setzen wollen.

Lange hatte er es allerdings nicht ausgehalten. Er brauchte den Kick, etwas Neues zu erschaffen.

Schon damals auf dem Festland, als er in der Immobilienbranche ein stattliches Vermögen angehäuft hatte, musste er immer Neues anzetteln.

Sein schwarzes Haar lugte seitlich unter dem Helm hervor, und man konnte nur ein paar weiße Strähnen erkennen.

Da er immer in Bewegung war, wurde er oft auf fünfzig geschätzt, obwohl er schon einundsechzig war. Er wirkte fit und strahlte eine Fröhlichkeit aus, die jeden in seinen Bann zog. Seine braunen Augen blickten wie die eines Teddybären zufrieden in die Welt.

Breitbeinig und groß gewachsen stand er da und blickte zufrieden auf die Baustelle hinunter. Die Palmwedel wehten hin und her und die Bauarbeiter zogen kräftig an den Seilen. Die Betonfundamente waren trocken und warteten auf ihre Bestimmung.

Anthony lief wild gestikulierend hin und her und schrie den Arbeitern Anweisungen zu.

Dann senkte sich langsam der erste Hubschrauber und mit vereinten Kräften zogen und zerrten sie das erste Tiny House an seinen Platz.

Nach zwei Stunden stand das erste ‚Kleeblatt', vierblättrig, wohlverstanden.

Anthony strahlte und wischte sich den Schweiß von der Stirn. Seine grünen Augen leuchteten vor Freude und er nahm seinen Helm ab.

Sein kurzes braunes Haar war plattgedrückt und ein wenig verschwitzt. Seine schmale, gerade Nase verlieh ihm ein aristokratisches Aussehen.

„Das könnte funktionieren", sagte Tom zufrieden und nahm auch seinen Helm ab. In seinen Ohren rauschte es immer noch und er war froh, dass die Hubschrauber wieder auf dem Weg zum Festland waren.

Augenblicklich kehrte Ruhe ein und die Palmen standen wieder still vor ihnen.

Von oben betrachtet sahen die vier Tiny Houses fast wie ein Kreuz aus: In der Mitte befand sich der quadratische Gemeinschaftsraum und im rechten Winkel ragte jeweils ein Minihaus davon weg.

Anthony faltete den Plan auseinander und schien in Gedanken versunken zu sein. Tom wusste, dass er mit seinem Werk nicht ganz zufrieden war. Aber manchmal musste man sich wohl oder übel mit einer schwierigen Situation arrangieren. Und hier hatten sie einfach keine andere Wahl gehabt.

Auf *Harmonya* war der Platz für die Bebauungen einfacher und viel großzügiger gewesen. Dort hatten sie fünf statt vier Tiny Houses pro Wohngruppe bauen können. Und das Herzstück, der Gemeinschaftsraum, erstrahlte dort kreisrund. Was Anthony für sein Meisterwerk hielt.

Hier waren die Verhältnisse viel beengter und schwieriger. Überhaupt war *Hillarya* nicht mit *Harmonya* zu vergleichen. Diese Insel war viel kleiner und üppiger bewachsen. Doch dadurch würde auch die Bevölkerung viel bescheidener ausfallen.

Anthony seufzte und deutete auf den quadratischen Gemeinschaftsraum.

„Glaubst du, dass diese kleine Küche und die wenigen Sitzgelegenheiten ausreichen werden?"

„Bestimmt! Hier werden ja nur acht Leute wohnen. Und sieh dir die vier großzügigen Verandas an! Anthony, hier spielt sich das Leben hauptsächlich draußen ab, schon vergessen? Und du hast an jedem Eingang genügend Fensterflächen hinzugefügt. Vier Meter Sonnenschein pro Seite sollten ausreichen, um den Raum hell und freundlich wirken zu lassen."

Anthony nickte und strich sich über den Dreitagebart. Seine Wangen wirkten etwas eingefallen, obwohl er schier ununterbrochen aß.

„Stimmt, drinnen werden wohl die Betten am meisten beansprucht werden", sagte Anthony grinsend.

Tom schnappte nach Luft und lachte.

„Zum Glück ist alles wie am Schnürchen gelaufen. Morgen kann ich einziehen", sagte Anthony und ging an seinem Boss vorbei.

„Schade, dass du nicht verheiratet bist, … oder möchtest du mir etwas sagen?", erkundigte sich Tom und sah seinen Architekten interessiert an.

„Schon gut, ich hab's verstanden", Anthony winkte ab und setzte sich auf den nächsten Hocker. Er nahm eine Tüte hervor und biss genüsslich in ein Brötchen.

„Wenn du nur essen kannst", sagte Tom lachend.

„Arbeiten macht hungrig", verteidigte sich Anthony und nahm einen weiteren Bissen.

„Hast du Yvonne gesehen?"

Tom blickte sich verwundert um. „Sie wollte doch auch dabei sein, und ich habe sie heute noch nicht auf der Baustelle gesehen."

Anthony schüttelte den Kopf.

„Nein, sie wollte noch mit Tina die Bewerbungen der Inselbewohner durchsehen." Er strahlte und lächelte Tom zufrieden an.

„Immer noch schwer verliebt, wie ich sehe?"

„Kann man so sagen. Wie am ersten Tag", antwortete Anthony und hielt ihm die Tüte mit den Brötchen hin. Tom schüttelte den Kopf und blickte wieder auf die Baustelle hinab. Die Arbeiter zogen die letzten Schrauben fest und der Staub legte sich allmählich.

„Komm, lass uns gehen. Es gibt noch viel, viel, viel zu tun! Wir wollen doch, dass *Hillarya* bald bezugsbereit ist", sagte Tom und zog Anthony auf die Beine.

Etwas widerwillig legte er die Tüte auf den Tisch und folgte seinem Boss zu den Häusern.

In der Mitte befand sich nun der noch leere Gemeinschaftsraum. Dann ragte auf jeder Seite ein Rechteck weg. Tom hatte die Form an ein vierblättriges Kleeblatt erinnert, weshalb er immer von seinen Glückshäusern sprach.

Pro ‚Kleeblatt' gab es für vier Paare ein neues Zuhause. Noch wirkten die Gebäude etwas fremd in dieser grünen Oase. Aber das würde sich bald ändern, wenn Yvonne die Gemüsegärten angelegt hatte. Dann würde es wild um die akkuraten Häuser wuchern und sich alles perfekt in die Landschaft einfügen.

„Sind unsere Männer noch auf der Baustelle?", fragte eine blonde Frau, die an eine Elfe erinnerte. Mit ihrer zierlichen Statur und den langen, gewellten Haaren hatte sie tatsächlich etwas Märchenhaftes an sich. Yvonne blickte von ihren Unterlagen auf und lächelte.

„Ich glaube schon. Sie werden bald hier sein. Tony wird am Verhungern sein", antwortete sie lachend und schrieb weiter in ihre Notizen.

Tina trat ins Haus und schloss die Verandatür hinter sich. Der Wind war stärker geworden und sie sah besorgt aus.

„Hoffentlich zieht kein Sturm auf", flüsterte sie mehr zu sich selbst.

„Sie werden bald zurück sein, glaub mir", sagte Yvonne und stand auf. „Ich denke, jetzt sind alle Häuser vergeben", fuhr sie fort und sah Tina zufrieden an.

Diese schien in Gedanken ganz woanders zu sein und blickte angespannt aus dem Fenster.

„Komm schon, keine Zeit zum Trübsal blasen. Ich freue mich schon auf die neuen Bewohner."

Tina lächelte gequält und folgte Yvonne in die Küche.

„Glaubst du wirklich, dass es dieses Mal besser funktioniert?", fragte Tina und öffnete den Kühlschrank. Sie nahm Gemüse aus der untersten Schublade und drehte sich zu Yvonne um. Die sah sie mit hochgezogenen Augenbrauen an und erwartete wohl eine Ergänzung. „Stimmt doch! So viele Turbulenzen wie dort wünsche ich euch hier nicht. Oder hast du es schon vergessen?"

Yvonne flocht sich energisch einen Zopf aus ihren langen, glatten blonden Haaren und beobachtete, wie Tina das Gemüse klein schnitt.

„Möchtest du etwa andeuten, dass *Harmonya* ein Misserfolg ist?", fragte sie, da Tina keine Anstalten machte, ihre Bedenken weiter auszuführen. Yvonne lehnte an der Küchenarbeitsplatte und verschränkte die Arme vor der Brust.

Auf den ersten Blick hätten es Mutter und Tochter sein können. Beide Frauen hatten lange blonde Haare, blaue Augen und waren eher klein und zierlich.

Doch sie waren nicht miteinander verwandt, nur Geschäftspartnerinnen.

„Vor allem, wenn man bedenkt, dass du eigentlich dort wohnst", fügte Yvonne hinzu und begann, Reis zu kochen.

„Ich glaube nur, dass euer Plan, nur verheiratete Paare als Inselbewohner zu akzeptieren, auch nicht das Gelbe vom Ei ist", erwiderte Tina und würzte das Gemüse. „Gut, dass ihr hier Strom habt, dann muss ich heute nicht draußen im Regen kochen", wechselte sie abrupt das Thema und blickte aus dem Fenster, das bereits vom Regen nass war.

„Aber *Harmonya* funktioniert doch tadellos, frag doch mal deine Nachbarn, wenn du das nächste Mal dort bist. Oder bist du nur neidisch, weil es auf *Hillarya* etwas luxuriöser ist?", fragte Yvonne erstaunt und begann den Tisch zu decken.

„Vielleicht hast du Recht", antwortet Tina leise und genoss es, das heutige Essen in einer ‚richtigen' Küche zuzubereiten. Das Kochen über dem Feuer ging ihr langsam, aber sicher auf die Nerven. Andauernd roch alles nach Rauch: Ihre Kleider, ihre Haare und sogar auf ihrer Haut konnte sie den penetranten Geruch noch im Bett riechen.

„Du kannst ja Tony heiraten, dann reserviere ich euch ein Haus", fuhr Yvonne fort und beobachtete die Wirkung ihrer Worte.

Tina schien in Gedanken versunken zu sein.

In diesem Moment öffnete sich die Tür und zwei durchnässte Männer betraten den Raum.

„Gibt es etwas zu essen?", fragte Anthony hoffnungsvoll und schüttelte seine Haare wie ein Hund.

Tom nahm dankbar das Handtuch seiner Frau entgegen und rubbelte sich die Haare trocken.

Es hätte Vater und Sohn sein können, schoss es Yvonne augenblicklich durch den Kopf. Beide großgewachsen und dunkelhaarig. Einzig Toms breites Gesicht passte nicht zu Anthonys feinen Gesichtszügen.

„Die ersten Glückshäuser stehen!", fuhr Tom feierlich fort und setzte sich erwartungsvoll an den Tisch. „In zwei Monaten sollten alle Häuser stehen. Dann können die neuen Bewohner die Insel bevölkern."

„Anthony King", sagte Tina laut und gefasst, alle blickten sie erwartungsvoll an. Seinen vollen Namen benutzte sie nicht oft. Nur, wenn es Ärger gab oder etwas sehr Wichtiges anstand.

Tina räusperte sich und kniete sich vor ihm nieder. „Anthony King, willst du mich heiraten?"

2. VERGANGENES

Das Haus war blitzblank geputzt und Linda sah sich zufrieden um. Sie streckte sich genüsslich und schüttelte dann ihren braunen Lockenkopf.

Ihre sportliche Figur strahlte Aktivität aus. Die spitze Nase verlieh ihrem Gesicht etwas Ernsthaftes. Doch wenn sie lächelte, wurden ihre Gesichtszüge freundlich und ihre rehbraunen Augen funkelten.

Schwungvoll nahm sie das Tuch vom Haken und lief auf die Veranda.

„Bringst du noch einen Stuhl mit raus?", rief sie über die Schulter und blickte auf den See.

Es hatte geregnet und nun lag die Landschaft wie verwaschen vor ihr. Die Bäume ließen ihre Äste hängen und das Gras glitzerte in den ersten Sonnenstrahlen des Morgens. Es war noch etwas frisch und sie überlegte, ob sie eine Strickjacke holen sollte.

Da sie aber noch ein paar Dinge rund ums Haus erledigen wollte, entschied sie sich dagegen und begann, die beiden Stühle und den Tisch abzutrocknen.

Sie erschrak, als wie aus dem Nichts ein Eichhörnchen über die Wiese flitzte und auf den nächsten Baumstamm sprang. Lächelnd beobachtete sie den flinken Nager und hielt einen Moment inne. Tiefe Lachfältchen zeichneten sich um ihre Augen ab.

Bald würde er eintreffen und sie spürte, wie die Aufregung in ihr hochstieg.

„Es kommt nur ein Vertreter Gottes, ... nicht vom Gesundheitsamt", sagte George und stellte den Stuhl neben Linda. Er schnaufte und rieb sich den Rücken.

Mit seiner stattlichen Größe von einem Meter neunzig berührte sein Kopf beinahe das Dach der Veranda. Das Haus war definitiv für kleinere Bewohner gebaut worden. Seine grauen Augen musterten amüsiert seine Frau.

Linda wischte sich den Schweiß von der Stirn und warf ihm einen empörten Blick zu.

„Ich mag es ordentlich, ... besonders wenn endlich mal Besuch kommt."

„Ich mein' ja nur, bei uns ist es auch sonst sehr sauber und aufgeräumt", sagte er und setzte sich auf den soeben mitgebrachten Stuhl.

„Das ist jetzt nicht dein Ernst?" Sie stemmte ihre Fäuste in die Hüften und schaute ärgerlich auf ihren Mann hinunter. „Hopphopp, hast du in deiner Werkstatt nicht noch etwas aufzuräumen?", fügte sie hinzu und zog ihn hoch.

„Da geht er bestimmt nicht rein, das ist mein Reich. Und soweit ich weiß, ist er nicht gerade der König der Handwerker", entgegnete George und schlurfte mit hängenden Schultern davon.

Im nächsten Moment hörten sie, wie sich ein Auto auf dem Kiesweg näherte und liefen eilig ums Haus herum. Ein blauer Kastenwagen fuhr vor und ein glatzköpfiger Mann stieg aus.

Freudestrahlend sah er sich um.

Linda ging mit großen Schritten an George vorbei und landete in einer herzlichen Umarmung.

Lucas umschloss sie mit seinen starken Armen. Linda spürte, dass sein Bauch wohl etwas zugelegt hatte, seit ihrer letzten Umarmung.

Dann lösten sie sich und sahen sich gerührt an. Linda musste sich eine Träne wegwischen.

„Hallo, mein Bruder", mischte sich nun George ein und klopfte dem Besucher freundschaftlich auf die Schulter. Dieser fasste ihn am Arm und zog ihn ebenfalls in eine innige Umarmung. „Soso, du hast wohl etwas zugelegt, seit unserem letzten Treffen", meinte George grinsend.

„Jaja, ich weiß, das Essen auf der Insel ist nicht nur gesund. Zu viel Brot und zu wenig Bewegung, fürchte ich." Seine blauen Augen funkelten und er strich sich verlegen über den ergrauten Bart.

„Den hast du dafür etwas gestutzt, wie ich sehe", warf Linda lachend ein und führte ihren Gast auf die Veranda.

„Schön habt ihr es hier", sagte Lucas und blickte sich neugierig um.

„Und aufgeräumt", ergänzte George und gab Linda einen leichten Klaps auf den Po.

Lucas schritt gemächlich über das nasse Gras zum Steg hinunter und blickte gedankenverloren auf den spiegelglatten See.

Linda folgte ihm und blieb eine Armlänge hinter ihm stehen. Lucas drehte sich um und sah, dass George oben beim Haus geblieben war und sich hingesetzt hatte.

„Ich weiß nichts über ihn und werde dir auch nichts erzählen", flüsterte er zwischen den Zähnen und lief wieder zum Haus hinauf.

Linda schaute beschämt auf den See und dachte über seine Worte nach.

Ihren Fehltritt, wie sie es in Gedanken nannte, konnte sie einfach nicht ungeschehen machen.

Seit über einem Jahr waren sie nun schon hier am Lake Conway, und nun holte sie ihre verruchte Vergangenheit wieder ein.

Die Tatsache, dass Lucas ihre außereheliche Affäre auf *Harmonya* so detailreich miterlebt hatte, legte sich wie ein dunkler Schatten auf ihre fröhliche Stimmung.

Er war es gewesen, der sie wieder auf den rechten Weg gelenkt hatte. Seine Fähigkeiten als Pastor waren dabei sicherlich hilfreich gewesen.

Energisch schüttelte Linda ihre schulterlangen braunen Locken. Sie wollte alles vergessen und es interessierte sie nicht im Geringsten, wo er war und was er tat. Hoffte sie, zumindest.

„Ich denke, wir brauchen ein Gästezimmer", sagte George und sah Linda herausfordernd an. Sie zog die Augenbrauen hoch und fragte: „Für welche Gäste?"

„Na ja, wenn die Kinder öfter kommen, ist es doch nicht ideal, wenn sie im Wohnzimmer auf einer Luftmatratze schlafen, findest du nicht? Oder wenn Lucas mal über Nacht bleiben möchte."

„Die kommen so selten, da ist es egal, wo sie schlafen. Die sind noch jung!"

„Und wenn sie mit einem Partner kommen? Willst du sie dann beim Liebesakt in unserem Wohnzimmer überraschen?", fragte George und kratzte sich am Kinn. „Nein, ich werde etwas organisieren und in einer Woche sollte es bezugsfertig sein", sagte er entschlossen und ging zu seinem Wagen.

Sie schüttelte den Kopf und dachte, er hätte nun den Verstand verloren.

In einer Woche baute man kein Zimmer an, geschweige denn, an ihr verwinkeltes Häuschen.

Sie beobachtete, wie er vom Gelände fuhr und machte sich Sorgen, dass er mit einem Stapel Holz ankommen würde und sie Tag und Nacht daran arbeiten müssten. Vor dem Wintereinbruch hatte sie wahrlich noch viel im Garten zu tun und wollte nicht an irgendeinem Anbau werkeln.

Doch als George am Abend zurückkam, grinste er über das ganze Gesicht, obwohl sein Pick-up nichts geladen hatte.

„Hast du bei James nichts gefunden?", fragte sie misstrauisch und blickte auf die leere Ladefläche.

„Und ob! Das Werk wird morgen geliefert", antwortete er und lief beschwingt ins Haus.

Lautes Hupen ließ Linda aufhorchen und sie erhob sich. Ihre Knie schmerzten vom Herumkriechen im Garten und sie war dankbar für eine Pause.

Im Vorbeigehen streifte sie mit dem Arm den üppigen Rosmarinstrauch und schloss kurz die Augen. Dieser Duft betörte sie noch immer, und sie schüttelte energisch den Kopf, um die verbotene Erinnerung zu vertreiben.

Sie ging hastig um das Haus herum, und blieb mit offenem Mund stehen. George stand bereits vor dem Unterstand und winkte fröhlich dem Besucher zu.

Ein riesiges, hellgrünes Wohnmobil fuhr vor und hielt neben Georges Pick-up.

James stieg lächelnd aus.

„Was sagst du?", richtete er das Wort an Linda und sah sie fragend an.

„Sie weiß es noch nicht", warf George ein und nahm seine Frau in den Arm. „Das ist unser neues Gästezimmer", frohlockte er.

Sie sah ihn erstaunt an und überlegte, ob sie diese Idee für verrückt oder genial hielt. „Und es wird auch noch anderweitig genutzt!", fügte George stolz hinzu und ging auf das Vehikel zu.

Er öffnete die Tür und sagte feierlich: „Darf ich vorstellen: *Frog*, unser Winterdomizil für den wohlverdienten Urlaub."

Linda warf einen Blick hinein und fand das Interieur schon mal außergewöhnlich.

„Und da drinnen werden wir dann erfrieren?", fragte sie und zog sich die Treppe hinauf ins Innere.

„Natürlich nicht, meine Liebe. Wir fahren in einem Monat los und genießen drei Monate die Sonne Floridas!", antwortete er und strahlte sie zufrieden an.

„Und unsere Hühner?"

„Die nimmt Beatrice und überwintert sie! Schon alles organisiert!"

Sie sah sich um und staunte über die luxuriöse Ausstattung.

„Aber warum dieses knallige Grün?", fragte sie und strich sich eine Locke hinters Ohr.

„Das war der einzige Haken an diesem Schnäppchen: Ein Kunde hatte es in dieser sehr auffälligen Farbe bestellt und weil es ihm schlussendlich doch nicht gefiel, bestellte er ein anderes Modell, farblich weniger gewagt", fügte George mit einem Achselzucken hinzu.

Linda sah sich um und fand auch, dass die Farbe Grün sehr domminierte. Dann schritt sie hindurch und sah ein großes Bett, ebenfalls mit grüner Bettwäsche.

„Gut, die können wir austauschen", sagte George eifrig und öffnete die Tür zum Badezimmer.

Hier waren sogar die Armaturen grün und Linda fragte sich, was diese Spezialanfertigung wohl gekostet hatte. Alles schien vom Feinsten zu sein und sie strich mit der Hand über die hochwertige, glatte Oberfläche.

„Mit ein wenig Deko, … in einer anderen Farbe, wird es schon noch schöner", beschwichtigte George und stieg in die Dusche. „Sogar groß genug für mich!" Grinsend tat er so, als würde er sich die Haare schamponieren. Bei seiner beachtlichen Größe war das in der Tat nicht alltäglich, in einem fahrbaren Badezimmer wohlgemerkt.

Sie sah ihn lächelnd an und spürte, wie eine ungeahnte Freude in ihr aufstieg. Jetzt mussten sie nicht den langen Winter hier am See verbringen und tonnenweise Schnee schippen, nein, sie würden am Strand spazieren gehen und die Sonne genießen.

„Das ist eine großartige Idee, vielen, vielen Dank", sagte sie und küsste ihn unter der trockenen Dusche.

Seit Tagen campierte er am Ufer und hoffte, sie endlich zu finden. Sein kleiner dunkelgrüner Van war wie geschaffen für diese Mission. In jeder noch so kleinen Mündung konnte er ihn parken und die gedeckte Farbe verschwand fast vollständig im Dickicht.

Es war ein herrlicher Morgen, der leise den bevorstehenden Winter ankündigte. Der Boden war leicht gefroren und über dem See hingen feine Nebelschwaden.

Ein Spinnennetz, kunstvoll zwischen zwei Ästen gespannt, glitzerte im Morgenlicht und Kim streckte sich genüsslich aus.

Seine dunkelblonden Locken standen ihm vom Kopf ab. Er fuhr sich mit beiden Händen durch die schulterlangen Haare und versuchte, sie zu bändigen.

Dann nahm er einen Pullover vom Sitz und zog ihn sich über. Im Wagen war es angenehm warm gewesen, aber hier draußen fröstelte er. Das Oberteil spannte über seinem durchtrainierten Body.

Er wollte sich gerade einen Kaffee kochen, als er in einiger Entfernung eine Bewegung im Dickicht wahrnahm.

Gespannt spähte er zwischen den Tannen hindurch und stellte fest, dass sich tatsächlich jemand näherte. Die hüpfende Bewegung verriet ihm, dass es sich wahrscheinlich um einen morgendlichen Jogger handeln musste.

Er überlegte kurz, ob er sich in den Van zurückziehen sollte, doch irgendeine unsichtbare Macht schien ihn genau dort haben zu wollen, wo er stand. Er rieb sich das Gesicht und beobachtete gebannt, wie sich die Person näherte.

Das leuchtende Rot verschwand immer mal wieder hinter den Bäumen, und jetzt wurde er etwas nervös.

Was, wenn sie es war? Nach all dem Hoffen könnte seine lange Suche in wenigen Sekunden zu Ende sein.

Er strich mit den verschwitzten Händen über seine Jogginghose und richtete sich auf. Sein Puls beschleunigte sich. Er kniff die grauen Augen leicht zusammen und versuchte zu erkennen, wer sich ihm näherte.

Dann starrte er ungläubig vor sich hin. Braune Locken wippten auf und ab, und plötzlich blieb die Joggerin etwa 20 Meter vor ihm abrupt stehen.

Ihre rehbraunen Augen blickten erschrocken in seine Richtung, und sie ließ erschöpft die Arme sinken.

Er lächelte und breitete seine Arme aus. Sie schüttelte instinktiv den Kopf und stand stocksteif da.

Er gab ihr einen Moment und wartete geduldig. Obwohl sein Herz wild gegen seinen Brustkorb pochte, lehnte er sich lässig an den Van und behielt sie fest im Blick. Er hoffte, dass sie seine Anspannung nicht bemerkte.

Sie schien nachzudenken und wartete noch immer. Dann strich sie sich mit beiden Händen über das Gesicht, vielleicht in der Hoffnung, dass sie damit seine Erscheinung wegwischen konnte?

Doch er stand wie ein Fels in der Brandung und beobachtete sie angespannt.

Plötzlich setzte sie sich in Bewegung und ging mit zaghaften Schritten auf ihn zu.

„Hallo Linda", sagte er freundlich und lächelte sie an.

„Du hier?", fragte sie zögernd und versuchte zu verbergen, dass sie schon seit Wochen wusste, dass er in der Nähe war. Das Buschtelefon funktionierte in diesem Kaff hervorragend.

Sie blieb etwa fünf Meter vor ihm stehen und sah ihn mit großen Augen an. Er lächelte und musterte sie genauer. Sein Lächeln wurde noch breiter und er nickte zufrieden.

„Wow, du siehst klasse aus!", sagte er und sie blickte verlegen auf den weichen Waldboden.

Sie hatte wieder angefangen, sich die Haare zu färben, was ihm anscheinend sofort aufgefallen war, denn er sagte: „Ohne die grauen Strähnchen siehst du gleich zehn Jahre jünger aus."

Verlegen strich sie sich eine Locke hinters Ohr und überlegte fieberhaft, was sie erwidern sollte. „Und deine Fitness scheint auch nicht nachgelassen zu haben", fügte er beeindruckt hinzu. „Sexy, deine durchtrainierten Beine."

Sie blickte auf und fand, dass er noch genauso aussah wie auf der Insel. Seine grauen Augen funkelten sie an, und sie fragte sich, was er wollte.

„Weshalb bist du hier?", platzte sie heraus und spürte, wie ihre Wangen heiß wurden. Warum fühlte sie sich in seiner Gegenwart immer wie ein unsicherer Teenager? Es ärgerte sie und sie erschrak, als er plötzlich einen Schritt auf sie zukam.

„Ich wollte dich sehen, Liebling", sagte er leise und breitete wieder seine Arme aus.

Sie schüttelte heftig ihre braunen Locken und trat einen Schritt von ihm zurück.

Wie gern hätte er seine Hände in ihrer wunderschönen Mähne vergraben, schoss es ihm durch den Kopf. Dann drehte er sich abrupt um und ging um den Van herum.

„Kaffee?", wechselte er das Thema und öffnete die beiden hinteren Türen des Wagens.

Sie beobachtete fasziniert, wie er sich im Inneren des Wagens zu schaffen machte. Dann ging sie ein paar Schritte auf den offenen Bereich zu und sah, wie er in einer improvisierten Küche kleine Schubladen öffnete und wieder schloss.

„Leider keine Bohnen mehr da. Möchtest du einen Tee?", er drehte sich zu ihr um und lächelte verführerisch.

Sie stand jetzt eindeutig zu nah bei ihm, denn sie roch seinen herben Duft und spürte dieses vertraute Ziehen in der Magengegend.

Ihr Verstand rief lautstark, dass sie genau jetzt verschwinden sollte, schnell, so schnell sie nur konnte. Doch ihr Körper blieb wie angewurzelt stehen.

Er sah ihr tief in die Augen und trat einen Schritt näher. Sie wollte weg, weg von ihm, und doch wollte ein kleiner Teil von ihr bleiben.

Sie atmete schwer und versuchte, ein belangloses Gespräch zu beginnen, aber ihr Gehirn schien keine Befehle mehr entgegenzunehmen, geschweige denn auszuführen.

Ihr Mund öffnete sich leicht, in der Hoffnung, dass doch noch etwas Geistreiches herauskommen würde, doch da kam er noch näher.

„Deine braunen Augen verzaubern mich immer noch, mein Liebling", flüsterte er und schon lagen seine weichen Lippen auf ihren.

Sie keuchte auf, wollte ihn wegstoßen, aber ihr Körper schien ein Eigenleben entwickelt zu haben, nicht im Einklang mit ihrem Verstand.

Sie öffnete den Mund, und ihre Zunge berührte verzückt die seine. Etwas Vertrautes umschlang sie und zog sie in einen berauschenden Bann.

Er nahm sie in seine starken Arme und drehte sie geschickt zum Van um. Seine Hände schienen überall zu sein und sie stöhnte wohlig auf. Jede Faser ihres Körpers wollte ihn und sie genoss seine Lippen auf ihrer Haut.

Dann umfasste er ihren Po und hob sie mühelos auf die Küchenzeile des Wagens.

Sie spürte das glatte Holz unter sich und erinnerte sich im Bruchteil einer Sekunde an das erste Mal mit ihm, im Vorratsschuppen auf der Insel. Dort hatte er sie ebenso mühelos auf einen Getreidesack gehoben - sie konnte nicht weiterdenken.

Ihr Herz schlug heftig gegen seins und sie spürte, wie erregt er war. Er presste sie fester gegen das Holz und sie konnte seine Männlichkeit durch die Jogginghose spüren.

„Oh Linda", raunte er in ihr Ohr und sie verfluchte innerlich ihre Sportleggings. Der dünne Stoff schien wie eine Barriere der Vernunft zwischen ihnen zu sein. Ihre Hand glitt in seine Hose und er stöhnte auf.

„Warte", sagte er keuchend und löste sich kurz von ihr. In Windeseile hatte er ihr die Leggings ausgezogen, und stand nun ebenfalls unten ohne vor ihr.

Seine Augen glühten vor Verlangen und sie zog ihn gierig an sich. Ihre Beine waren weit gespreizt und so glitt er mühelos in sie hinein.

Sie klammerte sich an seine Schultern fest und hob ihr Becken an. Alles um sie herum schien unwichtig, er war mit einem Male ihr ganzes Universum.

Er keuchte, hielt mit einer Hand ihren Hintern fest und knetete mit der anderen ihre pralle Brust. Sie stöhnte und spürte die Erlösung heranrollen. Er hielt sie noch fester und füllte sie gierig aus, bis sie laut aufstöhnte und zusammenzuckte.

Nach ein paar Stößen keuchte auch er auf und stand dann laut schnaufend da. Sie küsste ihn und öffnete langsam die Augen.

Der dunkelgrüne Tannenwald irritierte sie im ersten Moment. Sie hatte eher damit gerechnet, unter Palmen zu sein.

Dann schaute sie ihn mit weit aufgerissenen Augen an und ihr dämmerte allmählich, was sie da gerade getan hatten.

Er nahm zärtlich ihren Kopf in seine Hände und sah sie liebevoll an.

„Wie ich das vermisst habe, ... dich!", flüsterte er und zog sich langsam von ihr zurück.

Da saß sie nun mit weit gespreizten Beinen und schämte sich bis auf die Knochen. Schnell sprang sie von der Küchentheke und suchte nach ihren Kleidern.

„Möchtest du jetzt einen Tee?"

Sie blickte ihn verwirrt an und zog sich rasch Höschen und Leggings an. Er stand nun ebenfalls wieder angezogen vor ihr und lächelte sie an.

Sie konnte es nicht fassen, er fand es anscheinend überhaupt nicht verstörend, was hier gerade passiert war.

„Ich ... kann ... nicht", stotterte sie und fuhr sich energisch durchs Haar. Hastig sah sie sich um, ob sie auch niemand beobachtet hatte. Er machte einen Schritt auf sie zu, doch sie wehrte ihn vehement ab.

„Nein, Kim!", sagte sie entschlossen und lief um den Van herum.

„Was ist los? Du wolltest es doch auch, ... mich", sagte er und sah sie verletzt an.

Es brach ihr fast das Herz. Er sah so herzzerreißend aus, dass sie ihm am liebsten um den Hals gefallen wäre. Doch nun schien ihr Verstand endlich wieder zu arbeiten und sie schüttelte traurig den Kopf.

„Es geht nicht. Ich ... ich kann ... nicht", sie blickte niedergeschlagen auf den Boden.

Kleine Pilze reihten sich um einen Baumstamm und sie fragte sich instinktiv, ob diese Sorte essbar sei.

Ihre Gedanken schweiften ab, als wolle sie das Geschehene nicht wahrhaben.

Er räusperte sich und riss sie aus ihren selbstversorgenden Überlegungen.

„Ich dachte, du hast mich auch vermisst. Es fühlte sich gerade eben so an", fuhr er trotzig fort.

Plötzlich wusste sie selbst nicht mehr, wie das gerade passiert war. Ihre Locken flogen hin und her, und sie versuchte, ihre Gedanken zu ordnen. „Hast du mich nicht auch vermisst?", fragte er leise und sah sie erwartungsvoll an.

Sie hob den Blick und wusste nicht, was sie sagen sollte.

Wenn sie im Garten Tomaten erntete, wenn sie Kräuter für die Mahlzeiten pflückte, immer dann sehnte sich jede Faser ihres Körpers nach ihm.

Aber wenn sie mit George lachend am See saß, diskutierte und über die Welt philosophierte, wenn sie abends in seinen Armen lag und seinen vertrauten Duft einatmete, dann vermisste sie Kim nicht.

„Es ist nicht so einfach", antwortete sie und zuckte hilflos mit den Schultern.

„Warum? Liebst du mich oder nicht?" Erschöpft setzte er sich auf den Hocker neben dem Van und beobachtete sie.

War das Liebe, was sie für ihn empfand? Oder nur pure Begierde? Sie überlegte und dachte an die vielen schlaflosen Nächte der letzten Monate.

Oft lag sie nachts wach und dachte über die Vergangenheit nach. George schien ihr Fiasko besser vergessen zu können, oder er tat zumindest so.

Er brachte das Thema Insel nie auf den Plan und fühlte sich anscheinend wohl damit.

In den letzten Monaten, hier in Conway, war er regelrecht aufgeblüht.

Sie dagegen spürte ab und zu ein Ziehen im Magen. War es die Sehnsucht nach der Insel, nach dem herrlichen Klima oder doch das Verlangen nach Kim? Sie redete sich immer wieder ein, dass sie ihn nicht lieben konnte.

Sie hatten zu wenig Gemeinsamkeiten, und dann war da noch der Altersunterschied. Fast zwanzig Jahre, sie könnte seine Mutter sein!

Aber warum empfand sie in seiner Gegenwart eine unbeschreibliche Leichtigkeit, die sie sonst nie verspürte?

Wenn er seine starken Arme um sie schloss, hüpfte ihr Herz und sie fühlte sich so begehrenswert und jung.

„Linda, bist du noch da?", riss er sie aus ihren Gedanken und stand wieder auf.

„Es geht einfach nicht! Ich bin mit George verheiratet und lebe mit ihm hier, … wie du sicher weißt", antwortete sie zaghaft und merkte, dass sie nicht überzeugend klang.

„Na und? Du scheinst aber alles andere als glücklich mit ihm zu sein."

Sie hob die Augenbrauen und sah ihn erstaunt an. „Ich habe dich in der Stadt beobachtet", fügte er hinzu, und sie spürte, wie Wut in ihr aufstieg.

„Was bildest du dir ein!", schrie sie und schüttelte ungläubig den Kopf, „dass du einfach so in mein neues Leben eindringen, herumschnüffeln und alles kaputt machen kannst?"

Er wollte einen Schritt auf sie zu machen, aber sie vergrößerte den Abstand, indem sie ein paar Schritte rückwärtsging.

Er blieb stehen und sah sie eindringlich an. Lässig schob er die Hände in die Hosentaschen und holte tief Luft.

„Wenn du so glücklich und zufrieden bist, warum hast du dann gerade mit mir gevögelt?"

Sie weitete die Augen und funkelte ihn wütend an.

„Ich ... ich", begann sie, aber ihr fiel keine befriedigende Antwort ein.

„Ich spüre doch, dass da noch etwas zwischen uns ist. Wir könnten jetzt gleich in den Van steigen und ein neues Leben beginnen, zusammen, wenn du willst."

Sie überlegte kurz nach und fragte stattdessen: „Woher wusstest du überhaupt, dass ich hier am Conway Lake bin?"

Der abrupte Themenwechsel schien ihn nicht zu irritieren, denn er grinste sie an und sagte nur ein Wort: „Steven."

Sie dachte nach, und ihre Beine wurden schwer.

Er hatte also ihren Sohn kontaktiert und ausspioniert, wo sie jetzt wohnte. Langsam ließ sie sich auf den Boden gleiten und setzte sich.

Die herabgefallenen Tannennadeln hatten einen weichen Untergrund geschaffen, auch wenn ab und zu eine Nadel durch ihre Leggings stach.

„Ich wusste nur, wohin eure Post geht, aber nicht, wo genau ihr wohnt", fügte er hinzu und sah auf sie hinab. „Ich habe es versucht, ... ohne dich. Aber es geht nicht", flüsterte er, als spräche er davon, dass er ohne Auto nicht leben könne. „Ich liebe dich immer noch."

Sie sah ihn an und bereute es im selben Augenblick. Seine Augen leuchteten so voller Sehnsucht, dass sie beinahe schwach wurde.

„Ich kann nicht."

Er räusperte sich und fragte: „Kannst du nicht oder willst du nicht?"

Sie überlegte und ihre Gedanken rasten wieder. Ihr Atem ging schwer und sie wünschte sich ... was?

„Liebst du mich denn gar nicht mehr?"

Sie zuckte mit den Schultern und blickte auf den See.

Da sah sie in der Ferne ein kleines Fischerboot im Nebel auftauchen. Panisch sprang sie auf die Füße.

„Ich will nicht!", antwortete sie hastig und rannte davon, auf demselben Weg zurück, den sie gekommen war.

Er sah ihr erstaunt nach. Dann entdeckte auch er das kleine Boot auf dem See und strich sich enttäuscht übers Gesicht.

Linda lief so schnell sie konnte und schaute nach einer Weile keuchend zurück. Er folgte ihr nicht, und sie war froh, dass sie nun an einigen Häusern vorbeikam.

So konnte er auf die Schnelle nicht herausfinden, in welchem Haus sie wohnte. Bei Joey stieg sogar eine kleine Rauchsäule aus dem Schornstein empor, und Sophie hatte sie auf dem Steg gesehen.

Gut, dachte sie, dass ein paar ihrer Nachbarn da waren. Eilig lief sie weiter. Noch ein paar Meilen und sie hätte es geschafft.

Sie war froh, dass man ihren Weg von der Straße aus nicht sehen konnte und fragte sich immer und immer wieder, wie das hatte passieren können. Sie schüttelte ihre Locken und blickte konzentriert geradeaus.

„Hallo Linda", rief jemand und sie sah, dass Michael die Hand zum Gruß hob.

Er wusch gerade seinen Pick-up und stand mit dem Schlauch in der Hand in der Einfahrt.

„Hallo", rief sie ihm keuchend zurück.

Dann erreichte sie die Abzweigung zu ihrem Haus und war erleichtert, dass es nicht mehr weit bis zur Dusche war.

Sie sprintete um den Zaun herum und öffnete die Tür. Zum Glück war sie nie abgeschlossen und sie musste nicht erst den Schlüssel hervorkramen, was sie mit ihren zitternden Händen wohl nicht so leicht gekonnt hätte.

In der Diele suchte sie verzweifelt nach dem Autoschlüssel. Dann sah sie Georges Hut und hob ihn auf. Da lag er, und sie nahm ihn und schloss hastig die Haustür ab.

Dann lief sie ins Wohnzimmer und schloss auch die Verandatür ab, dann die Küchentür. Erst dann ging sie ins Badezimmer und zog sich hastig aus.

Die verschwitzten Sachen stopfte sie zuunterst in den Wäschekorb und stellte sich unter die Dusche.

Mit viel Seife und Shampoo versuchte sie, seinen Geruch abzuwaschen.

Als sie mit geschlossenen Augen unter dem Wasserstrahl stand, hörte sie, wie jemand heftig an die Tür hämmerte.

Erschrocken blickte sie auf, und ihr Herz klopfte heftig. War es möglich, dass er sie so schnell gefunden hatte?

Gut, er hatte einen Wagen und musste nicht laufen wie sie. Aber war es möglich, dass er ihr Haus in so kurzer Zeit gefunden hatte?

Wieder hörte sie lautes Hämmern und drehte das Wasser ab. Dann griff sie nach einem Handtuch und rubbelte notdürftig die Locken trocken.

Sie wickelte es anschließend um ihren Körper und spähte vorsichtig aus dem Badezimmer.

Ein weiterer heftiger Schlag gegen die Tür ließ sie zusammenzucken. Langsam ging sie ins Wohnzimmer und erblickte ihn auf der Terrasse.

Er grinste breit und winkte ihr zu.

Erleichtert atmete sie aus und trat näher.

„Warum ist die Tür verschlossen?", fragte George und zeigte ihr stolz seinen Fang.

„Ich war unter der Dusche", gab sie knapp zurück und ließ ihn herein.

„Das sehe ich", antwortete er und lief in die Küche. „Ein Prachtsfang, nicht wahr?", fuhr er fort und legte das tote Tier auf die Küchenablage.

Sie sah ihm nach und nickte nur.

„Ich ziehe mich an", erwiderte sie knapp und ging ins Schlafzimmer. Er blickte sich um.

Dann ging er ins Badezimmer und schloss die Tür hinter sich.

Er hatte den Van vom Boot aus gesehen. Zum Glück hatte er immer sein Fernrohr dabei.

Mit pochendem Herzen hatte er hindurchgeschaut und einen Mann auf einem Hocker sitzen gesehen. Linda hatte er nicht ausmachen können, doch der Kerl hatte große Ähnlichkeiten mit dem Arsch von der Insel.

George hatte das Boot so schnell wie möglich zum heimischen Steg gefahren, und jetzt wollte er Gewissheit.

Verstohlen schaute er sich um und sah, dass die Dusche noch nass war. Dort konnte er unmöglich etwas finden.

Er griff in den Wäschekorb und durchwühlte die schmutzige Wäsche. Ihre Joggingsachen waren nicht zu sehen.

Komisch, dachte er, und leerte den ganzen Korb auf den Boden. Da lagen nun ihre verschwitzten Sachen vor ihm und er überlegte kurz. Wollte er es wissen oder nicht? Er griff nach ihrem Höschen und hielt es sich an die Nase.

Seine Miene verriet, dass er etwas ausmachen konnte, was er nicht hatte riechen wollen, denn er schüttelte energisch den Kopf und stopfte alles wieder in den Korb zurück.

Dann setzte er sich enttäuscht auf die Toilette und überlegte, was er nun tun sollte.

Im selben Moment platzte Linda herein.

„Oh, entschuldige, ich wollte mir nur die Haare föhnen", sagte sie und machte wieder kehrt.

Oder deine verräterischen Spuren verwischen, schoss es George durch den Kopf.

Er ging zurück in die Küche und bereitete seinen Fang für das Mittagessen zu. Der Appetit war ihm allerdings vergangen, doch er musste sich mit etwas beschäftigen.

Wut und Enttäuschung lasteten wie ein Stein auf seiner Brust und er überlegte, was er tun sollte. Das laute Klingeln des Telefons riss ihn aus seinen Gedanken.

Da im Badezimmer der Föhn dröhnte, wischte er sich die Hände an der Schürze ab und ging zum Telefon.

„Hallo mein Bruder!"

Ein mattes Lächeln huschte über Georges Gesicht und er setzte sich erleichtert auf den kleinen Hocker unter dem Telefon.

„Hallo Lucas, schön, dass du anrufst. Du kommst wie gerufen", sagte er leise und atmete tief durch.

„Ich hatte so ein Gefühl, dass ich mich mal wieder melden sollte", kam die freundliche Stimme vom anderen Ende der Leitung.

„Er hat Linda gefunden und sie haben es miteinander getrieben ... gerade eben im Wald", flüsterte George in die Sprechmuschel und spürte, wie ihm die Tränen in die Augen stiegen.

„Das kann nicht sein! Bist du sicher?", kam es entsetzt zurück.

„Ja, ich habe ihn vom Boot aus gesehen. Er fährt einen grünen Van ... und ihr Höschen roch sehr nach ... "

Er brachte es nicht über sich, das Wort Sperma in den Mund zu nehmen und hoffte, dass Lucas die Lage auch so verstand.

„Gut. Nein, nicht gut. Was willst du jetzt machen? Und wo ist Linda?"

„Sie ist im Badezimmer und weiß nicht, dass ich sie gesehen habe. Ich will nur noch weg von hier ... mit ihr", antwortete er entschlossen und lauschte in den Hörer. Das dröhnende Geräusch im Badezimmer verstummte. George rieb sich die Augen.

„Ich kann für ein paar Tage euer Haus übernehmen und ihr macht einen kleinen Ausflug in die Berge ... oder nach Boston zu euren Kindern."

„Gut. Wir fahren nach dem Essen los. Du weißt ja, wo der Zweitschlüssel liegt. Im Kühlschrank ist noch frischer Fisch. Du bist ein echter Freund, ich schulde dir was", sagte er und horchte auf, als Linda aus dem Badezimmer kam.

„Du hast mir einen Job besorgt. Und du bist wie ein Bruder für mich, ich revanchiere mich gerne. Passt auf euch auf und ich halte die Stellung, bye."

„Natürlich kannst du kommen, ich werde Linda entführen. Viel Spaß und bleib anständig", sagte George in die leere Leitung und legte dann ebenfalls auf.

„Mit wem hast du gesprochen, und wohin entführst du mich?" Linda lehnte an der Wohnzimmertür und sah ihn erstaunt an. Ihre Wangen glühten noch immer und sie wirkte gehetzt.

„Ach, das war Lucas. Er sucht für die nächsten Tage ein Liebesnest für sich und eine geheimnisvolle Frau. Er will die erste Nacht mit ihr nicht im Gemeindehaus der Kirche verbringen. Und da habe ich ihm unser Haus angeboten", sagte er und sah sie prüfend an.

„Wir könnten auch gleich nach Florida fahren", warf sie ein und beobachtete seine Reaktion. „Wenn wir schon für ein paar Tage packen, können wir doch auch gleich eine Woche früher fahren, oder nicht?"

Er überlegte kurz und lächelte.

„Gute Idee! Ruf Beatrice wegen der Hühner an, dann können wir in zwei Stunden los."

Eilig ging er in die Küche, zurück zu seinem Fang und hoffte, dass sie keinen Verdacht schöpfte.

Linda lief schnurstracks zurück ins Badezimmer, stopfte energisch die Wäsche in die Waschmaschine und drückte auf Start. Jetzt sind wenigstens die Spuren vernichtet, dachte sie erleichtert.

Tatsächlich saßen sie nach knapp drei Stunden in ihrem Wohnmobil und sahen im Rückspiegel, wie *Frog* den Staub von der Straße aufwirbelte.

Linda blickte sich ängstlich um und hoffte, dass sie Kim nicht begegnen würden, wenn sie losfuhren. Auch George wirkte angespannt, aber das entging ihr.

Ihre eigenen Gedanken zogen sie wie in einen nebligen Bann, der sich hoffentlich an der Küste Floridas auflösen würde.

Nach vier Tagen kamen Linda und George in Daytona Beach an der Ostküste Floridas an und bezogen einen großzügigen Stellplatz.

Die Sonne brannte vom Himmel und Linda streckte sich genüsslich auf dem Liegestuhl vor ihrem Mobil aus.

„Ich gehe einkaufen, brauchst du noch etwas?", fragte George, der mit einer Tasche herauskam.

„Nur das, was auf der Liste steht. Danke", erwiderte Linda und zog sich den Sonnenhut tiefer ins Gesicht.

Im Geschäft ließ George seinen Blick schweifen und fand rasch, was er suchte.

Ein in die Jahre gekommenes Gerät hing an der hinteren Wand neben den Toiletten. Zum Glück gab es noch ein paar von diesen Dingern, dachte er und griff nach dem Hörer. Mit der anderen Hand zog er eine Handvoll Münzen aus der Hosentasche und fütterte den metallenen Schlitz. Dann wählte er und wartete.

„Wie kann ich helfen?", kam es freundlich vom anderen Ende der Leitung und George atmete erleichtert auf.

„Hallo Lucas, bin ich froh, dass du rangehst."

„Als Pastor nehme ich jeden Anruf entgegen. Trotzdem würde es die Kommunikation zwischen uns erheblich erleichtern, wenn du dir endlich ein Smartphone anschaffen würdest."

„Ich weiß, und trotzdem verzichte ich gerne. Hör mal, wir sind gut in Daytona angekommen und werden voraussichtlich ein paar Tage bleiben, um uns etwas zu akklimatisieren. Hat es mit Beatrice und den Hühnern geklappt?", fragte George und wartete auf eine Antwort. Doch am anderen Ende blieb es still.

„Bist du noch da, Lucas?", rief er in den Hörer und blickte angespannt aus dem schmutzigen Ladenfenster.

„Ja, ja. Es ist nur etwas passiert. Ich weiß nicht, wie ich es dir sagen soll."

„Hat ein Fuchs die Hühner gefressen?"

„Nein, nein, den Hühnern geht's prächtig, glaube ich. Beatrice hat sie gestern geholt. Es geht um … den Gigolo von der Insel, du weißt schon, wen ich meine", flüsterte Lucas verschwörerisch in den Hörer, obwohl er allein in der Hütte der Greens saß.

George starrte jetzt einen Mann an der Zapfsäule an und atmete schwer.

„Was ist mit dem?", fragte er genervt, während er zusah, wie der Mann in den Wagen stieg und davonfuhr.

„Eben, es ist etwas kompliziert … "

„Jetzt spuck's schon aus, Lucas, was ist mit dem los?"

„Nicht mehr viel, würde ich sagen", antwortete er und George konnte hören, wie Lucas schwer atmete. „Er ist tot", kam es vom anderen Ende und nun lehnte sich George erschöpft an die Wand.

„Was meinst du mit tot, hast du ihn erschossen?", fragte er zögernd und nahm die Umgebung vor dem Laden nicht mehr wahr.

„Nein, was glaubst du denn?", antwortete Lucas hörbar empört. „Er hatte einen Autounfall, oben auf der 302. Ein Holztransporter ist von der Spur abgekommen und hat in übel erwischt, frontal sozusagen. Er muss sofort tot gewesen sein."

George dachte an Karma und konnte sich ein kleines Grinsen nicht verkneifen.

„Hast du mich verstanden?"

„Ja, ja das habe ich. Was soll ich sagen? Dem Universum sei Dank?", erwiderte George und spürte, wie eine ungeahnte Last von seinen Schultern fiel.

Er stieß sich von der Wand ab, stand nun kerzengerade da und fühlte eine Leichtigkeit in sich aufsteigen.

„Das ist vielleicht etwas taktlos, mein lieber Bruder. Aber ich kann dich verstehen. Besonders nach letztem Freitag. Anscheinend hat Gott ihn zu sich gerufen, ... um ihm die Leviten zu lesen."

Jetzt grinste George über das ganze Gesicht, wurde aber gleich wieder ernst und überlegte, ob er es Linda sagen sollte.

„Wirst du es Linda erzählen?"

„Nein, bestimmt nicht. Ich will uns den Urlaub nicht verderben, und bis wir zurück sind, ist der Unfall Schnee von gestern. Also musst du schweigen wie ein Grab. Ha! Habe ich gerade Grab gesagt? Wer hat die sterblichen Überreste abgeholt?"

„Niemand. Er hat anscheinend keine Angehörigen mehr und auch niemanden als Notfallkontakt eingetragen. So wurde ich als nächstgelegener Pastor gefragt, ob er bei uns beerdigt werden kann."

Das musste George erst einmal sacken lassen.

„Somit werden die Inselbewohner nichts von seinem Tod erfahren?"

„Ich glaube nicht. Oder soll ich ...?"

„Nein! Nein, verscharr ihn als John Doe, dann schöpft niemand Verdacht!", sagte George.

„Also bitte, ich verscharre ihn doch nicht. Nein, ich werde eine anständige kleine Zeremonie für ihn abhalten, das steht jedem Menschen zu, basta."

Eine ältere Dame drängte sich an George vorbei und er verspürte den Wunsch, die ganze Angelegenheit zu beenden.

„Gut, tu das. Erwähne nur nie seinen richtigen Namen! Dann können wir, wenn wir zurückkommen, ein ruhiges und unaufgeregtes Leben führen."

„Mach ich. Genieß den Winter im Süden und grüß Linda von mir", antwortete Lucas und legte auf.

Linda staunte nicht schlecht, als der Tag ihrer Abreise näher rückte. Sie hatte nicht geglaubt, dass die Zeit beim süßen Nichtstun so schnell vergehen könnte.

Auf der Insel waren die Tage wie in Zeitlupe vergangen, dachte sie und sie schüttelte instinktiv den Kopf.

„Alles in Ordnung?", rief George, der gerade *Frogs* Wassertank füllte.

„Ja, natürlich! Ich dachte nur, wie schnell die drei Monate vergangen sind", antwortete sie und wischte die Klappstühle mit einem feuchten Tuch ab.

„Stimmt, wir haben aber auch viel erlebt!"

Er hatte mächtig Farbe angenommen und sah sehr attraktiv aus, dachte Linda.

Sie war froh, dass dieser Urlaub sie als Liebespaar wieder näher zusammengebracht hatte. Ohne Arbeit im und ums Haus hatten sie wieder viel Energie füreinander. Was sie in ihrem Entschluss bestärkte, dass George der richtige Mann an ihrer Seite war.

Manchmal beschlich sie ein ungutes Gefühl, wenn sie an ihre Ankunft in Conway dachte.

War Kim noch da? Suchte er immer noch nach ihr? Wie sollte sie dem Ganzen ein Ende setzen?

Sie klappte den Campingstuhl zusammen und schob ihn in die Heckgarage.

Nach zwei Tagen auf Achse bogen sie erschöpft von der Straße ab und fuhren zu ihrem Häuschen.

Der See lag zugefroren vor ihnen, und beide saßen für einen Moment im Wohnmobil. Sie blickten aus dem Fenster und konnten sich kaum sattsehen.

Eine dicke Schneedecke lag auf der Wiese und aus dem Kamin stieg eine kleine Rauchsäule empor. Sie sahen sich an und lächelten.

„Lucas", sagten beide wie aus einem Mund und stiegen lächelnd aus.

Da öffnete sich auch schon die Haustür und der Pastor stand strahlend da. Er trug eine Schürze und breitete die Arme aus.

„Immer diese Umarmungen", murmelte George. Lächelte aber dabei und sah zu, wie Linda in diese versank. „Toilette", rief George und rannte an den beiden vorbei, die ihn auslachten.

„Musstet ihr immer noch alle 50 Meilen einen Pinkelstopp wegen ihm einlegen?", fragte Lucas an Linda gewandt und schloss die Tür.

„Das habe ich gehört!", kam es aus dem Badezimmer und Linda ging ins Wohnzimmer. Es tat ihr gut, wieder den vertrauten Duft ihres Zuhauses einzuatmen.

„Hier, nimm das und öffne es erst, wenn du allein bist. Am besten im Wald oder so. Und kein Wort zu George, n-i-e-m-a-l-s", flüsterte Lucas und drückte ihr einen kleinen Umschlag in die Hand. Den Zeigefinger hob er verschwörerisch an den Mund.

Sie hob die Augenbrauen und sah ihn erstaunt an. Dann steckte sie den Umschlag rasch in ihre Tasche und ging in die Küche.

Als Linda am Morgen in die Stadt fuhr, lenkte sie den Pick-up instinktiv auf den Parkplatz vor der Kirche. Sie atmete tief durch und schlitzte dann mit dem Schlüssel den kleinen Umschlag auf.

Eine vertraute Kette kam zum Vorschein, und ihr Herz begann heftig zu schlagen. Es muss etwas mit Kim zu tun haben, schoss es ihr durch den Kopf, sonst hätte sich Lucas nicht so merkwürdig verhalten.

Sie nahm den Brief heraus und begann zu lesen:

Liebe Linda,
es fällt mir schwer, Dir diese Zeilen zu schreiben. George wollte nicht, dass ich es dir sage, aber ich bin da anderer Meinung. Du hast ein Recht darauf und ich hoffe, es hilft dir für dein/euer weiteres Leben. Als ihr auf dem Weg nach Florida wart, gab es in der Nähe von Conway einen schrecklichen Unfall. Ein Holztransporter fuhr frontal in einen grünen Van.
Kim hatte keine Chance und war beim Aufprall sofort tot. Da er keine Familie und niemanden als Notfallkontakt eingetragen hatte, landete die Anfrage der Polizei bei mir. Ich habe dafür gesorgt, dass er seine letzte Reise in Würde antreten konnte. Er liegt nun bei uns auf dem Friedhof im Gemeinschaftsgrab.
Ich hoffe, Du verstehst mich, aber ich musste es Dir einfach mitteilen. Jetzt wünsche ich dir die nötige Kraft, ihn endgültig loszulassen. Du bist mit George viel besser dran! Er liebt dich, das weißt du hoffentlich!
Bis bald, dein Bruder Lucas

Linda saß da und starrte geradeaus. Die Scheiben waren inzwischen beschlagen und sie nahm die Außenwelt wie durch einen milchigen Schleier wahr.

Sie spürte die Kette in ihrer Hand und fragte sich, warum Lucas sie ihr gegeben hatte.

Ein unangenehmer Druck auf ihrer Brust zwang sie zum Handeln. Hastig stieg sie aus dem Wagen und sog tief die kalte Luft ein. Was sollte sie tun?

Wie in Trance ging sie auf die Kirche zu und umrundete diese. Dahinter lag der kleine Stadtfriedhof und sie sah sich um.

Noch nie hatte sie diesen betreten und sie fragte sich, ob es eine gute Idee war.

Da kam eine ältere Frau gebückt um eine Hecke herum und schlurfte langsam auf sie zu.

„Guten Tag, besuchen Sie auch jemanden?", fragte sie mit leiser, brüchiger Stimme und blickte mit hellblauen, wässrigen Augen zu Linda auf. „Ich habe gerade meinen Alfred besucht. Leider habe ich ihn vor drei Monaten verloren. Es ist tröstlich, dass ich ihn trotzdem jeden Tag hier besuchen kann. Auch wenn es beschwerlich ist, wenn die Wege glatt und rutschig vom Schnee sind."

Linda nickte instinktiv.

„Herzliches Beileid."

„Danke, danke. Wir hatten 62 gute Jahre miteinander. Es war eine schöne Zeit. Leider hat alles ein Ende. Ich hatte gehofft, dass ich zuerst gehen darf. Aber das entscheidet immer noch Gott, nicht wahr? Wenn die Zeit gekommen ist, ja dann … dann ist sie gekommen", fügte sie entschlossen hinzu und nickte vor sich hin.

„Können Sie mir bitte sagen, wo sich das Gemeinschaftsgrab befindet?"

„Sehen Sie den Brunnen dort? Im Winter fließt kein Wasser, aber dahinter befindet sich eine Skulptur mit einem breiten Sockel, dort ist es. Sie haben die Initialen aller Verstorbenen eingraviert. Für Alfred wollte ich natürlich ein eigenes Grab haben. Bald kommt der Grabstein, das wird ihn freuen."

„Ich wünsche Ihnen viel Kraft. Entschuldigen Sie mich, auf Wiedersehen", sagte Linda und entfernte sich. Die alte Frau nickte wieder und schritt zur Kirche.

Linda blieb vor der Skulptur stehen und betrachtete die vielen Initialen. Sie umrundete die rechteckige Säule und sah plötzlich die Buchstaben K.J. am Ende der Linie.

Dann machte sie einen Schritt darauf zu und strich mit den Fingern über die beiden Buchstaben. Kim Jones, dachte sie und wartete darauf, dass ihr eine Träne über die Wange rollte. Doch sie blieb ganz gefasst.

Es kam ihr so unwirklich vor, dass er tot war. Sie sollte weinen, schoss es ihr durch den Kopf. Ihre Gefühlswelt schien wie versteinert, und sie überlegte, was sie mit Kims Kette machen sollte.

Da erblickte sie ein ausgehobenes Grab, ein paar Meter weiter und lief direkt darauf zu.

Es war noch leer. Sie überlegte nicht lange und warf das Schmuckstück, das Kim all die Jahre um den Hals getragen hatte, einfach in die tiefe, dunkle Grube.

Dann lief sie zurück zur Kirche und holte den Brief hervor. Unter dem alten Gebälk, vor dem massiven Portal, stand auf einem Sockel eine Metallschale mit einer brennenden Kerze.

Die Flamme flackerte und tanzte im eisigen Wind. Linda hielt eine Ecke des Briefes daran und sah gebannt zu, wie sich der Brief rasch in ein Häufchen Asche verwandelte. Sie atmete tief durch und eilte dann zu ihrem Wagen.

Eine ungeahnte Last schien von ihr abzufallen. Sie atmete noch einmal bewusst ein und blickte nicht mehr zurück.

Sie würde ihn vergessen können, sie würde so tun, als wäre alles nur ein aufregender Traum gewesen.

3. UNERWARTETES

Der dunkelgrüne Pick-up bog in die Einfahrt ein und hielt vor der Garage. Michael schloss für einen Moment die Augen und atmete tief ein.

Er wollte den Ärger nicht mit ins Haus nehmen. Sein Boss würde ihn noch ins Grab bringen, dachte er und versuchte, den Streit innerlich abzuschütteln.

Mit beiden Händen fuhr er sich durch sein gewelltes, dunkelblondes Haar, das ihm nun in alle Richtungen von seinem Kopf abstand. Doch das kümmerte ihn nicht, er zog den Schlüssel aus dem Zündschloss und machte sich auf den Weg zur Haustür.

„Bin zu Hause!", rief er und wartete einen Moment, ob eine Antwort käme. Aber alles blieb still. Dann war sie noch nicht da und er konnte die Ruhe ein wenig genießen.

Nach einer ausgiebigen Dusche saß Michael nun im Wintergarten und las Zeitung. Wieder eine Messerstecherei in der City. Er fuhr sich mit der Hand über die Augen und fragte sich gerade, ob er sich noch weiter mit den vielen negativen Nachrichten beschäftigen oder doch lieber im Garten Unkraut jäten sollte.

Doch seine müden Knochen hielten ihn auf dem Sessel und er blätterte weiter.

Eigentlich war er mit seinen 40 Jahren noch nicht alt, dachte er zumindest. Aber als Gärtner fiel es ihm immer schwerer, sich von einem anstrengenden Tag zu erholen.

„Halloooo!", rief eine helle Stimme aus dem Flur und riss ihn aus seinen Gedanken über das Älterwerden.

„Ich bin im Wintergarten", rief er etwas gedämpft zurück und schon stand seine Frau strahlend vor ihm.

Sie trug eine enganliegende weiße Jeans und eine bunt geblümte Bluse. Sie sah umwerfend aus, dachte er und lächelte sie an.

„Du siehst ein wenig fertig aus, Darling!" Sie beugte sich vor und küsste ihn. „Hattest du einen harten Tag?", fügte sie hinzu und setzte sich ihm gegenüber.

„Kann man wohl sagen. Doch wie war's bei dir?", erkundigte er sich und wechselte geschickt das Thema.

„Gut, wirklich gut. Außer, dass ich Mrs Miller noch weitere drei Monate behandeln muss. Sie ist sowas von schwierig, das kannst du mir glauben. Aber es wird bestimmt … "

Doch Michael hörte nicht mehr, was aus Mrs Miller werden sollte. Eine riesige Anzeige auf einer ganzen Zeitungsseite hatte seine Aufmerksamkeit erregt. Dass Michelle weiter plapperte, nahm er nur noch verschwommen wahr.

Was steckte wohl dahinter? Zweimal las er die Anzeige und fragte sich, ob das Angebot ernst gemeint war.

„Hörst du mir überhaupt noch zu, Michael Goldman?" Michelle stupste ihn mit dem Fuß an und sah ihn fragend an.

„Ähm, entschuldige Darling … sieh dir das an", er reichte ihr die Seite und beobachtete sie gespannt.

Sie las angestrengt und verzog dann das Gesicht zu einem breiten Lächeln, das ihre Grübchen zum Vorschein brachte. Michael sah sie verliebt an und dachte, dass er mit ihr das große Los gezogen hatte.

„Das klingt fantastisch! Ist das echt? Was meinst du? Das wäre der Hammer. Gibt es nicht bereits genauso eine Insel? Da war doch mal diese Reportage im Fernseher ... Ich kann es nicht glauben!"

Abrupt sprang sie auf und lief nervös im Wintergarten auf und ab. Die Abendsonne fiel über das Dach auf ihren Kopf und ihr glattes, kastanienbraunes Haar bekam einen rötlichen Schimmer. Michael beobachtete sie amüsiert und konnte sich ein Grinsen nicht verkneifen, wie viel Aufregung diese Anzeige in ihr auslöste.

„Lachst du mich aus?" Sie blieb vor ihm stehen, stemmte die Hände in die Hüften und sah ihn mit ihren großen braunen Augen aufmerksam an.

„Das würde ich nie im Leben wagen! Ich lache dich an!", präzisierte er und sah sie erwartungsvoll an.

„Wäre das etwas für uns?"

„Ich dachte, du wärst glücklich, hier in Phili", spielte er den Ball zurück.

„Ja, Philadelphia ist toll, ... aber eine Insel wäre schon noch schöner, nicht wahr?"

„Und sicherer", antwortete er nachdenklich und faltete die Zeitung zusammen.

„Sollen wir uns melden, auf die Anzeige, meine ich?", fuhr sie fort und setzte sich wieder. Was ihr sicher schwerfiel, dachte Michael, denn er kannte sie schon sehr lange.

Sie hatte immer Hummeln im Hintern und konnte ohne Punkt und Komma reden. Ihre Energie schien unerschöpflich zu sein, bis sie abends ins Bett fiel. Dann war Ruhe, wenigstens für ein paar Stunden.

Gut, sie war auch ein bisschen jünger als er, dachte er, sechs Jahre, um genau zu sein. Aber das war nicht der Grund. Michael war schon immer der ruhige, besonnene Typ gewesen, und sie war das genaue Gegenteil von ihm.

Vielleicht lag es auch daran, dass Michael allein bei seinem Vater aufwuchs. Seine Mutter starb bei seiner Geburt, Geschwister hatte er keine. So verbrachte er seine gesamte Kindheit in einem ruhigen Männerhaushalt, nur zu zweit. Michelle dagegen hatte fünf Brüder.

Sein Vater hatte nie wieder geheiratet und war auch sonst ein eher introvertierter Mensch gewesen. Gewesen, schoss es ihm durch den Kopf.

Er konnte es immer noch nicht glauben, dass er wirklich tot war. Letztes Jahr war er in seinem Haus die Treppe hinuntergefallen und hatte sich das Genick gebrochen. Eben noch gesund und munter, und dann - einfach tot. Jetzt war Michael der Letzte in seiner Linie und froh, Michelle an seiner Seite zu haben.

„Hörst du mir überhaupt zu, Michael Goldman?" Wieder riss sie ihn aus seinen Gedanken, und er sah sie schuldbewusst an.

„Entschuldige, Darling", gab er zurück und musste ein Schmunzeln unterdrücken. Immer wenn es etwas Ernstes zu besprechen gab, sprach sie ihn mit seinem vollen Namen an.

„Ich meine es ernst, sollen wir uns melden? Hier steht, dass man sich für ein Vorstellungsgespräch bewerben kann. Anscheinend gibt es noch eine zweite Insel. Ich wollte schon immer mal ein richtiges Abenteuer erleben, du nicht auch?", fragte sie und sah ihn mit ihren großen braunen Augen aufgeregt an.

Er lächelte und dachte, dass sein Abenteuer wohl eher ein Tripp nach Kanada als auf eine Insel wäre.

Aber was soll's, eine Bewerbung zu schreiben bedeutete noch lange nicht, dass sie auch gehen würden.

Aber wurden für dieses Projekt nicht Gärtner gesucht? schoss es ihm durch den Kopf und vor seinem geistigen Auge sah er, wie er seinem Boss die Kündigung in die Hand drückte.

Er lächelte und nickte Michelle zu, die bereits eilig ins Büro lief. Wahrscheinlich, um ihren Laptop zu holen. Nur keine Zeit verlieren, dachte er und streckte seine langen, müden Beine aus.

Robin fuhr auf dem Highway und war in Gedanken noch bei seiner Verabschiedung in der Kanzlei. Viele waren nicht gekommen, was ihn nicht sonderlich störte.

Er rieb sich mit der Hand über das Kinn und versuchte, die negativen Gedanken abzuschütteln. Das Kratzen seines Dreitagebarts nahm er nicht wahr, er konzentrierte sich auf die Straße.

Wie er diese Bagage hasste, schoss es ihm durch den Kopf. Diese Arroganz und Blasiertheit, endlich konnte er das ganze Theater hinter sich lassen.

Vor seinem geistigen Auge zogen die geschniegelten Männer in ihren Designeranzügen reihum vorbei, alles Maßanfertigungen versteht sich. Gefolgt von ihren weiblichen Kolleginnen.

Er lachte kurz auf und schüttelte den Kopf. Wie Modepuppen erschienen sie Tag für Tag in ihren edlen Etuikleidern oder engen Hosenanzügen. Was jedoch jeden Tag aufs Neue leichte Dellen in den weichen Teppichboden drückte, waren die hohen Absätze.

Robin hatte sich schon oft gefragt, wie die Damen dieser Welt es aushielten, den ganzen Tag in diesen hochhackigen Schuhen herumzulaufen.

Zum Glück hatte man in der obersten Etage keine Holzdielen verlegt, dachte er, sonst hätte ihn das endlose Geklapper wohl in den Wahnsinn getrieben.

Er blickte auf das Straßenschild und sah die nächste Ausfahrt auf sich zukommen. Instinktiv bog er ab und fuhr in Richtung Country Club.

Hier feierten sie immer ihre Jahresabschlusspartys. Sein Boss, Ex-Boss, war Gründungsmitglied dieser elitären Gemeinschaft, und das wurde immer gerne zur Schau gestellt. Überall hingen Porträts von bekannten Persönlichkeiten, man musste zeigen, dass man gut vernetzt war. Dieses Jahr wohl ohne mich, dachte Robin und grinste.

Wie ferngesteuert bog er auf den Parkplatz ein und stieg aus. Was wollte er hier, schoss es ihm durch den Kopf.

Er sah den geschwungenen Weg für Besucher und ging darauf zu. Die frische Luft tat ihm gut. Die Sonne stand hoch am Himmel und er spürte, wie ihm der Schweiß den Rücken hinunterlief.

Er zog sein Jackett aus und raffte es grob in der Mitte zusammen. Morgen würde es in einer Plastiktüte für Bedürftige landen, dachte er und grinste in die Sonne.

Er ging weiter und betrachtete die Anlage mit ihren Mitgliedern. Das satte Grün hob sich deutlich vom blauen Himmel ab, die vielen Sandbunker wirkten wie willkürlich platzierte Farbtupfer auf einem Gemälde, die Teiche glitzerten grell im Sonnenlicht.

Dann blieb er stehen und starrte auf die Menschen, die sich auf dem Grün bewegten.

Er brach in schallendes Gelächter aus, kniff die Augen zusammen und verinnerlichte sich die Szenerie, die sich ihm bot: Eine gepflegte Parkanlage, kleine bunte Sonnenschirme, die von gutbetuchten Menschen spazieren gefahren wurden, die ihrer noblen Freizeitbeschäftigung nachgingen.

Die Parallelen waren einfach zu frappierend. Robin stellte sich London um 1820 vor und schüttelte erneut den Kopf.

Einziger Unterschied: Die heutige Beschäftigung galt nicht dem Spazierengehen, dem Picknick oder der Brautwerbung. Nein, heute erfreute man sich daran, einen kleinen weißen Ball zu schlagen. Wobei Letzteres vielleicht immer noch geschah? Robin wusste es nicht, Golf war nie sein Ding gewesen.

Seine Gedanken überschlugen sich und er setzte sich auf eine Parkbank. Diese Klassengesellschaft ging ihm zunehmend auf die Nerven. Es schien ihm, als würden die Reichen immer reicher und die Armen immer ärmer. Wohin sollte das nur führen?

Die Oberschicht wusste nicht mehr wohin mit ihrem Geld und kaufte sich schicke Limousinen und überdimensionierte Häuser. Oder noch besser: Man überbot sich gegenseitig mit immer größeren und luxuriöseren Yachten, wer hatte die längste?

Die arme Bevölkerung dagegen hatte zu wenig zum Leben und zu viel zum Sterben.

Dieses Gefühl der Ungerechtigkeit überkam ihn in letzter Zeit immer öfter und er spürte einen unangenehmen Druck auf seiner Brust. Schon wieder, dachte er und versuchte sich zu entspannen.

Immerhin waren Irma und ihre Familie sehr wohltätig unterwegs. Sie hatte ein beachtliches Vermögen, aber wenigstens tat sie viel Gutes damit, so wie der Rest ihrer Familie.

Auch er hatte das Glück gehabt, bei wohlhabenden Eltern aufgewachsen zu sein. Seine schulische Laufbahn hatte es ihm ermöglicht, Jura zu studieren und alles war wie am Schnürchen gelaufen.

Mit seinem unermüdlichen Einsatz in der Kanzlei war er innerhalb weniger Jahre zum Juniorpartner aufgestiegen.

Nebenbei hatte er Irma kennen und lieben gelernt, die Hochzeit war der logische nächste Schritt gewesen. Nebenbei trifft es erstaunlich gut, schoss es Robin durch den Kopf. Er nahm seine Hornbrille ab und strich sich über die müden Augen.

Sein Privatleben stand seit seinem Studienabschluss ganz am Rande seines Lebens. Anders konnte man sich als Anwalt keinen Namen machen.

Die Tage waren stehts lang und arbeitsreich, und auch an den Wochenenden galt es, die Firma auf Wohltätigkeitsbällen oder anderen Veranstaltungen würdig zu vertreten.

Anfangs hatte er es geliebt, seine Frau im Maßanzug schick auszuführen. Doch dann hatte er schnell gemerkt, dass diese Abende nicht dazu da waren, um sich zu amüsieren. Im Gegenteil, vielmehr musste er seine Frau am Büffet allein zurücklassen, um sich um etwaige Klienten zu bemühen.

So hatten sie sich innert weniger Jahre als Ehepaar fast gänzlich auseinandergelebt.

Irma war immer molliger geworden und fühlte sich wahrscheinlich von ihm im Stich gelassen. Er hingegen trainierte frühmorgens wie ein Verrückter im kanzleieigenen Fitnessstudio, nur um keine neuen Anzüge kaufen zu müssen, arbeitete bis spät in die Nacht und fiel dann todmüde für ein paar Stunden zu seiner Frau ins Bett.

Robin streckte die Beine aus und atmete tief durch.

Jetzt kam eine neue Zeit, ihre Zeit.

Er schloss die Augen und versuchte, sich ihr neues Leben vorzustellen.

Nach dem Interview hatte er eine ausführliche Broschüre erhalten, aber es gelang ihm trotzdem nicht, sich das Leben auf dieser Insel vorzustellen.

Keine Termine, keine Lohnforderungen, keine Mandanten, keine Telefonate, keine Mails, keine Veranstaltungen: Ein Traumleben, dachte er.

„Kann ich Ihnen helfen?" Ein großgewachsener, älterer Mann stand direkt vor ihm und warf seinen Schatten auf ihn.

Robin sah ihn irritiert an.

„Geht es Ihnen gut?", fuhr der ungebetene Gast fort und blieb hartnäckig stehen.

„Ähm … ja, natürlich", räusperte sich Robin und machte Anstalten aufzustehen. Der Mann trat einen Schritt zurück und nahm seinen Hut vom Kopf.

„Heiß heute", fuhr er fort und wedelte sich mit dem Hut Luft ins Gesicht.

„Sie sollten sich so einen Schirm an ihren Caddy montieren lassen", sagte Robin und lief lachend zu seinem Wagen zurück.

Der Mann schaute ihm irritiert hinterher und lüftete zum Abschied seinen Hut.

„Warum bist du so verschwitzt? Warst du im Anzug joggen?" Irma stand in der Küche und leckte genüsslich die Schüssel aus.

Robin ging um den Küchenkorpus herum und gab ihr einen Kuss auf den Nacken. Ihre kinnlangen Haare kitzelten seine Nase und er musste sofort niesen.

„Gesundheit", sagte sie und begann, das Geschirr zu spülen. „Nicht, dass du noch krank wirst, jetzt, wo es bald losgeht."

Robin lächelte seine Frau an und beobachtete vom Barhocker aus, wie sie geschickt in der Küche hantierte. Das war ihr Reich, und er liebte es, von ihr kulinarisch verwöhnt zu werden.

Niemand konnte ein so perfektes Rinderfilet zubereiten wie sie, und die Cookies zum Nachtisch waren einfach zum Niederknien. Er spürte, wie ihm das Wasser im Mund zusammenlief.

Da sie augenscheinlich an die hundert Muffins gebacken hatte, griff er instinktiv nach einem.

„Robin David Newton, Finger weg, die sind für den Kirchenbasar", sagte sie in einem strengen Ton und musste dann lachen. Er hatte den Muffin noch nicht zum Mund geführt und lächelte sie bittend an. „Einen darfst du essen, die anderen brauche ich noch", fügte sie milde hinzu und zog ihre Schürze aus.

Dass sie mit den Jahren immer molliger geworden war, störte Robin nicht. Er fand sie immer noch attraktiv und beobachtete sie gern, wenn sie in ihrem Element war.

Ihr rundes Gesicht glänzte im Küchenlicht, und er fand ihre hervorstehenden Schneidezähne einfach süß. Wenn sie lächelte, wurden ihre Lippen zu feinen Linien und legten die etwas übereinanderliegenden Zähne frei.

‚Mit so einem Nagetier kannst du doch nicht ausgehen. Ich gebe dir die Adresse meines Kieferorthopäden, der ist erstklassig. Selbst in ihrem Alter vollbringt er noch wahre Wunder', hörte Robin seinen Kollegen sagen.

Alle paar Monate kamen diese wohl gut gemeinten Ratschläge. Es begann mit Zahnkorrekturen, ging über Haarverlängerungen und Brustvergrößerungen bis zu Fettabsaugungen und Schlimmerem.

Robin schüttelte bei dem Gedanken den Kopf. Jahrelang hatte er diese vermeintlichen Optimierungsvorschläge energisch zurückgewiesen. In was für einer Gesellschaft lebten sie eigentlich?

Musste jeder die gleiche Kleidergröße haben, am besten XS, dieselben grellweißen Zahnschienen präsentieren und alle Falten wegspritzen?

Was er tagtäglich in seinem Job zu sehen bekam, erschreckte ihn zutiefst: Schmolllippen, die zu Schlauchbooten mutierten, Glubschaugen, die von ihren Schlupflidern befreit wurden, Korsagen, die zu platzen drohten oder schlecht gefärbte Haare bei gealterten Männern. Die Palette schien endlos, und er verstand nicht, wie es dazu gekommen war.

Er liebte Irma, wie sie war, und wollte nicht, dass sie sich unters Messer legte, jedenfalls nicht der sogenannten Schönheit wegen. Ihre nicht perfekten Zähne machten sie zu etwas Besonderem, Einzigartigem. Wenn sie lächelte, sah er sowieso nur ihre süßen Grübchen und ihre strahlend grünen Augen.

Die gemeinsamen Joggingrunden waren wohl das Einzige, was Robin an ihr vermisste. Früher waren sie morgens in der Dämmerung zusammen eine Runde gelaufen, aber das wollte oder konnte sie nicht mehr.

„Bist du traurig über deinen Abschied in der Kanzlei?", riss sie ihn aus seinen Gedanken und musterte ihn.

„Nein, bestimmt nicht!", antwortete Robin und lächelte sie an. „Ich freue mich auf unser neues Leben und sehne den Tag herbei, an dem wir mit dem Schiff Richtung Insel tuckern", fügte er hinzu und biss genüsslich in den nächsten Muffin.

Irma beobachtete ihn und fragte sich, ob es ihm genügen würde. Sie wäre lieber hier geblieben, in ihrem schönen Haus, in ihrer intakten Gemeinschaft.

Jahrelang hatte sie sich in der Gemeinde vernetzt. Sie liebte es, unter Menschen zu sein. Das Inselleben stellte sie sich etwas trostlos und einsam vor.

Doch sie hatte auch gespürt, dass Robin eine Veränderung brauchte, dringend. Etwas Abstand von seinem hektischen Job und mehr gemeinsame Zeit als Paar. Aber wollte sie das auch, schoss es ihr durch den Kopf. Wollte sie mehr Zeit mit ihm verbringen, diesem Wirbelwind, der immer in Bewegung war?

Sie genoss die langen Tage allein zu Hause. Dann konnte sie lesen, schreiben, spazieren gehen oder in der Küche etwas Leckeres zubereiten.

Und sie hatte ja noch Jack. Wenn sie mit ihm schmuste oder durch den Wald streifte, war sie glücklich. Der Labrador war damals der Anstoß für ein weiteres Abnehm-Projekt gewesen. Doch nun gingen sie schon seit sieben Jahre gemeinsam durchs Leben und sie hatte deswegen noch kein einziges Pfund verloren, im Gegenteil. Dafür fühlte sie sich fit und gesund, was man von Robin nicht behaupten konnte.

Sie sah ihn besorgt an, wie er gedankenverloren den dritten Muffin in sich hineinstopfte, und dachte, dass es schon gut kommen würde. Auf jeden Fall besser, als wenn sie hier bleiben würden und er sich zu Tode schuftete.

Er sah erschöpft und müde aus. Seine schlanke Gestalt und seine stattliche Größe von einem Meter achtundachtzig machten ihn zu einem attraktiven Mann. Sein kurzes braunes Haar wies nur an den Seiten ein paar graue Strähnen auf. Er hatte eine markante, schmale, gerade Nase und mit seinem Dreitagebart sah er etwas verwegen aus. Die Hornbrille verlieh ihm zumindest etwas Intellekt.

Er leckte sich über die Lippen, legte die Brille auf die Theke und knöpfte dann sein Hemd auf.

„Ich gehe jetzt duschen, kommst du mit?", fragte er verführerisch und erhob sich.

„Ich kann nicht. Ich muss die Muffins einpacken und dann los. Rita holt mich in einer halben Stunde ab", sagte Irma, nahm einen Korb und begann, ihn mit den Süßigkeiten zu füllen.

„Okay, bis später", erwiderte er enttäuscht und schlurfte an ihr vorbei.

Was nützte ihm ein durchtrainierter Körper, wenn die eigene Frau sich lieber anderen Leckereien widmete, dachte er und lief frustriert ins Badezimmer.

„Einen Cheeseburger mit Pommes für Tisch 5!"

Das heiße Öl blubberte in der Fritteuse und Emma wischte sich mit einem Tuch über die Stirn. Wie sie es hasste, hier in dieser vergammelten Küche zu stehen und den Geruch von Angebranntem einzuatmen.

Nur noch zwei Tage, dachte sie und warf die Patty auf den Grill.

Sie vermisste ihren alten Job im Holiday Inn. Dort hatte sie es geliebt, den ganzen Tag in der Küche zu stehen. Sie waren ein großartiges Team gewesen und die Infrastruktur vom Feinsten. Aber leider waren die Gäste ausgeblieben und das Hotel war pleitegegangen.

Damit trotzdem etwas Geld in ihre Kasse floss, hatte sich Emma bereit erklärt, einen Monat lang im Diner zu arbeiten. Aber dass sich die Tage dermaßen träge dahinziehen würden, hätte sie nie für möglich gehalten.

Justin hatte ihr angeboten, den Job zu schmeißen. Er verdiente sich als Informatiker eine goldene Nase. Doch sie wollte um jeden Preis ihr eigenes Geld verdienen.

Und nun stand sie hier in diesem Drecksloch und zählte die Stunden, bis sie die Schürze an den Nagel hängen konnte.

Sie haute auf die Klingel und schob den bestellten Teller über den Tresen. Noch sechzehn Stunden und fünfzehn Minuten, dann konnte sie zu Hause ihre Kisten packen und verschwinden.

In Gedanken ging sie noch einmal durch, was sie mitnehmen wollte, und fragte sich, ob die fünf Kisten wohl reichen würden.

Und natürlich ihre Gitarre, die durfte nicht fehlen. Und das Surfbrett, ebenfalls nicht kistentauglich. Sie grinste und erschrak, als ihr Name durch die Küche hallte.

„Emma! Zweimal das Tagesmenü … und wenn es geht, heute noch!" Sie zuckte zusammen und nickte.

War es Isabella oder Estelle? Sie konnte die beiden Kellnerinnen nicht auseinanderhalten und hob instinktiv die Schultern.

Emmas krauses schwarzes Haar war fest zu einem Dutt zusammengebunden. Die türkisfarbene Uniform mit der weißen Schürze bildete einen schönen Kontrast zu ihrer dunklen Hautfarbe. Ihre braunen Augen flogen über die Töpfe und sie arrangierte geschickt zwei Teller.

Im Holiday Inn hatte sie eine moderne Kochjacke mit Knöpfen getragen, die viel bequemer und praktischer gewesen war. Hier im Diner hatte man ihr eine Kellnerinnen Uniform gegeben, und so fühlte sie sich auch. Obwohl sie einen Abschluss in Gastronomie hatte, kam sie sich im Moment wie eine billige Hilfskraft vor.

Wie es wohl auf der Insel war, als Köchin, schweiften ihre Gedanken wieder ab, und sie stellte die beiden Teller auf den Tresen.

Völlig erschöpft stieg Emma die Treppe zum Loft hinauf und hasste es, dass sie noch immer von Kopf bis Fuß nach ranzigem Öl roch.

So schnell wie möglich unter die Dusche, dachte sie und blickte verwundert zur Haustür. Dort stapelten sich etwa zehn Pakete bis zu ihrer Hüfte.

Sie hämmerte gegen die Tür und wartete müde darauf, dass Justin öffnete, aber er kam nicht.

Sie schnaufte laut und bückte sich, um sich einen Weg zum Türschloss zu bahnen. Was er wohl bestellt hatte, fragte sie sich und suchte in ihrer Tasche nach dem Schlüsselbund. Ihre Stimmung sank auf den Nullpunkt.

Dann endlich hatte sie die Tür geöffnet und sah Justin vergnügt an seinem Schreibtisch sitzen und in den Bildschirm lachen.

Er drehte sich zu ihr um und machte ein Handzeichen: Noch 5 Minuten.

Verärgert schob sie die Pakete hinein, schloss die Tür hinter sich und hängte ihre Jacke auf. Die landet bald im

Müll, dachte sie und schnupperte angewidert an der Daunenjacke.

Dann schlurfte sie ins Badezimmer und sehnte sich nur noch nach Ruhe und Seife.

„War's schlimm?" Justin steckte den Kopf ins Bad und lächelte sie an.

„Schlimmer als schlimm", gab Emma zurück und hielt ihren Kopf unter den Duschstrahl.

„Soll ich dich etwas aufmuntern?" Er schloss bereits die Tür hinter sich und zog sich sein Shirt über den Kopf. „Ich glaube, die Reinigung ist noch nicht ganz abgeschlossen", stellte er fest und begann, ihre weichen, üppigen Brüste einzuseifen.

Der weiße Schaum kräuselte sich um ihre dunkelbraunen Brustwarzen. Sie erschauerte und legte ihren Kopf zurück.

Jetzt waren auch seine kurzen schwarzen Haare nass und er rieb mit der Seife gekonnt über ihren Körper.

„Ich denke, ich habe noch eine Stelle entdeckt, die etwas Aufmerksamkeit benötigt."

Er kniete sich vor sie in die Wanne und begann sie zwischen den Beinen zu küssen. Sie stöhnte auf und hob ein Bein auf den Wannenrand. Mit geschlossenen Augen gab sie sich der aufkeimenden Lust hin und vergaß ihren beschissenen Tag.

Seine Zunge wurde fordernder, und ihr Atem schneller. Das Badezimmer hüllte sich in heißen Dampf und ein lauter Lustschrei durchbrach das Plätschern.

Dann erhob er sich und stellte sich zwischen ihre Beine. Sie umklammerte seinen Nacken und hob ihr Becken an. Geschickt drang er in sie ein und bewegte sich stoßweise.

„Ich hab' dich sowas von vermisst", flüsterte er ihr ins Ohr. Sie spürte die kalten, feuchten Fliesen an ihrem Rücken und zog ihn gierig näher. Er umklammerte ihren üppigen Po mit beiden Händen und keuchte laut.

„Hast du eigentlich Weihnachten und Geburtstag?", fragte Emma und rubbelte sich die schulterlangen Haare trocken.

„Das kann man wohl sagen, es war klasse", antwortete Justin und setzte sich mit einem Handtuch um die Hüften auf den Rand der Badewanne. Seine blauen Augen leuchteten zufrieden und er beobachtete, wie Emma ihre buschige Mähne zu einem Zopf flocht.

„Ich meine die Pakete, du Knallkopf!", sagte sie und grinste ihn an.

„Ach die! Kleine, feine Schnäppchen, würde ich sagen", gab er zurück und öffnete die Tür. Ein kalter Luftzug umfasste ihn und er eilte zum Bett. „Wie wär's mit einer zweiten Runde im Trockenen?", rief er über die Schulter und ließ das Handtuch fallen.

Er fläzte sich aufs Bett und sah sie verführerisch an.

„Was ist denn in den Paketen?", fuhr sie etwas genervt fort und zog ihre Jogginghose und ein T-Shirt an. „Wir reisen doch bald ab, warum bestellst du immer noch was?"

Er wühlte in den Kissen und zog dann triumphierend seine Schlafshorts hervor.

„Es gibt Dinge, die muss man einfach besitzen, verstehst du?" Grinsend schlüpfte er in seine Hose.

„Aber wir ziehen doch bald auf eine Insel! Nimmst du die Sachen mit?" Sie setzte sich aufs Bett und sah ihn irritiert an.

„Einiges schon, anderes werde ich feinsäuberlich einlagern. Den Storage dafür habe ich schon gemietet! Da kommt auch mein ganzes Equipment rein, sozusagen mein Reich." Er umfasste den Loft mit seinen Händen und schaute zufrieden drein.

Es stimmte tatsächlich, dass fast alles in diesem riesigen Raum Justin gehörte. Er wohnte schon seit zwölf Jahren hier.

Damals, als Achtzehnjähriger hätte wohl niemand gedacht, dass aus dem Nerd mal etwas Anständiges werden würde. Außer ihm selbst. Er hatte immer gewusst, dass er es schaffen würde.

Und nun besaß er eine Firma mit fünfzig Angestellten, die sich auf Home-Technologie spezialisiert hatte und von Jahr zu Jahr wuchs. Und der Loft hatte sich in der Zwischenzeit von einer besseren Absteige in ein feudales Domizil verwandelt.

Emma besaß nicht viel und fand das auch ganz in Ordnung. Trotzdem sehnte sie sich nach einem gemeinsamen Zuhause. Hier fühlte sie sich manchmal nur geduldet, obwohl das nicht stimmte.

Jetzt waren sie seit einem Jahr verheiratet und sie fühlte sich immer noch nicht als seine Ehefrau.

Lag es vielleicht daran, dass sie ihren Namen behalten hatte? Bei Events stellte er sie immer als Emma Bailey, seine Frau, vor. Aber würde sie inzwischen nicht lieber Stokes heißen, wie er? Oder lag es daran, dass sie bei ihm eingezogen war?

Sie schüttelte den Kopf und legte sich zu ihm ins Bett. Erst jetzt bemerkte sie, dass er eingeschlafen war. Kein Wunder, Sex und dann ein weiches Bett, was will ein Mann mehr, dachte sie und sah ihn liebevoll an.

Sein breiter Mund war ganz entspannt und er wirkte sehr zufrieden. Am liebsten hätte sie ihm über den Dreitagebart gestreichelt, aber sie wollte ihn nicht wecken. Er hatte noch viel zu organisieren und sie war überglücklich, dass er überhaupt mit auf die Insel kam. Auch wenn sie ihn ein wenig hatte überreden müssen.

‚Ich nehme mir ein Jahr frei, ein Sabbatical', hatte er damals nach dem Interview feierlich zu ihr gesagt.

Sie lächelte, schloss die Augen und versuchte, sich das Inselleben vorzustellen.

4. ALTES UND NEUES

„Rufst du Lucas an oder soll ich das machen?" Tina stand im Badezimmer und bürstete sich die Haare. Anthony saß auf dem Bett und sah sie verträumt an. Er war noch ganz in Ekstase über die Aussicht, dass er bald heiraten würde.

Vor seinem inneren Auge sah er Tina immer noch vor sich knien und die Frage aller Fragen stellen: „Anthony King, willst du mich heiraten?"

Natürlich hatte er sofort Ja gesagt. Obwohl er es nicht erwartet hatte. Und wäre es nicht sein Part gewesen? Nein, nicht im 21. Jahrhundert, dachte er lächelnd.

Dass sie erst zwei Jahre zusammen waren, störte ihn nicht. Wer konnte schon sagen, wann der richtige Zeitpunkt für diesen Schritt war? Allerdings waren er und Kevin länger zusammen gewesen, bis es zum Bruch kam, stellte er soeben fest.

Kevin, schoss es ihm durch den Kopf, und er überlegte kurz, ob er seinem Exfreund von der Hochzeit erzählen sollte.

Besser nicht, Kevin wusste ja nicht einmal, dass er inzwischen das Ufer gewechselt hatte. Und dort eine neue, ungeahnte Welt der Liebe gefunden hatte. Er lächelte und hörte nicht, wie Tina mit ihm sprach.

„Tony, Tooonnnyyyyy!" Erschrocken blickte er auf, Tina stand vor ihm, die Hände in die Hüften gestemmt, und funkelte ihn böse an. Diese elfenhafte Schönheit verzauberte ihn so sehr, dass er sie nur angrinsen konnte. „Nimmst du mich nicht ernst, Mr King?" Sie versuchte, nicht zu lächeln, aber es gelang ihr nur halb.

„Natürlich, Mrs King, alles, was Sie wünschen", antwortete er, stand auf und zog sie in seine Arme.

Sein Kopf ruhte auf ihrem goldenen Haar und er atmete ihren verführerischen Duft ein. „Ich liebe dich", flüsterte er und konnte sein Glück kaum fassen.

„Ich dich auch." Sie schmiegte sich enger an ihn und fügte hinzu: „Rufst du an?"

„Sicher. Ist er nicht irgendwo in Conway oder hast du aktuellere Informationen?", fuhr er fort und löste sich aus der Umarmung.

„Das spielt keine Rolle, wir brauchen nur seine Handynummer."

„Das spielt sehr wohl eine Rolle!", protestierte Anthony und sah sie besorgt an. „Glaubst du, er wird eine mehrtägige Reise machen, nur um uns auf einer Insel zu vermählen?"

„Es ist nicht nur eine Insel, es ist *Hillarya*, und er will bestimmt sehen, was Yvonne und Tom daraus gemacht haben", gab sie zurück und cremte sich das Gesicht ein.

„Und ich!", fügte er leise hinzu.

„Ja, und du natürlich auch! Aber darum geht es nicht, Tom hat eine Überraschung für Lucas geplant, die ich jetzt aber nicht verraten möchte."

Sie ging an ihm vorbei und gesellte sich zu Yvonne in die Küche. Erstaunt sah Anthony ihr nach und fragte sich, was das wohl für eine Überraschung war.

„Willst du damit andeuten, dass er einen besonderen Gast mitbringt?", fuhr Anthony aufgeregt fort und griff sich ein Sandwich von der Arbeitsplatte.

„Hey, … die sind fürs Mittagessen!", protestierte Yvonne und hob den Zeigefinger.

„Zu spät", gab er schmatzend zurück und biss genüsslich noch einmal ab.

„Von welchem Gast redest du?", mischte sich Tom ein, der im Wohnzimmer in einem Ledersessel saß und einige Papiere studierte.

„Na, von Kim", antwortete Anthony feierlich und lächelte bei dem Gedanken, seinen Freund bald wiederzusehen.

„Von Kim habe ich schon lange nichts mehr gehört", antwortete Tom und blätterte weiter. „Aber ich kann dir Lucas Nummer geben. Wir haben vor etwa zwei Wochen ein langes Telefonat geführt. Er lebt jetzt übrigens in Conway und ist wieder Pastor in einer Gemeinde. Und das Spannende ist, dass er engen Kontakt zu den Greens hat", fügte Tom hinzu und lehnte sich in seinem Sessel zurück.

„Scheiße", murmelte Anthony und versteckte seine Augen hinter dem Sandwich.

„Was sagst du da?", fragte Tina besorgt.

„Nichts", antwortete er und seine Gedanken überschlugen sich. Das letzte Mal hatte er vor ein paar Monaten mit Kim gesprochen und damals war er auf der Suche nach Linda gewesen.

Wusste Lucas vielleicht etwas darüber? Er legte das angebissene Brot auf den Teller und ging zielstrebig nach draußen. Ihm war der Appetit vergangen. Er musste so schnell wie möglich Lucas erreichen.

Lucas stand in seinem Zimmer und überprüfte noch einmal, ob er alles eingepackt hatte. In einer Viertelstunde ging es los.

Sein Telefon klingelte und riss ihn jäh aus seinen Gedanken.

„Pastor Lucas Carter", meldete er sich und lauschte in den Hörer. „Du hast Glück, ich bin gerade auf dem Sprung und werde eine Weile nicht mehr erreichbar sein!"

Er grinste vor sich hin und nahm die Tasche vom Bett. Dann hievte er sie auf seinen Rücken und ging die Treppe hinunter. „Ja, es geht mir gut. Ich bin nur außer Atem, weil ich bald los muss ... und diese Treppe bringt mich noch um."

Im Flur legte er kurz das Telefon ab und schrie: „Ich muss mir jetzt die Schuhe anziehen, warte kurz!"

„Dafür gibt es eine Freisprecheinrichtung, das weißt du doch, oder?", kam es schreiend aus dem flachen Gerät zurück.

„Ach, lass nur", schrie er schnaufend zurück und griff wieder nach seinem Smartphone. „Ich muss nicht mehr alles von diesen Dingern verstehen. Wenigstens habe ich eins", fügte er stolz hinzu, als wäre das schon eine grandiose Leistung. „Linda und George haben immer noch keins", fuhr er fort und setzte sich im Flur auf einen Hocker.

„Apropos den Greens, ich habe gehört, dass sie dich nicht begleiten. Ich dachte, sie würden sich diese Gelegenheit nicht entgehen lassen."

Lucas strich sich über seinen runden Bauch und blickte wehmütig in den Garten.

Eigentlich hätte er sich gefreut, wenn seine Freunde mitkommen würden. Aber George war hart geblieben und wollte mit diesem Kapitel ihres Lebens nichts mehr zu tun haben.

Bei Linda war sich Lucas nicht sicher. Sie vermisste einige Bewohner, vor allem Lillibeth. Das war das Stichwort und Lucas sammelte sich wieder.

„Du rufst bestimmt wegen Lillibeth und Joseph an", fuhr er fort und lauschte ins Telefon. Ein lauter Seufzer kam vom anderen Ende der Leitung, und dann hörte Lucas, wie sie hemmungslos zu schluchzen begann. „Aber, aber, Sally, du wirst doch deswegen nicht weinen", sprach Lucas in tröstendem Tonfall und wartete, bis es am anderen Ende still wurde. „Ich werde ihr alles geben, was du mir eingepackt hast, und du könntest mich immer noch begleiten, sozusagen als Überraschungsgast", schlug er vor und wartete gespannt auf ihre Antwort.

„Nein, nein, das ist mir viel zu weit weg, ich bleibe lieber hier, ... bei Jeffrey. Außerdem ... würde er es mir nicht erlauben."

Lucas kratzte sich an seiner Glatze und dachte darüber nach, dass die ältere Generation manchmal noch seltsame Ansichten und Gewohnheiten hatte. Der ständige Wandel der Gesellschaft hatte auch sein Gutes, und er fühlte sich dankbar, dass er mit seinen vierundfünfzig Jahren freier leben konnte als manch anderer.

„Jeffrey findet es schändlich, was auf dieser Insel alles geschieht, und hat es mir ausdrücklich verboten!", schloss sie resigniert und wartete auf Lucas Reaktion.

„Das ist eure Angelegenheit", antwortete er liebevoll, „und jetzt muss ich gehen, Sally. Ich werde deine liebe Schwägerin Lillibeth fest in meine Arme schließen und ihr alle Geschenke überreichen, versprochen, bye, bye." Er drückte den roten Knopf und atmete auf.

Dann hörte er ein lautes Dröhnen vor dem Haus.

Er öffnete die Tür und staunte nicht schlecht. Das Gras vor der Kirche wehte wild hin und her, Lucas blickte in den Himmel.

„Bitte bewahre und behüte uns, Herr", flüsterte er und zog seine Jacke fester zu.

Seine Sekretärin gesellte sich zu ihm und hielt ihre Strickjacke fest um ihren Körper. Offenbar wollte sie sich dieses nahe Spektakel nicht entgehen lassen. Ihre langen braunen Haare flogen wild umher, und zum ersten Mal war Lucas froh, eine Glatze zu haben. Der Wind peitschte um sie herum und ließ allmählich nach.

Dann verabschiedete er sich und schritt entschlossen zum Hubschrauber.

Nach ein paar Minuten hob dieser wieder sanft ab, stieg in die Luft und flog weg vom kleinen Städtchen Conway, Richtung Süden.

An diese Art zu reisen könnte ich mich gewöhnen, dachte Lucas und blickte verzückt auf die Küstenstraße hinunter.

Der Ausblick war atemberaubend und das schöne Wetter trug seinen Teil dazu bei. Er konnte sich kaum satt sehen und war froh, dass der Flug so lange dauerte. Erst als sein Magen zu knurren begann, sehnte er das Ende der Reise herbei.

Dann sah er den vertrauten Kiesplatz am Dock und spürte eine ungeahnte Sehnsucht in sich aufsteigen.

Der Hubschrauber setzte gekonnt auf und blieb dann still stehen. Lucas verabschiedete sich vom Piloten und blickte lächelnd zur Straße empor.

Da stand sie mit ihrer bunt gestreiften Ladenschürze im Türrahmen und winkte energisch. Sein Lächeln wurde noch breiter und er ging mit schwungvollen Schritten auf sie zu.

„Meine liebe Ottilia", sagte er feierlich und schloss sie in eine herzliche Umarmung.

„Ach Lucas, wie schön, dich wieder zu sehen", sagte sie und wischte sich eine Träne weg. „Un caffè?", fuhr sie geschäftig fort und wandte sich rasch ab.

„Gerne, gerne", antwortete Lucas und folgte ihr in den Shop. Außer ihnen beiden war niemand da, und er hörte durch die offene Tür, wie der Hubschrauber wieder davonflog.

Dieser vertraute Duft und Ottilias Anwesenheit ließen Lucas zufrieden auf dem Barhocker Platz nehmen. Dass sie ihn so innig umarmt hatte, berührte ihn und er merkte erst jetzt, wie sehr er ihre monatlichen Treffen vermisste.

Sie werkelte an ihrem ‚Caro' und er stellte fest, dass sie seit ihrem letzten Treffen etwas rundlicher geworden war. Ihm ging es nicht anders, dachte er. Neugierig inspizierte er die Theke, ob es zum Kaffee etwas Süßes geben würde.

„Ich habe extra frische Amaretti gebacken, nur für dich", sagte Ottilia, als hätte sie geahnt, was er suchte, und holte einen Teller hervor. „Wegen Fred musste ich sie verstecken, sonst hätte er sie alle aufgegessen."

Lucas lächelte milde und nahm dankbar eine Makrone. Die Italiener wissen einfach, was schmeckt, dachte er und biss genüsslich in das frische Gebäck.

Angefangen bei einem feinen Carpaccio über Pasta und Tortellini bis hin zu Lasagne, Saltimbocca, Tiramisu und eben Amaretti. Er liebte einfach alles, was Ottilia auf den Tisch zauberte, und erinnerte sich gerne an die vielen Mittagessen, die er hier bei ihr im Shop verbracht hatte, als er noch auf *Harmonya* lebte.

„Geht es dir gut, Lucas? Du siehst zumindest wohlgenährt aus, wenn ich das so sagen darf." Sie sah ihn liebevoll an.

„Ich bin gut durch den Winter gekommen, ja", antwortete er und trank einen Schluck Kaffee. „Immer noch unübertroffen, meine Liebe! Du hättest besser ein Restaurant eröffnen sollen als diesen Shop. An dir ist wahrlich eine exzellente Köchin verloren gegangen."

„Ach Lucas, dafür bin ich nun zu alt", entgegnete sie und berührte instinktiv ihr Amulett, das sie an einer feinen Goldkette um ihren Hals trug. „Und James hatte den Shop schon vor unserer Verlobung, also ist es dabei geblieben", sagte sie und blickte gedankenverloren aufs Meer hinaus.

Lucas wusste, dass sie ihren Mann noch immer vermisste. War er vor vier oder fünf Jahren gestorben? Er konnte sich nicht mehr genau erinnern, ließ ihr aber Zeit, an ihn zu denken, und schob sich den dritten Amaretto in den Mund.

Sie schwiegen eine Weile und bemerkten nicht, dass sich langsam ein Schiff dem Hafen näherte.

„Willst du zurückkommen?", riss Ottilia ihn aus seinen Gedanken. „Ich vermisse unsere Treffen, Lucas."

Er schien erstaunt über den Themenwechsel und strich sich über den ergrauten Bart.

„Wenn du mich heiratest und mit mir auf die zweite Insel ziehst, sofort", erwiderte er scherzhaft und lächelte verschmitzt. Sie sah ihn erstaunt an.

„Über dieses Angebot müsste ich ernsthaft ein paar Tage nachdenken", antwortete sie und wandte sich verlegen ihrem ‚Caro' zu, um die feinen Kaffeespritzer von der Maschine zu wischen.

Lucas saß etwas verwirrt da und fragte sich, ob sie ihn auf den Arm nehmen wollte oder sie es wirklich ernst meinte. Er räusperte sich und überlegte fieberhaft, was er nun sagen sollte.

„Wolltest du denn jemals wieder heiraten? Nach der Scheidung von Anna dachte ich, du wärst lieber allein", fuhr sie fort und polierte weiter. Die Kaffeemaschine glänzte jetzt, und Lucas befürchtete, dass sie sie noch blank polieren würde. Er betrachtete ihren Rücken und dachte angestrengt nach.

Das Kapitel Anna war bei ihm in weite Ferne gerückt und er dachte nicht mehr täglich an sie. Dass sie glücklich in Australien lebte, gab ihm ein gutes Gefühl und so hatte er sie loslassen können. Und eine andere Frau hatte ihn bis dahin nicht mehr ernsthaft interessiert.

Sein Glaube an Gott und all seine Aufgaben hielten ihn schön auf Trab. Aber wenn er nun so bei Ottilia einen Kaffee trank, spürte er, dass ihm diese Momente zu zweit fehlten.

Waren es die kleinen Dinge, die plötzlich an Bedeutung gewannen? Oder hatte es etwas mit dem Älterwerden zu tun? Denn sexuell gesehen wusste er nicht genau, ob er Ottilia attraktiv fand. Sie hatten sich immer nur hier getroffen und für romantische Gefühle war nie Raum und Zeit gewesen. Entweder waren noch andere Inselbewohner im Shop gewesen oder dann zumindest Fred.

„Wo ist eigentlich Fred?", platzte es aus Lucas heraus und er bemerkte zu spät, dass dies vielleicht nicht der richtige Zeitpunkt für diese Frage war. Ottilia drehte sich um und sah ihn erstaunt an.

„Bist du etwa an Fred interessiert?", entgegnete sie und legte den Lappen auf die Theke.

„Nein, nein, ganz bestimmt nicht!", antwortete Lucas und wedelte energisch mit beiden Händen.

„Hab' ich etwa meinen Namen gehört?", kam es aus dem hinteren Teil des Shops und Freds Gesicht lugte durch den Türspalt.

„Hallo Fred", sagte Lucas, erhob sich und gab ihm freundschaftlich die Hand.

„Ich wusste, dass du kommst", erwiderte er grinsend und nahm seine Mütze ab. „Ottilia ist schon seit Tagen ganz aufgeregt und hat sich sehr auf dich gefreut."

Jetzt war es an Ottilia, verlegen hinter der Theke zu stehen. Mit erröteten Wangen drehte sie sich zum Fenster um und schaute auf den Hafen.

„Das Schiff ist da!", rief sie überrascht und blickte über die Schulter zu den beiden Männern.

„Tatsächlich? Ich dachte, ich würde erst morgen auf die Insel fahren ... komisch."

Lucas schritt zu ihr ans Fenster und sah verblüfft zum Steg hinunter, wo die *Harmonya* gerade festgemacht wurde.

Ottilias Schulter berührte seinen Arm, und zum ersten Mal seit Jahren spürte er ein Kribbeln im Bauch, das definitiv nichts mit den Amaretti zu tun hatte.

„Dann wird es heute wohl nichts mit dem gemeinsamen Abendessen", riss ihn Ottilia enttäuscht aus seinen Gedanken.

„Stimmt, wir hatten ja eine Verabredung", antwortete Lucas, und die Enttäuschung brach wie eine Welle über ihn herein. „Und ich habe ein Zimmer bei den Millers gebucht. Ich wollte doch dort eine Nacht verbringen", fügte er hinzu und bemerkte zu spät, dass diese Information nicht angebracht war.

„Die können das Zimmer bestimmt anderweitig vermieten", erwiderte Ottilia gekränkt und lief zurück hinter die Theke.

„Ach was! Ich rufe Anthony an, dann klärt sich das bestimmt", sagte Lucas und zückte sein Handy.

Vier Stunden später öffnete Lucas wieder die Tür zu *Brown's* Shop und sah sich erstaunt um.

Das Licht war ausgeschaltet, nur ein paar Kerzen spendeten etwas Helligkeit. Ein kleiner runder Tisch war mit einer rot-weiß karierten Tischdecke gedeckt und nur zwei Stühle standen bereit.

Das bedeutete, dass Fred dieses Mal nicht mitessen würde, dachte Lucas und lächelte zufrieden.

„Ich komme gleich", rief Ottilia, die wohl die Ladenklingel gehört hatte.

„Lass dir Zeit", rief Lucas zurück und sah sich im Shop um. Die Ausstattung wirkte in dem gedämpften Licht fremd.

Er schritt zum Fenster und blickte auf die wenigen Lichter am Hafen. Das Meer spiegelte friedlich das Mondlicht, die Stimmung verzauberte ihn.

„Darf ich dich zu Tisch bitten?"

Lucas drehte sich um und sah Ottilia verblüfft an. Sie stand da mit langem, offenem Haar, das geschmeidig ihre Arme umspielte. Dazu trug sie ein geblümtes Kleid, und ohne Schürze nahm er zum ersten Mal ihren üppigen Busen wahr. Oder lag es am gewagten Ausschnitt ihres Kleides?

Sie hielt zwei Teller in den Händen und nickte zum Tisch hinüber. Lucas blieb wie angewurzelt stehen und musste sich erst einmal an diesem Anblick satt sehen.

„Kommst du, Lucas?", fragte sie und er kam langsam auf sie zu.

„Du siehst einfach hinreißend aus, liebe Ottilia", sagte er und fand, dass seine Stimme irgendwie fremd klang.

„Vielen Dank. Aber nun setz dich, sonst werden die Bruschetta kalt. Warm schmecken sie am besten", fügte sie hinzu und reichte ihm einen Teller.

Jetzt stieg ihm ein angenehmer Duft von Knoblauch und Basilikum in die Nase und er setzte sich rasch. Sie prosteten sich mit einem Glas Rotwein zu und ihm fiel auf, dass sie ihr Amulett heute Abend nicht trug. Hatte das etwas zu bedeuten? Er schob den Gedanken beiseite und widmete sich den Köstlichkeiten auf seinem Teller.

Es folgten Spaghetti all' arrabiata und als krönender Abschluss Panna Cotta mit frischen Beeren.

Zufrieden tupfte sich Lucas mit einer Serviette den Mund ab und sah Ottilia glücklich an. Sie löffelte noch ihren Nachtisch und schien seinen Blick zu bemerken. Etwas verlegen blickte sie auf und ihre dunklen Augen leuchteten.

„Vielen Dank für diesen wundervollen Abend."

„Ich danke dir für deine angenehme Gesellschaft", erwiderte sie und wollte sich gerade erheben. Lucas griff nach ihrer Hand und hielt sie fest.

„Ich dachte immer, du und Fred seid ein Paar." Ottilia lachte laut auf und berührte ihr Dekolleté.

„Fred?", fragte sie erstaunt und versuchte, sich von dem Schock zu erholen.

„Ja, Fred. Zum Glück ist er nicht hier, wenn du das so amüsant findest", sagte Lucas und beobachtete sie.

"Ach, Fred. Er ist in Ordnung und ich bin froh, dass ich ihn habe. Ohne ihn könnte ich den Shop wohl nicht mehr führen ... und ohne Rosemary", fügte sie nachdenklich hinzu.

Nun wurde sie wieder ernst und nahm das Weinglas in die Hand. Gedankenverloren schwenkte sie die rote Flüssigkeit hin und her. „Er kann gut zupacken und ist mir eine große Hilfe, verstehst du? Aber mit ihm kann ich mich nicht ernsthaft unterhalten. Er hat komplett andere Vorstellungen vom Leben und findet meinen Glauben an Gott lächerlich."

Lucas beobachtete sie gespannt und wartete darauf, was sie hinzufügen würde. „Ich schätze es sehr, dass ich mit dir so tiefgründige Gespräche führen kann, Lucas. Dass du mich auf neue Wege bringst, ... dass deine Sichtweise mich wachsen lässt. Ich liebe es einfach mit dir über Gott und die Welt zu philosophieren, basta", sagte sie entschlossen und stand abrupt auf. Sie sammelte das Geschirr ein und schritt zur Theke.

Lucas dachte über diese Worte nach und fragte sich, was hier plötzlich in der Luft lag. Er kannte Ottilia nun seit über zwei Jahren und hatte nie daran gedacht, eine engere Beziehung mit ihr einzugehen.

Vielleicht lag es auch daran, dass er wirklich geglaubt hatte, sie und Fred wären zusammen? Er hatte sie zwar nie küssen oder Händchen halten gesehen, doch irgendwie schienen die beiden immer unzertrennlich zu sein.

Aber jetzt schien ihm das ganze Feld offen zu stehen, und er fragte sich, wohin das wohl führen mochte. Er hörte, wie die Kaffeemaschine ratterte und lehnte sich gespannt zurück.

„Una grappa con il caffè?", kam es von der Theke, und Lucas nickte instinktiv. Er mochte es, wenn sie mit ihm Italienisch sprach. Auch wenn er nichts verstand, genügte es ihm, das Wort Grappa und Kaffee herauszuhören.

Als Ottilia sich wieder gesetzt hatte, nahm Lucas all seinen Mut zusammen.

„Kommst du nachher mit ins Hotel?", fragte er wie automatisch und dachte im selben Moment, ob er nicht zu weit gegangen war.

„Für einen Schlummertrunk ... oder für mehr?", erwiderte sie und sah ihm tief in die Augen.

„Ich dachte vielleicht an mehr", antwortete er leise.

„Bene", sagte sie wie selbstverständlich und trank einen Schluck Grappa.

Seine Hände begannen zu schwitzen, und er fragte sich, was ihn nun erwarten würde.

Er hatte in den letzten Jahren nicht gerade wie ein Mönch gelebt, doch seine sexuellen Abenteuer waren eher anonym geblieben. Nach Anna hatte er nie wieder mit einer Frau geschlafen, die ihm wirklich etwas bedeutet hätte, dachte er beschämt und trank einen Schluck Kaffee.

„Mach dir keinen Kopf, Lucas, wir können es schön langsam angehen. Komm, lass uns gehen."

Das üppige Abendessen und der viele Wein hatten dazu geführt, dass Ottilia und Lucas zwar zusammen im Bett landeten, aber ihre Kleider anbehielten.

Sie hatten sich noch lange unterhalten und waren dann Arm in Arm eingeschlafen.

Als die ersten Sonnenstrahlen durchs Fenster fielen, erwachte Lucas zuerst und blickte verzückt auf Ottilia.

Sie lag neben ihm und schlief noch. Ein paar weiße Strähnen glitzerten im Sonnenlicht, und er hätte sie am liebsten mit den Fingern berührt, aber er wollte sie nicht wecken.

Bis gestern hatte er ihr Haar immer nur zu einem festen Knoten zusammengebunden gesehen und nicht geahnt, dass sich dahinter ein wahres Schmuckstück verbarg.

Jetzt lag ihr langes braunes Haar offen auf dem Kissen, und er genoss den Anblick. Ihr voller Mund war geschlossen, und er hätte auch diesen gerne berührt, doch er wollte sie noch länger beobachten, ihre Züge erforschen, und sei es nur mit seinen Augen.

Die Lachfältchen um ihre Augen, die kleinen Muttermale an ihrem Hals, alles schien er hier und heute zum ersten Mal zu sehen.

Er spürte, wie sie sich zu regen begann und wartete gespannt auf ihr Erwachen. Ihre dunkelbraunen Augen blickten ihn an und in diesem Moment war es um ihn geschehen. Sanft berührte er ihr Gesicht.

„Du hast so schöne blaue Augen", sagte sie leise.

„Nichts im Vergleich zu deinen braunen", antwortete er und sah noch, wie sie näher kam.

Ganz behutsam legte sie ihre vollen Lippen auf seinen Mund und küsste ihn. Erst ganz sanft, dann wurde sie schnell fordernder.

Es war, als würde ein angestauter Damm brechen und Lucas konnte sich nicht mehr zurückhalten.

Nervös versuchte er, die vielen Knöpfe ihres Kleides zu öffnen, doch sie hielt ihn abrupt davon ab, indem sie seine Hand festhielt.

„Die sind nur zur Zierde ... hinten ist ein Reißverschluss", flüsterte sie lächelnd und drehte sich auf die Seite.

„Ah", sagte er erleichtert und strich ihr über den Rücken. Das erleichterte die Sache ungemein, und in Sekundenschnelle waren ihr ganzer Rücken und ihr Po entblößt. Er sah, dass sie darunter feine schwarze Spitzenwäsche trug und zog ihr das Kleid aus.

Auch mit sechzig Jahren und ein paar Speckröllchen sah sie für ihn umwerfend schön aus. Er küsste ihren Hals und drückte sie an sich. Auch er hatte mit den Jahren ein paar Pfunde mehr auf den Rippen, aber das schien sie ebenso wenig zu stören.

Sie atmete laut in sein Ohr, was ihn noch verrückter machte. Seine Hände waren jetzt überall und er spürte, dass auch sie bereit war, den nächsten Schritt zu wagen.

Geschickt schlüpfte sie aus ihrem Höschen und legte sich hin. Er hatte etwas mehr Mühe, bis er nackt war, aber dann fühlte er sich so jung wie schon lange nicht mehr.

Als er sich auf sie legte, schien es, als passten sie perfekt zusammen. Laut keuchend klammerten sie sich aneinander und ihre Bewegungen wurden intensiver. Der gemeinsame Lustschrei schien durch das ganze Hotel zu hallen.

Erschöpft und glücklich lagen sie nebeneinander auf dem Rücken und konnten ihr Glück kaum fassen.

„Du bist erst mein zweiter Mann, mit dem ich ‚amore' gemacht habe", sagte Ottilia in die Stille hinein.

Lucas blieb wie versteinert liegen und versuchte, etwas Passendes zu erwidern, aber er konnte keinen klaren Gedanken fassen. „Es hat mir sehr gefallen, Lucas", fügte sie hinzu.

Lucas räusperte sich, drehte sich zu ihr um und stützte seinen Kopf mit der Hand ab.

„Du bist eine Wucht, Ottilia", sagte er und sah sie glücklich an. „Nie hätte ich gedacht, dass ich noch einmal jemanden lieben könnte. Dass Gott mir nochmals einen Menschen schickt, der mein Herz so tief berührt", fügte er hinzu und wartete auf ihre Reaktion.

„Ach Lucas, du bist wunderbar. Anch'io ti amo", sagte sie und küsste ihn.

„Das musst du mir übersetzen, ich habe nämlich den italienischen Teil nicht verstanden."

„Ich liebe dich auch, habe ich gesagt", antwortete sie und streichelte über seine runde Wange. Seine blauen Augen strahlten und er lächelte sie an.

„Dann steht einer Heirat nichts mehr im Wege", fuhr er triumphierend fort und setzte sich auf.

„Mamma mia! Du lässt aber auch nichts anbrennen!" Sie stieg aus dem Bett und ging ins Badezimmer.

„Wir sind schließlich nicht mehr die Jüngsten und nur so kommen wir auf die zweite Insel", rief er ihr nach und blickte glücklich aufs Meer hinaus.

Das Taxi reihte sich in den Verkehr ein und Michelle beobachtete die startenden und landenden Flugzeuge.

Ursprünglich wollte sie mit dem Auto zum Vorstellungsgespräch fahren, aber der Weg über New York nach Boston erschien ihr zu mühsam. Und da sie nur einen Tag in der Praxis fehlen durfte, hatte sie sich für den Kurzstreckenflug entschieden.

Nun stieg die Nervosität in ihr und sie war sehr gespannt, was auf sie zukommen würde.

Michael hatte leider nicht frei bekommen. Sein Boss schien in letzter Zeit ein richtiges Ekel zu sein.

Ein Grund mehr, das alte Leben hinter sich zu lassen, dachte sie, als sie den Yachthafen vorbeiziehen sah.

Die Fahrt dauerte nicht lange und schon um zehn Uhr stand sie vor einem gläsernen Bürokomplex direkt am Charles River.

Keine schlechte Adresse, schoss es ihr durch den Kopf, und sie ging zielstrebig auf die Drehtür zu. In der Lobby begrüßte sie ein Portier und Michelle nahm den Aufzug ins 30. Stockwerk.

Kaum hatte sich die Tür geöffnet, trat eine zierliche Blondine auf sie zu und begrüßte sie lächelnd. Ihr Händedruck war unerwartet fest.

„Du musst Michelle sein, herzlich willkommen! Ich bin Tina. Bitte folge mir in den Ausstellungsraum." Sie ging schwungvoll voran und öffnete eine hell erleuchtete Glastür.

Dann wurde es etwas dunkler und Michelle spürte einen sehr weichen Teppich unter ihren Turnschuhen. Eine riesige, viele meterlange Projektion erhellte den Raum und simulierte einen Dschungel.

Das Sonnenlicht glitzerte, die Blätter schienen im Wind zu tanzen und man hörte Vögel zwitschern. Es war atemberaubend schön, und die beiden Frauen standen einige Minuten schweigend nebeneinander.

„So, jetzt kommen wir zum Interview. Ich stelle dir noch den Architekten vor, Anthony King, aber wir nennen ihn alle Tony." Sie führte Michelle zu einer Sitzgruppe.

Drei Stunden später stand Michelle wieder draußen an der frischen Luft und konnte es immer noch nicht fassen. Sie hielt zwei Tickets für ein neues Leben in der Hand.

Dass sie gleich eine feste Zusage bekommen würde, hatte sie im ersten Moment etwas aus der Bahn geworfen. Doch nun hielt sie einen Neuanfang in den Händen und musste sich erst einmal auf eine Parkbank in der Nähe setzen.

Michael hatte noch im Scherz gesagt, sie könne gleich für sie beide unterschreiben. Aber dass es so schnell gehen würde, hätte sie nicht gedacht.

Jetzt griff sie zum Handy und tippte ihrem Mann eine kurze Nachricht: *Wir sind dabei! In 32 Tagen geht's los!!! Du solltest noch heute deine Kündigung einreichen! Kuss deine Michelle.*

Sie bekam weiche Knie und dachte an die Praxis. Auch sie musste morgen die Bombe platzen lassen und ihren baldigen Abschied verkünden.

Eigentlich liebte sie ihren Job als Physiotherapeutin, aber in letzter Zeit hatte sie eine schleichende Unzufriedenheit gespürt.

Die Zeit mit den Patienten wurde immer kürzer, der administrative Aufwand immer größer und es war stressig, an manchen Tagen die Leute regelrecht abfertigen zu müssen. Für ein persönliches Gespräch blieb meist keine Zeit. Dabei waren diese wenigen Minuten gerade bei älteren Menschen wichtig für den Heilungsprozess.

Auf der Insel würde sie endlos viel Zeit haben, dachte sie und erhob sich beschwingt von der Bank. Sie musste dringend zum Flughafen, um die sechs Uhr Maschine zurück nach Philadelphia zu erwischen.

5. HOCHZEIT

Tina stand am Steg und überflog noch einmal die Liste. Dieses Mal wird es anders laufen, dachte sie und blickte zum Schiff hoch. Die *Harmonya* lag einsatzbereit da, die Kisten waren schon an Bord.

Da die neuen Bewohner individuell anreisten, konnte es im schlimmsten Fall zu Verspätungen kommen.

Sie sah wieder auf die Uhr und fragte sich, warum die Youngs einen Rückzieher gemacht hatten. Sophie hatte ihr nur eine kurze Mail geschrieben, dass sie und Alexander doch nicht kommen würden. Weitere Erklärungen hatte sie nicht hinzugefügt, und auch als Tina sie darauf hingewiesen hatte, dass sie mit der kurzfristigen Absage ihren Anspruch auf die Anzahlung verloren, hatte Tina nur ein knappes ‚Okay' zurückbekommen.

„Hallo Liebes!" Eine tiefe Stimme riss sie aus ihren Gedanken und sie wirbelte herum. Da stand er, strahlend und rund, und die Arme ausgebreitet.

„Lucas!", rief Tina und warf sich in eine herzliche Umarmung. „Wie schön, dich zu sehen!", kam es wie einstudiert aus beiden Mündern.

Beide lachten und Lucas trat einen Schritt zur Seite. Hinter ihm stand eine verwandelte Ottilia und schaute Tina etwas verlegen an.

"Ottilia, wie schön, dich zu sehen. Wow, deine Haare sehen toll aus, wunderschön! Begleitest du uns auf die Insel?", fragte Tina und sah verwirrt von Ottilia zu Lucas.

„Darf ich vorstellen, Ottilia, meine Verlobte", sagte Lucas und strahlte über beide Wangen.

„Wow … gra … tuliere, hab' ich da was verpasst?", stammelte Tina und sah die beiden verblüfft an.

„Manche Dinge geschehen schneller, als man denkt. Ottilia, meine zukünftige Frau, begleitet mich." Lucas Wangen waren vor Aufregung gerötet und seine hellblauen Augen strahlten vor Glück.

„Hallo Tina." Eine junge Schwarze Frau in einem gelben Kleid kam auf die drei zu und hielt mit einer Hand einen geflochtenen Hut auf ihrem Kopf fest.

„Emma!", sagte Tina wie aus der Pistole geschossen und ging lächelnd auf sie zu. „Wo ist Justin?", fuhr sie fort und hoffte inständig, dass nicht noch eine Absage bevorstand.

„Er ist im Restaurant, musste dringend auf die Toilette … die Aufregung", antwortete Emma und grinste.

„Wir begeben uns schon mal an Deck. Die Details können wir später besprechen", sagte Lucas und nahm Ottilias Hand.

„Lucas, ich habe da noch eine Überraschung … später, wenn du Zeit hast", rief Tina lächelnd und sah den beiden nach.

Dann drehte sie sich zu ihrem neuen Gast um und erblickte Justin, der gerade aus dem Restaurant kam. Er wischte sich die nassen Hände an seiner Jeans ab und griff in seine Gesäßtasche. Geschickt zückte er sein Smartphone hervor und starrte auf das Display.

„Das ist nicht sein Ernst, oder?", wandte sich Tina empört an Emma und schüttelte den Kopf.

„Tut mir leid. Er ist einer von der süchtigen Sorte ... wie du siehst", entgegnete Emma zerknirscht und beobachtete verärgert ihren Mann.

„Hallo Justin! Schön, dass du bald auf einer einsamen Insel lebst, ... ohne Strom!", rief Tina.

Justin blickte irritiert auf und steckte dann lässig sein Smartphone wieder ein.

„Hahaha, witzig. Hallo Tina, alles klar?", gab er strahlend zurück und sah sich um. „Sind wir die Letzten?"

„Nein. Aber ihr könnt schon mal an Deck gehen. Das Schiff sollte in einer halben Stunde ablegen ... wenn alle pünktlich sind." Die letzten Worte flüsterte sie.

Es wäre deutlich einfacher gewesen, wenn die Bewohner gemeinsam mit dem Bus angereist wären.

Tina hatte ihr langes Haar zu einem Dutt gebunden und blickte etwas angespannt auf die Straße. Oben bei Brown's Shop stand Fred und winkte ihr energisch zu. Auch sie hob die Hand und lächelte. Er war ein echtes Urgestein und würde es bestimmt genießen, für ein paar Tage der Herrscher des Shops zu sein.

Ein Taxi fuhr die Straße entlang und bog knirschend eine Kurve auf dem Kies. Ein großgewachsener Mann im Hawaiihemd und eine rundliche Frau stiegen aus. Der Taxifahrer blieb sitzen und fuhr gleich weiter.

„Hallo Irma, hallo Robin, herzlich willkommen!"

Tina ging auf die Neuankömmlinge zu und nahm sie nacheinander in die Arme.

Irma wirkte etwas steif und löste sich rasch aus der Umarmung. Bei Robin war es glatt das Gegenteil. Er drückte Tina fest an sich, als wolle er sie nicht mehr loslassen.

„Wo sind die Toiletten?", kam die gereizte Frage von Irma und Tina zeigte in Richtung Restaurant. Zielstrebig entfernte sie sich und Robin grinste Tina an.

„Ist alles angekommen?"

„Klar! Alles an Bord. Hattet ihr eine gute Reise?"

„Ja, wenn man von Irmas Nörgelei absieht, dann schon."

„Ach, so schlimm?"

„Nein, nein. Sie ist nur ein bisschen nervös und angespannt. Das legt sich bestimmt, wenn wir in unserem Bungalow sind. Und die Schiffsreise ist auch nicht so ihr Ding. Doch heute haben wir ja fast keinen Wind, wie ich sehe."

Tina nickte und antwortete: „Du weißt aber schon, dass ihr keinen Bungalow bezieht? Es ist ein Tiny House. Das ist euch doch klar, oder?" Robin grinste wieder, nickte und hielt sich den Zeigefinger vor den Mund.

„Pssst. Nicht so laut. Irma denkt immer noch, dass wir ein schönes, geräumiges Haus bekommen." Schelmisch blickte er sich um und sah, wie seine Frau näher kam.

Irma tupfte sich mit einem Seidenfoulard den Schweiß von der Stirn und beobachtete, wie ein weiterer Wagen vorfuhr.

Der riesige Pick-up wirbelte viel Staub auf und hielt direkt vor der Anlegestelle. Robin legte Irma den Arm um die Schulter und führte sie zum Schiff.

„Tina!", rief eine lächelnde junge Frau und sprang aus dem Wagen.

„Michelle, wie schön, dich zu sehen!"

„Hallo Tina. Ich bin Michael, Michelles Mann." Er streckte ihr förmlich die Hand entgegen. Tina ergriff sie und schüttelte sie.

„Soll ich euch mit den Kisten helfen?", erkundigte sich Tina und ging um den Wagen herum.

„Nein, alles in Ordnung. Bill, mein Bruder und wir zwei schaffen das auch ohne dich. Danke fürs Angebot", antwortete Michelle und hievte bereits eine Kiste in Richtung Schiff.

Dann ertönte ein lautes Geräusch und alle schauten nach oben. Ein Hubschrauber näherte sich und landete direkt neben dem Pick-up.

„Mist, schau nur, alle glotzen uns an!", sagte Barbara und schaute grimmig aus dem kleinen Fenster.

„Ist doch egal. Heute ist für mich ein Kindheitstraum in Erfüllung gegangen. Das wollte ich schon immer mal machen." Pietro nahm lächelnd die Kopfhörer ab.

Als alle an Bord waren, wehte eine angenehme Brise.

„Ich habe etwas ins Auge bekommen, schau mal, Pietro!", Barbara stand demonstrativ vor ihren Mann und weitete ihre Augen.

„Ich kann nichts sehen. Geh zur Toilette und wasch es aus." Er wandte sich von ihr ab, fuhr sich mit der Hand über den kurzen, grau melierten Bart und ging auf eine Gruppe zu.

„Was für eine Ankunft! Hätte auch mir einfallen können", sagte Justin und schüttelte Pietro freundschaftlich die Hand.

„Fehlen nicht noch ein paar Leute?", warf Emma ein und sah sich verwundert um.

„Die anderen sind bereits heute Morgen gefahren", sagte Tina und sah auf ihre Unterlagen. „Siena und

Thomas Carter, Jane und Benedict Maloney und Phoebe und Brain Murray. Dann sind wir für die erste Woche vollzählig. Bitte nehmt euch alle eine Schwimmweste und legt sie an, neue Vorschrift auf dem Schiff." Tina deutete auf eine offene Kiste.

Irma hoffte inständig, dass es auch große Größen gab und folgte unsicher ihrem Mann. Gekonnt zog Robin eine Weste hervor und lockerte unauffällig den Gürtel. Gentlemanlike reichte er sie seiner Frau und band sie vorne zu.

„Danke", sagte sie erleichtert und ging zur Reling. Das Meer lag spiegelglatt vor ihr und glitzerte hell im Sonnenlicht.

„Müssen diese Westen nach verfaultem Fisch riechen?", sagte Barbara naserümpfend und stellte sich neben Irma. Sie schnüffelte angewidert und fuhr sich hastig durch ihre kurzen, braunen Haare.

„So schlimm?", fragte Irma und sah sie erstaunt an. Sie roch nichts und fand diese Frau auf Anhieb unsympathisch. Sie beobachtete, wie die neue Bekanntschaft an ihrer Weste zupfte und immer wieder das Gesicht verzog.

Wahrscheinlich ist sie etwa in meinem Alter, dachte Irma und fragte sich, ob dieser Inseltrip nicht in einem totalen Desaster enden würde.

„Ich wollte eigentlich nicht auf diese bescheuerte Insel. Doch Pietro scheint eine Midlife-Crisis zu haben. ‚Für ein Jahr komme ich mit', habe ich ihm gesagt. Und keinen Tag länger!"

Da konnte ihr Irma nachfühlen. Auch sie wäre lieber in ihrer gewohnten Umgebung geblieben.

Aber da es Robin in der Kanzlei immer schlechter ging, wollte sie es als Chance sehen. Eine gute Ehe bestand schließlich aus Geben und Nehmen.

„Und wem gehört dieser stinkende Köter da hinten im Käfig?", fuhr Barbara fort, als sie keine Antwort bekam. „Hoffentlich dem Kapitän! Ich will keine Hundehaare um mich haben!"

„Der stinkende Köter gehört mir. Und wenn du an ihm riechen würdest, würdest du feststellen, dass er überhaupt nicht stinkt! Und seine fliegenden Haare werden auf der Insel dein kleinstes tierisches Problem sein, glaub mir. Ich habe in meinem Leben schon eine Menge Inselerfahrung gesammelt", entgegnete Irma gereizt und wandte sich von ihr ab.

Sie sah weiter rechts eine junge Frau an der Reling stehen und hoffte inständig, dass dieses Gespräch angenehmer verlaufen würde.

Barbara sah ihr verwirrt nach und verzog wieder das Gesicht. Ein Schwarm Albatrosse kreiste über dem Schiff und Barbara hoffte, dass sich keiner der Vögel in der Luft erleichtern würde. Kaum hatte sie diesen Gedanken losgelassen, als ein riesiger, weißer, schleimiger Kotfetzen vom Himmel fiel - direkt auf Barbaras Kopf.

„Pietro! Pietroooo!", schrie sie und sah sich angewidert um. Irma und Emma mussten lachen und blickten mit tränenden Augen aufs Meer hinaus.

„Eigentlich bin ich nicht der schadenfrohe Typ", sagte Irma.

„Ach komm, das ist Karma. Hat sie sich nicht gerade über die stinkende Weste und deinen süßen Hund beschwert?"

Emma grinste und nahm ihren Hut vom Kopf. „Und der Kleine sieht zum Knuddeln aus. Ein Labrador?"

Irma nickte und schaute verliebt zum überdachten Heck des Schiffes. Dort stand die Hundebox und sie sah, dass er friedlich schlief.

„Er heißt Jack und wir haben ihn seit sieben Jahren. Eigentlich sollte er mein Fitnesstrainer werden, aber wie du siehst, hat es nicht funktioniert." Verlegen strich sie sich über den runden Bauch.

„Ach was, du siehst toll aus", entgegnete Emma und legte ihr die Hand auf die Schulter. „Es können nicht alle abgemagert durch die Welt rennen. Und Essen ist was Großartiges. Ich muss es wissen, als Köchin mit Auszeichnung." Emma verneigte sich theatralisch und ihr Schmollmund lächelte breit.

„Na toll! Dann klappt mein striktes Inselvorhaben mit mehr Bewegung und weniger Essen ja wunderbar", sagte Irma gespielt empört und hielt sich lachend am Geländer fest.

„Was ist denn hier so amüsant?", mischte sich Michelle ein und lehnte sich ebenfalls an die Reling.

„Irma möchte sich auf der Insel mehr bewegen und glaubt noch nicht an die Umsetzung."

„Du kannst dich gerne mir anschließen. Ich liebe Bewegung und freue mich schon auf die vielen Möglichkeiten!"

Neidisch betrachtete Irma Michelles makellose Figur und spürte einen Kloß im Hals.

„Wir werden sehen", flüsterte sie und blickte wieder geradeaus.

Hoffentlich verträgt Jack das heiße Klima, schoss es ihr durch den Kopf. Mit seinem schwarzen Fell würde er die Sonne geradezu anziehen.

Lucas saß am Strand und beobachtete die Vorbereitungen für die Hochzeit. Ein paar Bauarbeiter waren damit beschäftigt, die Stühle in Reih und Glied aufzustellen. Ein geflochtener Blumenbogen umrahmte das schöne Bild.

Die Wellen schwappten sanft ans Ufer, und auf dem Wasser tanzten kleine helle Punkte. Wie tausend Juwelen, dachte Lucas und dankte Gott für diese wunderbare Schöpfung.

In wenigen Stunden würden sich Tina und Anthony hier das Jawort geben. Er betete für sie und war in Gedanken versunken.

Tina stand oben auf der Klippe neben dem Haupthaus und sah zu Lucas hinunter, der im Sand hockte.

Sie lächelte bei dem Gedanken, dass er sie und Tony vermählen würde. Die Freude über sein Kommen rührte sie zu Tränen.

Dass er Ottilia und nicht Kim mitgebracht hatte, hatte sie anfangs etwas irritiert. Als Lucas geheimnisvoll eine Begleitung angekündigt hatte, war sie überzeugt gewesen, dass er ihren ehemaligen Teamkollegen ausfindig gemacht hatte.

Anthony hätte sich sehr darüber gefreut. Leider hatte sie noch keine Gelegenheit gehabt, Lucas zu fragen, warum Kim nicht da war. Sie hatte schon lange nichts mehr von ihm gehört. Wahrscheinlich reiste er wieder ungebunden durch die Welt, dachte sie lächelnd.

Zum Glück waren am Morgen noch einige bekannte Gesichter aus *Harmonya* gekommen. Diese familiäre

Gemeinschaft versetzte sie in Hochstimmung. Sie fühlte sich so glücklich wie noch nie zuvor in ihrem Leben.

Hier auf *Hillarya* würde sie sesshaft werden können. Die Tatsache, dass diese Insel noch ein paar Annehmlichkeiten mehr zu bieten hatte, erleichterte ihr die Entscheidung, weiterhin als Insulanerin zu leben.

So konnte sie Yvonne und Tom bei den weiteren Projekten tatkräftig unterstützen. Und natürlich Tony, der nach wie vor die Häuser entwarf.

Da *Hillarya* viel kleiner und üppiger bewachsen war, würden am Ende nur knapp achtzig Menschen hier leben. Was Tina als Vorteil empfand. Klein, aber fein, dachte sie und ging zurück ins Haus.

Sie sah sich um und fand die Küche verlassen vor. Auf dem Herd blubberte eine Suppe und im Backofen lag ein Brot. Diese surrenden Geräusche irritierten Tina immer noch, hatte sie doch über ein Jahr auf der Nachbarinsel gelebt, ohne Strom. Doch auf das Kochen im Freien konnte sie gut verzichten. Wieder ein Pluspunkt, dachte sie und setzte sich an die Bar.

Im Erdgeschoss des Haupthauses befand sich ein großzügiger Fitnessraum mit Sauna, Dampfbad und Whirlpool. Dann eine helle Eingangshalle, die zu einem Büro umfunktioniert worden war.

Gleich daneben befand sich die Küche mit einem lichtdurchfluteten Speisezimmer. Der Mittelpunkt des Gebäudes war das Wohnzimmer mit einem atemberaubenden Blick auf die Klippen und den weiten Ozean. Bei gutem Wetter konnte man sogar *Harmonya* sehen.

Im Obergeschoss gab es vier Schlafzimmer mit angrenzendem Badezimmer und eine Mastersuite. Dort stand eine ovale Badewanne in einem Erker aus Glas mit fantastischem Meerblick. Dieses luxuriöse Gemach beherbergten natürlich Yvonne und Tom. Schließlich war er der rechtmäßige Besitzer der Insel, genauer gesagt aller Inseln.

Die kleine Teeküche vervollständigte das obere Stockwerk, sehr zur Freude von Anthony. So konnte er seine nächtlichen Heißhunger-Attacken mit wenigen Schritten befriedigen.

Da *Hillarya* bereits vom Vorbesitzer bebaut worden war, hatte sich das Team sozusagen ins gemachte Nest setzen können. Was für die Organisation und die weiteren Bauprojekte ein echter Vorteil war.

An gewisse Annehmlichkeiten gewöhnt man sich schnell wieder, dachte Tina, als sie eine Hand auf ihrer Schulter spürte.

„Lillibeth!", rief sie erfreut und hopste vom Barhocker. Eine ältere Dame mit einem akkurat geschnittenen grauen Bob umarmte sie herzlich. „Wie schön, dich wieder zu sehen! Wo ist Joseph?"

„Er ist runter zum Strand gegangen und wollte mit Lucas das weitere Vorgehen besprechen. Schließlich hat er heute eine wichtige Rolle", antwortete sie und wischte sich eine Träne weg.

„Ich bin gerührt, dass er mich zum Altar führt!"

„Das ist eine große Ehre für ihn! Wo ist denn dein Kleid? Müssen wir nicht langsam mit deiner Verwandlung beginnen?", fragte sie und zwinkerte ihr zu.

Die beiden Frauen schritten Arm in Arm Richtung Treppe.

Irma saß in ein Buch vertieft auf der Veranda. Ihre anfängliche Enttäuschung über das winzige Haus hatte sich allmählich gelegt.

Es war wieder einmal typisch für Robin, dass er sie unter falschen Tatsachen hierher gelockt hatte. Aber die Ausstattung war trotz der Enge gut durchdacht. Nur für Jack war es manchmal etwas mühsam. Er lag bestimmt immer genau da, wo sie gerade hinwollte, und so wurde er ständig hin und her gescheucht.

Aber jetzt lag er zufrieden neben ihr auf den Holzdielen und schlief. Der lange Spaziergang am Strand hatte sie beide müde gemacht.

Die Insel war einfach traumhaft, das musste sie zugeben, und die meisten Bewohner schienen nett zu sein.

Nach den vielen Aktivitäten und Verpflichtungen auf dem Festland genoss sie das süße Nichtstun.

Sie blickte gerade auf, als Michael nach draußen kam. In der einen Hand hielt er ein Buch, in der anderen eine Karaffe.

„Willst du dich zu mir setzen?", fragte sie lächelnd. Er schien einen Moment zu überlegen, dann kam er langsam näher.

Da es vier Veranden gab, hätte er vielleicht lieber kehrt gemacht, dachte Irma und sah ihn aufmunternd an. Sie freute sich über etwas Gesellschaft.

„Ich möchte aber lesen", erklärte er geradeheraus und legte die mitgebrachten Sachen auf das Tischchen zwischen den beiden Sesseln. „Ich hole dir auch ein Glas", fügte er hinzu und entfernte sich wieder.

Wie aufmerksam, dachte sie und blickte wieder auf die Zeilen in ihrem Buch. Er kam zurück und setzte sich.

Irma konnte sich nicht mehr auf das Gelesene konzentrieren, sie wollte mehr über ihn erfahren.

Sie wusste nur, dass er mit der hübschen Michelle verheiratet war und als Gärtner für die Pflege der Beete rund ums Haus verantwortlich war.

Ansonsten erschien er ihr wie ein Buch mit sieben Siegeln. Michael war ein sehr ruhiger Typ, noch ruhiger als sie selbst, dachte sie und blätterte eine Seite um.

„Ach du Scheiße!", rief er plötzlich laut und riss sie aus ihren Gedanken.

„Was ist denn los?", entgegnete Irma und roch bereits den Grund für seinen Ausruf. „Jack, du bist ein Stinker!", rief sie lachend und sah ihren Vierbeiner vorwurfsvoll an. Der öffnete kurz die Augen und schlief sogleich wieder ein. „Es wird sich bald verflüchtigen", sagte sie leise und spürte, wie ihre Wangen heiß wurden.

„Dafür brauchst du dich doch nicht zu schämen! Aber was gebt ihr dem armen Kerl zu fressen? Es scheint in ihm richtiggehend zu gären. Diese Gaswolke könnte in einem geschlossenen Raum tödlich sein, glaub mir!"

Beide fingen zu lachen an und konnten sich fast nicht mehr einkriegen. Michael rieb sich den Bauch und erhob sich wieder.

„Möchtest du auch etwas Mango? Ich verhungere gleich."

„Gerne. Aber gib Jack nichts davon! Ich glaube, das könnte der Grund für die Gase sein."

„Verstanden! Keine Früchte für den Hund", erwiderte er und ging in Richtung Küche davon.

Mit einem liebevoll angerichteten Teller kam er zurück und nun hatten sie Zeit, sich zu unterhalten.

Irma erfuhr, dass er keine Verwandten mehr hatte und Michelle für ihn der Fels in der Brandung war. Dass er lieber in die kanadische Wildnis ausgewandert wäre, sich aber für seine Frau auf dieses Inselabenteuer einließ.

Sie erzählte ihm von ihren Verpflichtungen im Gemeindezentrum, ihrer Familie und den vielen Wohltätigkeitsorganisationen, die sie unterstützte. Dass Robin Juniorpartner in einer renommierten Anwaltskanzlei war und dringend eine Auszeit brauchte. Und dass Jack wie ein Kind für sie war und sie hoffte, hier ein paar Pfunde zu verlieren.

„Warum? Du siehst doch gesund und klasse aus! Weshalb wollen alle Frauen immer noch dünner werden? Ich verstehe das nicht", sagte er und biss in eine Banane.

Schon klar, wenn man mit einer schlanken Schönheit verheiratet ist, dachte Irma und schob sich ein Stück Mango in den Mund. Warum hatte sie ihm überhaupt von ihren Optimierungsplänen erzählt?

„Schau dir Michelle an. Ja, sie hat eine tolle Figur, aber das hat auch seinen Preis. In jeder freien Minute ist sie in Bewegung. Wenn sie nichts zu tun hat, joggt sie durch die Gegend, geht schwimmen oder stemmt Gewichte. Das ist doch nicht mehr gesund, … wenn du mich fragst." Er schüttelte instinktiv den Kopf und sah sich um. „Und wo ist sie eigentlich? Ich hoffe, sie schafft es noch rechtzeitig zur Hochzeit. Keine Ahnung, wo sie sich schon wieder rumtreibt."

„Ich weiß, wovon du sprichst", warf Irma ein und schaute sich ebenfalls um. „Robin muss auch immer in Bewegung sein und Sport ist für ihn wie eine Sucht. Das müsste mir mal passieren! Aber nein, ich muss mich jedes Mal zwingen, vom Sofa aufzustehen. Zum Glück habe ich Jack, mein schlechtes Gewissen."

„Dein Schweinehund! Im wahrsten Sinne des Wortes!" Michael lachte laut. „Wie gefällt dir dein neues Haus? Wahrscheinlich etwas kleiner als auf dem Festland, nehme ich an ... wenn Robin Anwalt ist."

Irma hob die Augenbrauen und errötete ein wenig. Sie strich sich eine Strähne hinters Ohr und räusperte sich.

„Wir haben tatsächlich etwas mehr Wohnfläche zu Hause. Allerdings ist es mein Haus ... nicht Robins. Also, er wohnt da schon mit mir zusammen."

„Ah, ich verstehe."

„Das Land gehörte meinen Eltern", führte sie weiter aus und nahm sich nochmals ein Stück Mango. „Ich habe beim Tod meiner Mutter einiges geerbt."

„Okay. Ich war zuerst etwas enttäuscht, als wir hier ankamen", sagte Michael und blickte sich um. „Vielleicht hatte ich auch falsche Vorstellungen von der Inselbebauung. Ich dachte an gemütliche Jurten oder einfache Holzhütten. Aber mit dieser geradlinigen Architektur hatte ich nicht gerechnet."

„Zuerst war ich schockiert über diese Enge", sagte Irma und tupfte sich den Schweiß von der Stirn. „Der Gemeinschaftsraum ist wirklich klein ... und dann die winzigen Tiny Houses! Der Eingangsbereich löst bei mir jedes Mal Klaustrophobie aus! Bei uns zu Hause ist der Garderobenschrank größer als dieses kleine Zimmer, ... wobei ... Zimmer vielleicht schon zu viel gesagt ist!"

Michael lachte und entgegnete: „Aber gerade dieser Bereich ist doch vollkommen durchdacht! Da kann man den ganzen Sand abschütteln und dann sauber ins Haus gehen. Ich war eher schockiert, als ich sah, dass es keine Tür gab."

„Das hatte ich auch gedacht! Aber Anthony hat wohl doch einen Sinn für Privatsphäre … zum Glück."

„Dann das superkleine Sofa und das sehr beengte Badezimmer. Immerhin haben wir eine eigene Toilette und eine kleine Badewanne. Die finde ich übrigens sehr schön", fügte Michael hinzu.

„Ja, die hat was. Aber gegen meinen Whirlpool aus Marmor kommt diese Holzwanne leider nicht an." Beide lachten und schauten vergnügt in den Garten.

„Dafür punktet das Schlafzimmer mit einem atemberaubenden Blick ins Grüne!"

„Da kann ich dir nur zustimmen. Ich liebe es, abends dort vor dem Fenster auf der Treppe zu sitzen und noch zu lesen. Robin hat mir erzählt, dass die Häuser fast identisch sind mit denen auf *Harmonya*. Aber dort gibt es diesen Ausgang in den Garten nicht."

Michael nickte zustimmend und sagte dann: „Ich gehe mich jetzt umziehen. Es wäre mehr als unhöflich, zu spät zu einer Hochzeit zu kommen. Bis später, hat mich gefreut Irma."

Er ging davon, nicht ohne das Geschirr mitzunehmen. Ein wahrer Gentleman, dachte sie und erhob sich ebenfalls.

Der Sonnenuntergang tauchte die Szene in eine atemberaubende Kulisse. Tina und Anthony küssten sich und die sitzende Menge brach in Jubel aus.

Lucas entfernte sich diskret von den beiden und gab den Blick frei. Tom fotografierte das Brautpaar und die kräuselnden Wellen im Hintergrund machten das Bild perfekt.

Lillibeth wischte sich gerührt eine Träne weg und hielt Josephs Hand fest. Er drückte sie liebevoll und flüsterte: „Das Kleid hätte etwas weniger gewagt sein können, ... meiner Meinung nach."

„Ach Joe, sie ist noch jung und bildhübsch. Heute trägt man so etwas."

„Zuerst dachte ich, man könnte ihre Brüste sehen!" Er rutschte unruhig auf seinem Stuhl hin und her.

„Ach, wo denkst du hin! Sie trägt natürlich feine Unterwäsche darunter. Das habe ich mit eigenen Augen gesehen. Nudefarben, hat mir Tina erklärt", flüsterte Lillibeth und erhob sich langsam.

Anthony führte Tina freudestrahlend zu Yvonne. Das Kleid war wahrlich ein Hingucker. Feine Träger hielten ein zartes Spitzengeflecht, das an der Hüfte fließend in einen sehr kurzen seidenen Rock überging. Man hatte tatsächlich das Gefühl, man könnte hier und da etwas sehen, doch alles war blickdicht.

Sofort bildete sich eine kleine Schar von Gratulanten um das frisch vermählte Brautpaar.

Lucas nahm Ottilia bei der Hand und schritt mit ihr zur Treppe.

Um ins Haupthaus zu gelangen, musste man gefühlte hundert Stufen erklimmen. Wie anstrengend, dachte Lucas und schnaufte schon nach wenigen Schritten. Er ärgerte sich über seine angefutterten Pfunde.

„Piano, Lucas, wir sind nicht mehr die Jüngsten", sagte Ottilia hinter ihm und musste ebenfalls laut atmen.

„Ich möchte aber nicht langsam gehen, Ottilia. Kannst du dir überhaupt ein Leben mit so einem Fettsack vorstellen?", erwiderte er ärgerlich und bereute seine Worte sogleich.

„Was glaubst du denn? Dass ich dich nur wegen deiner Hülle liebe?" Sie sah ihn empört an und hielt sich am Geländer fest. „Ich liebe jedes Gramm von dir, caro mio!", sagte sie bestimmt und forderte ihn auf, weiter zu gehen.

„Jedes Kilo!", flüsterte Lucas und stieg weiter empor.

Oben angekommen, setzten sie sich erschöpft auf die Terrasse und genossen die Stille.

Die Hochzeitsgesellschaft war noch unten am Strand und Lucas nutzte den ungestörten Moment.

„Könntest du dir vorstellen, hier mit mir zu leben?" Ottilia sah ihn perplex an und weitete die Augen. „Also ich möchte eines klarstellen. Ich habe dich nicht deswegen gefragt, ob du mich heiraten möchtest!"

Es war ihm wichtig, seine Absichten deutlich zu machen, durften doch nur verheiratet Paare auf der Insel leben. Sie lächelte und schüttelte dann den Kopf.

„Ich kann meinen Shop nicht aufgeben, Lucas", antwortete sie ernst. „Und das Leben auf einer Insel ist nichts für mich." Sie dachte an die fiese Seekrankheit, die sie schon bei leichtem Wellengang überfiel.

„Stellst du dir ein Leben mit mir im Shop vor?", fragte Lucas und seine Gedanken kreisten.

Er spürte eine leise Enttäuschung in sich aufsteigen und wunderte sich, dass er die Welt durch eine rosarote Brille wahrgenommen hatte. Und nicht darüber nachgedacht hatte, wie ihr gemeinsames Leben aussehen könnte.

„Wir werden schon eine Lösung finden, wie wir als Paar ein Leben führen können, das für uns beide passt."

Sie sah ihn zuversichtlich an, und Lucas spürte, dass er seinen Optimismus nicht verlieren durfte.

Alles kommt, wie es kommen muss, und Gott hat sowieso das letzte Wort.

Am nächsten Morgen saß Lucas bei Tom im Büro und unterschrieb einen Jahresvertrag für ein Tiny House.
Er hatte sich nicht mit Ottilia abgesprochen, denn sie hatten seit dem Fest keine ruhige Minute für sich gehabt. Doch sein Bauchgefühl drängte ihn dazu, sich ein Haus auf *Hillarya* zu sichern.
„Und dass ich keine Anzahlung leiste, ist wirklich okay für dich?" Lucas fuhr sich über die Glatze und sah Tom erwartungsvoll an.
„Mach dir keinen Kopf, Lucas. Wir sind Freunde und ein wenig geistlicher Beistand kann uns allen nicht schaden", erwiderte Tom und erhob sich. „Ein Boot wäre allerdings ideal, wenn ich das so sagen darf. Dann könntet ihr euch wenigstens spontan besuchen. Du weißt ja, dass das Versorgungsschiff nur einmal im Monat fährt."
Lucas nickte und dachte angestrengt nach. Zum Glück hatte er schon frühzeitig einen zusätzlichen Pastor in Conway eingestellt. Als hätte er geahnt, dass er nicht mehr zurückkehren würde.

Was würden Linda und George dazu sagen? Er dachte an seine Freunde auf dem Festland, die abtrünnigen Insulaner.

Er hoffte inständig, dass sich solche Kapriolen hier nicht wiederholen würden.

6. GEMEINSAMKEITEN

Die bunt zusammengewürfelte Gemeinschaft lebte sich schnell ein. Tom und Yvonne sah man eigentlich nie. Nicht, dass sie die Insel verlassen hätten, nein, sie schienen im Haupthaus gut beschäftigt zu sein.

Auch Anthony und Tina schauten nur sporadisch bei den neuen Insulanern vorbei. Sie hatten sich ausgiebige Flitterwochen gegönnt und waren nun damit beschäftigt, die restlichen Bewohner auf die Insel zu bringen.

Robin joggte über den nassen, festgetretenen Sand und war begeistert. Er hätte nicht gedacht, dass Irma sich so gut an das einfache Leben gewöhnen würde. Zum Glück hatten sie Jack mitnehmen dürfen, das war bestimmt auch ein Grund, weshalb es seiner Frau so gut gefiel.

Er blickte über die Schulter und pfiff. Jack gab sich einen Ruck und ließ die angeschwemmte Qualle liegen. Er musste einen kleinen Sprint hinlegen, um zu Robin aufzuschließen.

„Braver Boy", lobte Robin und sah, dass ihnen jemand entgegenkam.

„Hey Robin, konntest du auch nicht mehr schlafen?" Michelle hatte ihr kastanienbraunes Haar zu einem kleinen Pferdeschwanz gebunden und hüpfte nun vor ihm auf und ab.

Jack begann zu bellen und verlangte lautstark nach einer Begrüßung. „Hallo Jack", sagte Michelle und streichelte seinen weichen Kopf.

„Gehst du zurück oder hängst du mit uns noch eine Runde dran?", fragte Robin und schwang seine Arme hin und her.

„Gute Idee, ich komme gerne noch mit euch mit."

Zu dritt liefen sie weiter und erreichten bald einen wunderschönen Wasserfall.

„Hier war ich noch nie, sieht traumhaft aus!", sagte Michelle und ging andächtig zum Ufer.

„Lust auf eine Abkühlung?" Robin stand neben ihr und streifte sich bereits sein Shirt über den Kopf. Sein Sixpack war schweißüberströmt und glänzte in der Sonne.

„Hast du etwa vor, in das kalte Wasser zu springen?", erkundigte sie sich und sah ihn ungläubig an.

„Klar! Wär' doch was, jetzt nackt im Wasser etwas die Seele baumeln lassen." Er grinste herausfordernd.

„Du spinnst doch! Ich werde bestimmt nicht nackt baden", erwiderte sie und schüttelte empört den Kopf. Jack trottete an ihnen vorbei und schwamm auf den Wasserfall zu.

„Siehst du, Jack kann das auch. Oder bist du etwa prüde?"

„Das hat doch damit nichts zu tun! Ich gehe ja auch nackt in die Sauna. Nein, Jack hat definitiv einen Vorteil: Er muss später nicht in verschwitzte Joggingklamotten steigen." Sie kniete sich hin und spritzte sich Wasser ins Gesicht.

„Das muss fürs Erste reichen", sagte sie und hockte sich auf einen Stein am Ufer.

Robins Stolz ließ ihm nun keine andere Wahl. Er war ein Siegertyp, schon immer gewesen, und zog sich entschlossen die Jogginghosen aus. Er verzog keine Miene, als er ins kühle Wasser schritt.

„Und, sind deine Hoden schon auf Erdnussgröße geschrumpft?"

„Wo denkst du hin!", rief er zurück und schwamm zu Jack, der sich am anderen Ende des kleinen Sees ein Stück Holz gesichert hatte.

Dann machte Robin kehrt und schwamm zurück. Michelle hatte die Augen geschlossen und sonnte sich.

Sie könnte ruhig mal hinsehen, dachte Robin, der stolz auf seinen durchtrainierten Körper war. Ein kleines Lob hätte ihm schon gereicht, aber sie machte keine Anstalten, ihn zu mustern.

Er streifte sich das verschwitzte Shirt wieder über den Kopf und wusste nun, wovor Michelle sich gedrückt hatte. Eine penetrante Schweißwelle zog an seiner Nase vorbei und er wäre am liebsten mit nacktem Oberkörper zurückgelaufen. Doch diese Genugtuung wollte er ihr nicht zugestehen.

Also stand er wieder angezogen neben ihr und räusperte sich.

„Können wir?", fragte er. „Jaaack! Hierher!", rief er über die Schulter und wartete, bis sein treuer Begleiter sich ein paar Mal schüttelte und dann neben ihn trottete. „Wie sieht dein Sportprogramm aus, hast du einen Plan, eine Routine?"

Michelle lachte und schüttelte den Kopf.

„Ich muss mich erst noch an das Inselleben gewöhnen. Und Michael auch. Von Routine sind wir noch weit entfernt."

„Warst du schon mal oben im Fitnessraum, im Haupthaus?"

„Ein paar Mal. Aber da ist es mir zu stickig."

„Ich gehe immer spät abends, wenn Irma schon schläft. Sie braucht viel Schlaf und ich komme mit fünf Stunden aus. Dann ist es ruhig und der Wind kühlt den Raum wunderbar ab. Wenn du Lust hast, können wir uns dort mal treffen. Vielleicht kennst du ja ein paar Tricks, du als Physiotherapeutin", er zwinkerte ihr zu und ging weiter.

Flirtete er mit ihr, dachte Michelle und überlegte, was sie antworten sollte.

Bei ihr und Michael war es allerdings ähnlich. Er schlief immer früh ein, meist mit einem Buch auf der Brust, und sie brauchte vor dem Schlafengehen meist noch etwas Yoga oder einen Spaziergang.

„Gefällt es Irma hier?", wechselte sie geschickt das Thema und beobachtete ihn aus den Augenwinkeln.

„Erstaunlich gut, muss ich sagen. Wir blühen als Paar wieder richtig auf, … wenn du verstehst, was ich meine", er zwinkerte wieder und Michelle war augenblicklich erleichtert. Es freute sie, dass die beiden glücklich waren.

„Uns gefällt es auch. Michael kann sich gut von seinem nervenaufreibenden Boss, … Ex-Boss, erholen und ich habe keine mühsamen Patienten mehr."

„Warte ab, bis du meine Wehwehchen behandeln musst. Ich kann eine richtige Diva sein, wenn ich Schmerzen habe!" Sie lachten beide und erreichten die Treppe zum Haupthaus.

„Ladies first", sagte er und freute sich schon auf die bevorstehende Aussicht. Ihr wohlgeformter Po wippte vor seinen Augen hin und her und er grinste.

Phoebe trat mit einem großen Blech auf die Veranda und stellte die schwere Last schnaufend ab. Ihre kurzen grauen Haare klebten ihr an den Schläfen und sie wischte sich mit ihren dicken Handschuhen über die Stirn.

„Was riecht denn hier so gut?"

„Hallo Barbara, ich habe Zimtschnecken gebacken. Willst du eine probieren? Die sind aber noch heiß." Sie zog die Handschuhe aus und setzte sich.

„Ich hole uns einen Kaffee", sagte Barbara und ging zurück ins Haus.

Sie ist doch ganz nett, dachte Phoebe und sah sich um. Niemand sonst schien zugegen zu sein, und sie genoss die Ruhe.

Zu Hause hatte sie einen ständigen Lärmpegel um sich gehabt. Lisa und Anastasia, ihre beiden Enkelinnen, hatten sie ganz schön auf Trab gehalten. Und laut waren sie gewesen! Sie hörte noch das ewige Geschrei.

Die Mädchen waren wie Katz und Maus, sie zankten sich ununterbrochen. Das fing morgens bei der Kleiderwahl an und ging den ganzen Tag so weiter. Was Lisa hatte, wollte Anastasia haben und umgekehrt.

Phoebe war nach vier Jahren an ihre psychischen und physischen Grenzen gestoßen, was sie nie für möglich gehalten hätte. Selbst mit ihren eigenen Kindern war sie nie so erschöpft und ausgelaugt gewesen.

War es das fortschreitende Alter oder waren es die ewigen Streitereien, die sie an ihre Grenzen brachten?

Sie dachte an die aufreibenden Jahre und war jetzt dankbar, dass Brain dem Ganzen galant ein Ende gesetzt hatte.

Er wolle seinen Ruhestand auf einer Insel verbringen, hatte er ihren Töchtern Eve und Eloise verkündet.

Innerhalb weniger Monate hatten sie den Plan in die Tat umgesetzt und sie konnten sich nun endlich erholen.

Brain ging fast jeden Tag angeln und genoss die freie Zeit. Und Sie merkte, wie erschöpft sie tatsächlich war. Stundenlang lag sie in der Hängematte und beobachtete die bunten Vögel oder die Palmblätter, die sich im Wind wiegten.

„Hier, dein Kaffee", riss Barbara sie aus ihren Gedanken und setzte sich ihr gegenüber. „Hast du gestern auch gesehen, wie Michelle mit Robin zum Haus gekommen ist?", flüsterte Barbara verschwörerisch über den Tisch hinweg.

Sie nahm eine Zimtschnecke und biss hinein. „Aua!", schrie sie auf und spuckte den Bissen auf den Tisch.

Phoebe sah sie erschrocken an und sagte: „Die sind noch heiß, das habe ich doch gesagt!"

Barbara stand abrupt auf, eilte in die Küche und trank dort etwas Wasser.

Läuft da etwas zwischen Michelle und Robin, überlegte Phoebe und nahm ihren Kaffeebecher. Eigentlich wollte sie nicht mehr so viel tratschen, aber es klang zu verlockend.

Hier auf der Insel war nicht viel los, da konnte ein bisschen Klatsch und Tratsch nicht schaden. Gespannt wartete sie auf Barbaras Rückkehr.

„Hast du dir wehgetan?", erkundigte sich Phoebe und beobachtete, wie Barbara mit einem großen Glas Wasser zurückkam.

„Es geht schon. Aber die sind wirklich noch heiß! Schade, sie duften so verführerisch."

„Was wolltest du vorhin über Michelle und Robin sagen?"

Barbara lächelte und genoss die Spannung.

„Ich habe sie zusammen aus dem Haupthaus kommen sehen ... total verschwitzt! Die hatten sich bestimmt zusammen vergnügt, sind doch beide sportfanatisch", sagte sie augenzwinkernd.

Phoebe spürte Mitleid in sich aufsteigen. Sie mochte Irma und fand es feige von Robin, sie erst auf die Insel zu locken und sie dann nach wenigen Wochen zu betrügen. Sie musste an Brain denken und war dankbar, dass er ihr nie untreu geworden war. Zumindest wusste sie nichts Gegenteiliges.

„Bist du dir sicher, dass da was läuft?", fragte Phoebe geradeheraus und trank einen Schluck Kaffee.

„Nun, ich habe den Akt nicht gesehen, wenn du das meinst", antwortete Barbara und nahm vorsichtig das angebissene Gebäck zwischen die Finger. Offenbar war es nun nicht mehr heiß, denn sie biss genüsslich hinein.

„Dann schlage ich vor, dass wir noch abwarten und die Sache beobachten."

„Das ist eine gute Idee. Wir beschatten sie und versuchen herauszufinden, was die beiden so treiben", sagte Barbara mit vollem Mund.

Phoebe war sich nicht sicher, ob das überhaupt möglich war. Denn sie und Barbara sahen nicht so aus, als ob sie den beiden folgen könnten. Und eigentlich wollte sie sich nicht mehr in die Angelegenheiten anderer Leute einmischen.

Ein weiterer Grund, warum sie hier war: Keine Skandale und Gerüchte mehr. Zu Hause hatte sie gierig jedes Käseblatt verschlungen, auf der Suche nach einem neuen Skandal in der High Society. Sie liebte es zu lesen, wie die Reichen und Schönen ihr Leben an die Wand fuhren.

Hier eine Scheidung, dort eine Schlammschlacht, dann wieder eine Traumhochzeit mit viel Pomp, wohl wissend, dass diese Verbindungen nie ein Leben lang hielten. Der nächste Rosenkrieg lauerte bereits um die Ecke. Wer so versessen auf Aufmerksamkeit war, konnte kein glückliches Leben führen.

Kein Wunder, dass so viele abstürzten, mit Alkohol oder Drogen. Der ewige Kampf um Anerkennung und Ruhm endete nicht selten sogar tödlich.

Phoebe konnte ihren Drang nach Skandalen einfach nicht unterdrücken. Und hier war es definitiv zu ruhig, was ihre Neugier noch mehr anstachelte.

Sie nickte verschwörerisch und nahm sich ebenfalls eine Zimtschnecke. Jetzt hatte sie eine Komplizin und konnte sich ein neues Hobby aufbauen. Brain durfte allerdings nichts davon erfahren, sonst würde er ausflippen.

Er schätzte das ruhige Leben und verlor nie ein schlechtes Wort über jemanden. Tatsächlich sprach er nie, wirklich nie über jemanden, der nicht anwesend war. Das bewunderte Phoebe an ihm besonders. Er war der korrekteste Mensch, den sie je kennengelernt hatte. Stehts um Anstand und Respekt bedacht.

Das schlechte Gewissen kroch bereits in Phoebe hoch und sie sah zu, wie Barbara noch ein Gebäck in sich hineinstopfte. Sie schien sich keine Gedanken darüber zu machen.

„Das sind wir Irma und Michael schuldig", sagte sie schmatzend und sah sich verschwörerisch um. „Die beiden tun mir leid. Kaum im Paradies, schon ziehen dunkle Wolken über ihren Ehen auf."

Phoebe nickte zustimmend und fand, dass dies ein guter Grund sei, die Sache ohne Bedenken anzugehen.

„Aber es wird schwer, den beiden zu folgen. Ich kann ihnen nicht ständig hinterherlaufen, schon gar nicht bei dieser Hitze", fuhr Barbara fort und leckte sich die Finger. „Doch ich werde mich öfter im Haupthaus umsehen, da habe ich den besten Überblick."

„Gut, und ich werde am Strand die Augen offenhalten. Wenn ich in der Hängematte liege, sehe ich, was da los ist", sagte Phoebe und stand auf. „Willst du noch eine?", fragte sie und reichte Barbara das Blech.

„Nein danke, zwei waren genug. Nicht dass ich so fett werde wie Irma. Sonst läuft mir Pietro auch noch davon", antwortete sie und lachte spöttisch. Phoebe hob die Augenbrauen und ging in die Küche.

7. LOSLASSEN

Emma drehte sich im Bett um und stellte fest, dass die andere Seite leer war. Justin musste schon aufgestanden sein. Sie gähnte herzhaft und überlegte, was sie heute kochen sollte.

Die Gärten waren üppiger, als sie sich vorgestellt hatte, und Brain entpuppte sich als talentierter Angler. In ihrer ganzen Karriere als Köchin hatte sie nicht so viel Fisch zubereitet, wie hier in den letzten Wochen.

Doch es machte ihr Spaß, mit den Zutaten, die ihr das Leben hier bot, zu experimentieren. Dass Lucas ihr ab und zu zur Hand ging, machte die Sache noch angenehmer.

Da er bereits Inselerfahrung hatte, kannte er einige Tricks, wie man die Fische schmackhaft zubereitet. Und der gemeinsame Glaube an Gott führte zu langen und tiefgründigen Gesprächen, die Emma sehr schätzte.

Sie stand auf und zog sich an. In der Küche traf sie auf Siena, die gerade Kaffee aufgoss.

„Guten Morgen, hast du gut geschlafen?", fragte Emma, als sie sich an den Tisch setzte.

„Es geht so. Ich muss mich erst noch an diese unglaubliche Ruhe gewöhnen", antwortete Siena und nahm einen Schluck Kaffee.

Emma hob die Augenbrauen und glaubte, sich verhört zu haben.

„Wenn man in Manhattan gelebt hat, ist man an einen gewissen Lärmpegel gewöhnt. Und da wir keine Klimaanlage hatten, stand das Fenster im Sommer immer offen. Du kannst dir denken, wie das klang", fügte sie hinzu und setzte sich ebenfalls.

„Klingt auf jeden Fall anstrengend. Seit dem letzten Umbau von Justins Loft hatten wir keine offenen Fenster mehr und ich liebte diese Ruhe. Obwohl es hier noch ein bisschen besser ist. Das leise Rascheln der Palmblätter ist definitiv angenehmer als das Surren der Klimaanlage. Am liebsten würde ich draußen in der Hängematte schlafen, aber das will Justin nicht."

Siena sah sich um und fragte: „Wo ist er eigentlich?"

Emma hob die Schultern.

Da öffnete sich die Verandatür und ein strahlender Lucas kam herein.

„Guten Morgen, meine lieben Schwestern", sagte er fröhlich und setzte sich. „Justin ist schon oben im Haupthaus. Er wollte mir doch tatsächlich meine Zeit abschwatzen!", fügte er empört hinzu. „Dabei ist mir jede Minute mit Ottilia heilig." Siena sah ihn fragend an.

„Wovon redest du? Welche Minuten kann man dir abschwatzen?" Lucas sah sie erstaunt an und fuhr sich über die Glatze. Emma erhob sich und holte tief Luft.

„Du willst mir erzählen, dass er schon frühmorgens im Büro ist? Das kann ich einfach nicht glauben!"

Sie band sich das buschige Haar zusammen und machte Anstalten zu gehen.

„Sei doch ein bisschen nachsichtig mit ihm. Du musst bedenken, dass er als Informatiker hier auf Entzug ist", sagte Lucas und hoffte, dass seine Bemerkung keinen Streit auslösen würde.

Siena schien verstanden zu haben und fragte dann: „Darf man seine Zeit verschenken?"

Lucas sah Emma entsetzt nach, die energisch aus dem Haus schritt.

„Soweit ich weiß, schon. Sonst hätte er mich doch nicht gefragt. Hoffentlich gibt es keinen Ärger", fügte er hinzu und goss sich einen Kaffee ein.

Beim ersten Schluck dachte er sehnsüchtig an seine Liebste und hoffte inständig, am Samstag aufs Festland fahren zu können. Seine Chancen standen gut, denn die anderen Bewohner schienen sich nicht einmal für ein paar Stunden vom Paradies trennen zu wollen.

Bei ihm entfachte diese Oase nicht mehr dieselbe Hochstimmung. Nach seiner Zeit auf *Harmonya* schien er etwas abgestumpft zu sein.

Justin setzte sich an einen Computer und tippte den Code ein. Er wartete auf die Verbindung, dann sah er, wie die Uhr am oberen Bildschirmrand rückwärts lief. Wie eine tickende Zeitbombe, dachte er und grinste.

Leider hatte er nur mickrige fünfzehn Minuten. Viel zu kurz für ein Game, dachte er und checkte seine Mails. Zum Glück schafften es nur die wichtigsten bis zu ihm, sein Assistent siebte das Postfach gekonnt.

Er überflog die Nachrichten und schrieb teilweise kurze Antworten, im Blick immer die verbleibende Zeit. Noch neun Minuten und dreißig Sekunden. Seine Finger tippten rasant auf der Tastatur und seine Augen flogen über den Bildschirm.

Er fühlte sich wie ein Junkie, der endlich wieder an seinen Stoff gekommen war. Schlimm, dachte er und schämte sich einen kurzen Moment dafür, dass er vorhin sogar Lucas um seine Zeit gebeten hatte.

Aber er brauchte locker die dreifache Zeit, um all seine Geschäfte zu erledigen. Schnell platzierte er noch seinen Tipp auf der Casino-Seite und sah, wie die letzten Sekunden zu blinken begannen. Dann loggte er sich aus und pfiff zufrieden.

Gerade als er sich erhob, wurde die Tür hinter ihm mit einem lauten Knall aufgerissen, und seine Frau stand breitbeinig und mit ernster Miene da.

Er lächelte sie an und wollte sie umarmen, doch sein Instinkt hielt ihn davon ab.

„Na, willst du auch meine Minuten?", fragte Emma gereizt und funkelte ihn böse an.

„Nein, alles gut. Wollen wir zusammen zum Strand gehen?", fragte er lässig und trat vor sie.

„Wolltest du wirklich Lucas Zeit haben?" Sie musterte ihn eindringlich und hob das Kinn.

Er nutzte die Gelegenheit und küsste sie auf den Mund. Sie wollte sich lösen, aber seine Hände glitten geschickt über ihren Rücken und umfassten ihren Po. Mit seiner Zunge liebkoste er ihre Lippen. Emma stöhnte und klammerte sich an ihn.

„Ich kenne ein schönes Plätzchen hier oben", flüsterte er und führte sie zum Fitnessraum.

Er öffnete die Tür und war überrascht, jemanden zu sehen. Bisher war der Raum immer verwaist gewesen und nun irritierte es ihn, dass Barbara auf dem Laufband stand und energisch auf die Tasten des Computers drückte.

„Kann ich dir helfen?", erkundigte sich Justin und ging auf sie zu. Emma folgte ihm und grinste.

„Das verdammte Ding funktioniert einfach nicht!", schimpfte Barbara und ihre Wangen glühten vor Zorn.

Justin verschaffte sich einen Überblick und bückte sich dann.

„Jetzt müsste es gehen. Du musst das Stromkabel da unten einstecken", sagte er ruhig und stand wieder auf.

„In meinem Gym musste ich das nie!", erwiderte sie genervt und schaute nun verwirrt auf die Programmauswahl. „Und was soll ich jetzt drücken? Ich will dreißig Minuten locker gehen", sagte sie zu Justin, als wäre er ihr Personal Trainer. Er drückte ein paar Tasten und drehte sich dann zu Emma um.

„Wir sind dann im Dampfbad. Dir viel Spaß beim Schritte sammeln", sagte er und ging davon.

„Die ist echt eine Nervensäge", flüsterte Emma, als sie sich auszog. Dann folgte sie ihrem nackten Mann. Er öffnete die Tür und Dampf entwich aus dem kleinen Raum.

„Vergiss sie, ich habe eine Überraschung für dich", sagte er und hielt ihr die Tür auf.

Sie ging an ihm vorbei und sah im ersten Moment nichts als dampfende Dunkelheit. Dann erspähte sie ein kleines grünes Licht und die gefliesten Bänke. Justin schloss die Tür hinter sich und spritzte dann mit einem Schlauch die Bänke ab. Plötzlich stand er hinter Emma und küsste ihren Nacken.

Sie spürte seine Hände auf ihren Brüsten und schloss die Augen. Der Dampf war noch nicht sehr heiß, eher angenehm, und sie genoss seine Nähe.

Geschickt glitten seine Hände über ihren verschwitzten Körper und streichelten ihren Schritt. Sie öffnete leicht ihre Beine und spürte seine Finger. Dann hielt sie es nicht mehr aus und drehte sich um.

Er setzte sich und wartete, bis sie auf ihm saß.

Sanft bewegte sie sich vor und zurück und spürte, wie sie zu verschmelzen schienen. Im dichten Dampf gaben sie sich ihrer Lust hin und stöhnten gemeinsam auf.

Nach dem Dampfbad duschten sie ausgiebig und legten sich dann draußen auf einen Liegestuhl.
„Was für ein Luxusleben. Eine traumhafte Insel und hier ein Haus mit allem Schnickschnack", resümierte Justin und legte sich ein Tuch über die Hüften. Die Sonne brannte vom Himmel und ein gewisses Körperteil war immer noch sehr empfindlich.
„Glaubst du, Lucas wohnt deshalb lieber hier als auf *Harmonya*?", fragte Emma und drehte sich auf den Bauch. Jetzt betrachtete Justin ihren wohlgeformten Po und seine Gedanken schweiften ab. „Justin? Hörst du mir überhaupt zu?"
„Natürlich. Ich weiß es nicht, du kennst ihn doch besser."
„Vielleicht hat es etwas mit Ottilia zu tun. Sie wollen bald heiraten", fuhr Emma fort und erinnerte sich wieder an das Gespräch mit Lucas. „Und was ist nun mit deiner Internetzeit? Reichen dir fünfzehn Minuten pro Woche nicht?"
Sie drehte sich zu ihm um und fixierte ihn. Er zuckte mit den Schultern und überlegte.
„Ich dachte, du wolltest ein Sabbatical machen. Das stellte ich mir aber ohne Internet vor. Wie willst du dich da erholen?"
„Das glaube ich nicht! Seid ihr nackt?" Barbaras schrille Stimme hallte über die Terrasse.
„Na und? Natur pur!", rief Justin zurück. Emma drehte sich wieder auf den Bauch und versuchte, ruhig zu bleiben.

„Ich finde das sehr unangebracht. Hier wohnen schließlich noch andere Leute!", kam es von der Tür und Justin räusperte sich.

„Dann geh doch in dein Haus oder sonst wohin. Wir bleiben hier, nackt, und wenn es dir nicht passt, dann geh!", rief Justin und zog sich das Tuch über den Kopf.

Dass seine Genitalien nun frei an der Luft lagen, entlockte Emma ein Kichern. Sie hörte noch Barbaras empörtes Keuchen und dann, wie die Tür wieder ins Schloss fiel. Beide prusteten los und genossen die anschließende Stille.

Siena saß mit ihrem Mann auf der Veranda und blickte von ihrem Buch auf, als Barbara mit großen Schritten auf das Haus zukam. Ihr Kopf war ungesund rot und sie schien zu schwitzen.

„Geht es dir gut, Barbara?", erkundigte sich Siena und legte ihr Buch auf den Schoss.

„Nein, mir geht es nicht gut!", spie sie aus und kam schnaufend die Treppe hoch. „Emma und Justin haben es gerade im Dampfbad getrieben und sonnen sich jetzt auf der Terrasse ... nackt!" Das letzte Wort schrie Barbara geradezu heraus und Siena musste sich zusammenreißen, um nicht zu lachen.

„Setz dich doch zu uns und beruhige dich. Möchtest du etwas Wasser?" Thomas zog einen Sessel heran und reichte ihr ein Glas.

Wie immer war er die Ruhe selbst, und Siena beobachtete, wie er mit der Situation umging.

„Ja!", sagte Barbara und ließ sich erschöpft in den Sessel plumpsen. Ihr Shirt klebte am Rücken, und sie spürte, wie erneuter Ärger in ihr aufstieg.

„Wenn du willst, kannst du nachher mit Siena und mir zum Strand kommen. Wir machen eine Meditation und zeigen dir, wie du mit einfachen Tricks zur inneren Ruhe findest", fügte er freundlich lächelnd hinzu.

Barbara schnappte nach Luft und trank dann gierig das Wasser. „Ich mache mir etwas Sorgen um deinen Blutdruck. So viel Ärger tut niemandem gut."

Barbara stand abrupt auf und stellte das Glas mit lautem Klirren zurück auf den Tisch.

„Nur weil du Arzt bist, musst du nicht ungefragt eine Diagnose herausposaunen. Ich verzichte darauf!", sagte sie energisch und ging davon.

„Ich wäre jetzt bereit für eine Meditation, nach diesem Orkan", sagte Siena und erhob sich.

„Dann hole ich die Tücher und freue mich auf ein paar ungestörte Stunden mit dir am Strand", sagte Thomas und ging ins Haus.

Siena sah ihm nach und stellte fest, dass er sich mit leichten Schritten entfernte. Auch ihm schien das Inselleben gut zu tun. Seit sie hier waren, hatten sie endlich Zeit für ihre täglichen Sporteinheiten.

Thomas liebte es zu schwimmen, sie hingegen joggte lieber um die Insel. Mit einer kurzen Pause schaffte sie es an einem Vormittag um die ganze Insel. Allerdings führte der Weg nicht nur am Strand entlang.

Das Haupthaus stand auf einer Klippe, und dort musste sie jeweils einen Umweg machen. Aber ansonsten hatte sie kilometerlangen weißen Sand als Untergrund. Sie liebte diese Einsamkeit und hätte nie gedacht, dass es ihr hier so gut gefallen würde.

Nach dem anstrengenden Leben im Krankenhaus, hatte sie gedacht, dass ihnen die Hektik fehlen würde, aber weit gefehlt. Sie schliefen lange, lasen in ihren mitgebrachten Büchern, halfen im Garten und ließen es sich gut gehen.

Thomas kam mit zwei Strandtüchern zurück, und Siena fiel wieder einmal auf, wie gut ihr Mann aussah. Das tägliche Schwimmen schien seiner Muskulatur gut zu tun, denn er wirkte breiter und stand aufrechter.

Sie sah ihn verliebt an und ging auf ihn zu. Dann schlang sie ihre Arme um seinen Nacken und küsste ihn zärtlich. Da seine Arme die Tücher hielten, konnte er sie nicht an sich drücken.

Sie löste sich wieder und sagte: „Ich liebe dich." Er lächelte sie an und seine braunen Augen leuchteten.

„Ich liebe dich auch", sagte er und dachte daran, wie glücklich er mit ihr war. Siena war eine tolle Frau, und auch nach vielen Jahren verehrte er sie regelrecht.

Ihr leicht gewelltes blondes Haar, ihre hellbraunen Augen, ihre feinen Gesichtszüge und ihre schlanke Statur verliehen ihr etwas Magisches.

Aber es waren ihre inneren Werte, die sein Herz berührten. Sie war ein so liebevoller und fürsorglicher Mensch. Er war sehr stolz darauf, sie zur Frau zu haben.

„Gehen wir?", fragte sie und riss ihn aus seinen verliebten Gedanken.

„Mit dir immer und überall hin."

„Darling?" Michael betrat den Gemeinschaftsraum und blickte sich um. Irma hob den Kopf und sah ihn verwirrt an. Anscheinend kam er gerade aus der Dusche, denn seine dunkelblonden kurzen Locken waren noch feucht.

Sie verspürte den Wunsch, mit ihren Fingern sein Haar zu berühren, und erschrak, als er plötzlich direkt vor ihr stand. „Erde an Irma, bist du da? Hast du Michelle gesehen?" Er lächelte sie an.

„Äh, nein ... sie sind noch nicht zurück ... von der Wanderung", stammelte sie und errötete.

Hastig griff sie nach dem Kochlöffel und rührte in dem dampfenden Topf. Die Hitze stieg auf und nun glänzten ihre runden, roten Wangen.

Zum Glück war die Küche nicht gut beleuchtet, lediglich die Fenster spendeten etwas Licht. Nach dem Regen war es für die Tageszeit sogar ziemlich dunkel.

„Hoffentlich ist ihnen nichts passiert. Das Gewitter war ganz schön heftig, findest du nicht?", sagte Michael und schaute neugierig in den Topf. „Das riecht aber lecker, darf ich mal probieren?", wechselte er abrupt das Thema.

„Natürlich," antwortete Irma und tauchte den Löffel hinein. Sie führte die heiße Masse zu ihrem Mund und blies instinktiv darauf. Dann hielt sie ihm den Löffel hin und schob ihn ihm in den Mund. „Chili mit Bohnen und Mango", sagte sie und beobachtete seine Reaktion.

„Lecker! Du bist eine Küchengöttin", sagte er und leckte sich über die Lippen. Irma spürte, wie sie wieder rot wurde, und wandte sich rasch ab.

Eifrig begann sie, die Messer zu waschen. Was soll das, schoss es ihr durch den Kopf, als sie hörte, wie Michael draußen die Essensglocke läutete.

„Hoffentlich sind alle unterwegs, dann bleibt mehr für mich übrig", sagte er und begann den Tisch zu decken. „Ich denke, wir essen drinnen, sonst müssen wir draußen alles abtrocknen", fuhr er fort, und Irma beobachtete, wie er gewissenhaft die Servietten faltete.

Sie mochte seine ruhige und besonnene Art und freute sich, dass er sich ihr gegenüber immer mehr öffnete. Anfangs schien er allen gegenüber sehr verschlossen zu sein, aber da Michelle viel unterwegs war, blieb ihm wohl nichts anderes übrig, als sich jemandem anzuvertrauen. Sonst würde ihm noch seine Stimme absterben, dachte sie und hob den Topf vom Feuer. Michael kam wie gerufen und trug ihn zum Tisch.

„Danke", sagte Irma und folgte ihm.

„Das riecht ja ausgezeichnet!", rief Lucas und kam strahlend durch die offene Tür. „Sind wir heute nur zu dritt?"

„Es kommen bestimmt noch ein paar mehr", antwortete Irma und nahm neben ihm Platz. Lucas goss für alle Wasser ein und wartete auf Michael. Dann sprach er ein kurzes Dankgebet und füllte freudig die Schalen.

„Barbara, komm, sie sind schon bei Tisch!", rief Pietro über die Schulter, als er eintrat. Er lächelte in die Runde und bedankte sich bei der Köchin.

Schon wurden Irmas Wangen wieder glühend heiß und sie regte sich innerlich auf. Warum musste sie immer gleich rot werden? Es ärgerte sie und sie stopfte sich frustriert ein Stück Brot in den Mund.

Als die Mahlzeit fast zu Ende war, traten Michelle und Robin völlig durchnässt über die Schwelle.

„Ach herrje", rief Irma und sprang abrupt auf. „Ich hole euch Handtücher!"

Barbara musterte die Neuankömmlinge skeptisch und ließ sie nicht aus den Augen. Wie dumm musste Irma sein, um nicht zu erkennen, dass zwischen den beiden etwas lief, dachte sie und tupfte sich den Mund mit der Serviette ab.

„Vielen Dank, Irma", sagte Michelle und trocknete sich Gesicht und Haare. „Das Gewitter hat uns total überrascht, wir konnten nur noch hoffen, dass wir heil zurückkommen", sagte sie und ging auf Michael zu. Er stand auf und nahm sie in die Arme.

„Darling, du solltest bei diesem Wetter zu Hause bleiben. Ich brauche dich noch", flüsterte er.

„Wir wussten ja nicht, dass es so schlimm werden würde", antwortete sie und löste sich wieder von ihm.

„Hier kann es plötzlich heftig regnen", warf Lucas ein und erinnerte sich an die vielen Stürme auf *Harmonya*.

Robin gab Irma einen langen Kuss und ging dann zu seinem Haus.

Spuren verwischen, dachte Barbara und nahm sich vor, Phoebe später alles genau zu erzählen.

„Habt ihr keinen Unterschlupf gefunden?", fragte Irma, als sie sah, wie Robin sich auszog und in die Wanne stieg.

„Leider nicht. Wir waren schon auf dem Rückweg und dachten, es wäre besser, gleich hierher zu laufen. Zum Glück hatte ich Jack nicht dabei, der hätte keinen Meter mehr geschafft, bei den vielen Blitzen", sagte er und drehte das Wasser auf. „Wo ist er eigentlich?" fuhr er fort und begann, seinen durchtrainierten Körper einzuseifen.

„Er schläft im Flur. Ich war mit Michael am Strand und er musste gefühlte hundert Mal den Ball apportieren. Das Gewitter hat er nicht gehört, so erschöpft war er", sagte sie und überlegte, ob sie zu ihrem Mann in die Wanne steigen sollte.

„Dann musst du wohl oder übel zu mir kommen, ich benötige etwas Aufmunterung, nach diesem Debakel", sagte er und sah sie verführerisch an.

Irma freute sich über seine telepathischen Fähigkeiten und zog sich rasch das Kleid über den Kopf.

Robin nahm die Seife in die Hand und begann sie zärtlich zu waschen. Er konnte noch den Duft von frischem Brot in ihrem Haar riechen und spürte, wie sein Magen zu knurren begann.

„Hast du Hunger?", fragte sie erstaunt.

„Das kann warten. Zuerst möchte ich etwas von dir kosten", antwortete er und küsste sie leidenschaftlich.

Als Irma später auf die Veranda trat, lagen Michelle und Michael auf ihren Matten und schliefen. Sie lächelte und wollte sich bereits wieder entfernen, als Michelle erwachte und sich aufsetzte.

„Bleib doch, Irma. Wir sind wohl beim Meditieren eingeschlafen", sagte sie und gähnte herzhaft. Michael erwachte ebenfalls und streckte sich.

„Was ist denn hier los?", fragte Robin, der mit einem Stück Brot bewaffnet auf die Veranda kam. „Bist du etwa müde vom Laufen? Obwohl du wie viele Jahre jünger bist als ich?" Er grinste Michelle an und setzte sich auf einen Sessel.

„Es sind acht Jahre! Und ich habe meditiert", rechtfertigte sich Michelle und warf ihm einen gespielt entrüsteten Blick zu.

„Ach, sagt man dem nun so? Ich hingegen habe die Vorzüge einer glücklichen Ehe genossen, wenn du verstehst, was ich meine", fuhr er fort und rückte den Sessel für Irma zurecht. Sie strich sich verlegen durchs Haar und lächelte.

„Und das musst du uns mitteilen?", mischte sich Michael ein und schloss wieder die Augen. „Ich benötige solche Informationen jedenfalls nicht, nur so zu deiner Info."

„Ach komm schon, das ist doch kein Geheimnis. Wir haben doch alle ab und zu Sex. Ist doch nichts dabei", entgegnete Robin verärgert über Michaels Kommentar.

„Ich finde nur, dass das eine Information ist, die man nicht einfach so rausposaunen muss. Schon gar nicht, wenn die anwesende Dame damit nicht einverstanden ist", beharrte Michael und betrachtete nun Irma.

Sie wurde noch röter, obwohl das fast nicht mehr möglich war, und hüstelte verlegen. Die Stimmung drohte zu kippen, und Michelle sprang auf die Füße.

„Wollen wir heute Abend zu viert etwas unternehmen?", warf sie in die Runde und blickte reihum.

„Nein danke", antwortete Michael wie aus der Pistole geschossen. „Ich werde mein Buch zu Ende lesen. Es sind nur noch ein paar Seiten übrig und ich muss wissen, wer der Mörder ist."

„Oder die Mörderin", korrigierte Irma.

Robin und Michelle starrten sie verblüfft an.

„Stimmt doch! Ich glaube immer noch, dass die Ärztin die alte Dame um die Ecke gebracht hat", sagte sie triumphierend.

„Nie im Leben!", protestierte Michael und stand auf. „Was hätte sie davon? Sie bekommt keinen Cent ... das Testament ist hieb- und stichfest!"

Irma holte tief Luft und bemerkte nicht, dass ihr Mann sie irritiert ansah.

„Aber sie hatte die Nase voll von der nervigen, bösen alten Schachtel. Die hat doch nur rumgemeckert und alle tyrannisiert. Sieh dir doch nur die arme Haushälterin an, die hat sie fast in den Tod getrieben!" Michael musste schmunzeln und dachte angestrengt nach.

„Was ist denn hier los?", mischte sich Michelle ein und stemmte die Fäuste in die Hüften.

„Ich habe eine Idee. Ihr beide geht mit Jack an den Strand und Irma und ich finden heraus, wer der Mörder ist", sagte Michael entschieden. „Dann kann ich nachher wenigstens ruhig schlafen. Mit einem Lächeln im Gesicht, weil ich Recht hatte."

„Phaa! Das werden wir ja sehen! Es war bestimmt die Ärztin, da bin ich mir hundertprozentig sicher", sagte Irma und folgte Michael in den Gemeinschaftsraum.

Robin zuckte mit den Schultern und nahm Michelles Hand.

„Dann lass uns den Sonnenuntergang genießen", sagte er und wollte gerade die Treppe in den Garten nehmen, als Michelle ihn entschieden zurückhielt.

„Hast du nicht etwas vergessen?", fragte sie und sah ihn amüsiert an.

„Die Badehose? Völlig überbewertet!", antwortete er und beobachtete, wie Michelle ins Haus ging.

„Jack!", rief sie, und er hörte, wie Irma sie fragte, ob er sich ihr gegenüber anständig benahm. „Seine ausgeprägte Freikörperkultur kann nerven. Sag mir einfach, wenn er bei dir eine Grenze überschreitet", hörte Robin seine Frau noch sagen.

Jack kam schwanzwedelnd auf die Veranda, gefolgt von einer grinsenden Michelle.

„Was höre ich da? Deine Nacktbaderei ist also ausgeprägter, als ich dachte", sagte sie und ging lachend an ihm vorbei.

„Na und? Das praktizieren doch viele! Ist doch nichts dabei", entgegnete Robin und versuchte, mit ihr Schritt zu halten. Jack war bereits vorausgegangen, offenbar wusste er, dass es ans Meer ging.

„Fällt es dir denn nicht schwer, vor anderen nackt zu sein?", hakte Michelle nach.

Robin fragte sich, warum so viele Menschen damit so ein Problem hatten. Er kannte die FKK-Szene seit seiner Kindheit und fand das überhaupt nicht eigenartig.

„Was ist denn schon dabei? Alle sehen doch gleich aus, … mehr oder weniger."

„Und die sexuelle Spannung, die dabei entsteht?", fragte sie unverblümt. Robin lachte laut heraus. „Was ist so lustig an meiner Frage? Ich meine es ernst. Die Männer, die ich je nackt gesehen habe, mit denen bin ich immer im Bett gelandet. Außer mit meinem Vater … und meinen Brüdern natürlich", fügte sie hinzu.

Als sie den Satz ausgesprochen hatte, fiel ihr ein, dass sie ja nur mit Michael geschlafen hatte. Er war ihr erster und einziger Mann gewesen. Doch sie schämte sich ein wenig dafür. Dass sie wenig Erfahrung mit Männern hatte, wollte sie niemandem auf die Nase binden.

„Das ist ja das Problem. Nackte Haut wird heute einfach pauschal sexualisiert. Dabei hat es mit Sex rein gar nichts zu tun!" Robin kratzte sich am Kinn und warf Jack eine Kokosnuss. Der sprintete dem runden Objekt fröhlich hinterher. „Nur weil ich es angenehm finde, ohne Klamotten zu sein, heißt das noch lange nicht, dass ich mit jeder nackten Frau in die Kiste springen will."

Michelle sah ihn von der Seite an und dachte nach. „Nicht einmal mit dir", fügte er hinzu.

Sie hob die Augenbrauen und blieb abrupt stehen.

Jack kam hechelnd zurück und warf Robin die Nuss vor die Füße. Er bückte sich und warf sie noch einmal weit weg. Sofort sprang der Labrador hinterher und Michelle wartete, ob Robin noch etwas hinzufügen wollte.

„Was meinst du damit?", unterbrach sie die Stille und wurde ein wenig nervös.

„Ich liebe Irma und würde sie nie betrügen. Aber das Flirten kann ich mir nicht verkneifen. Ich genieße die Gesellschaft intelligenter Frauen, und da darf es schon mal etwas knistern. Aber mehr wird es bei mir nie geben. Irma und ich, wir vertrauen uns blind", schloss er und pfiff Jack zurück.

Michelle war erleichtert über seine klaren Worte und spürte, wie die Anspannung von ihr abfiel. Im Stillen hatte sie schon befürchtet, dass er nur ihre Nähe suchte, um bei ihr landen zu können.

Auch sie liebte Michael aus tiefstem Herzen und konnte sich keinen anderen Mann vorstellen. Beschwingt ging sie neben ihm her und genoss den herrlichen Sonnenuntergang.

Barbara stieg mit Pietro händchenhaltend die Treppe zum Haupthaus empor. Die Sonne stand tief am Horizont und das Meer glitzerte, als würden tausend kleine Diamanten auf der Wasseroberfläche tanzen.

„Was für ein Anblick", sagte Pietro andächtig und drückte ihre Hand fester. Barbara musste sich einen Ruck geben, um die Schönheit der untergehenden Sonne wahrzunehmen. Ihr schwirrte immer noch der Kopf.

Dieses Techtelmechtel auf der Insel, wie sie es nannte, machte sie ganz nervös. Dabei hatte sie geglaubt, hier endlich zur Ruhe zu kommen.

Sie vermisste die Arbeit auf der Farm und konnte mit der vielen freien Zeit nicht viel anfangen.

Und überall, wo sie hinkam, waren diese Viecher. Am Strand wäre sie beinahe auf eine Krabbe getreten. Dann die vielen Vögel, die sie im Wald regelrecht zu verfolgen schienen. Und zu guter Letzt Irmas Köter, der immerzu bestialisch stank.

Ihr fehlte eine sinnvolle Beschäftigung und das machte sie wütend. Sie spürte den Druck von Pietros Hand und ließ abrupt los.

Die Hitze machte ihr auch zu schaffen. Sie wischte sich die nasse Hand an ihrem Rock ab und stieg weiter. Vielleicht war sie nicht für dieses Klima geschaffen.

„Willst du schon zurück?", fragte Pietro etwas enttäuscht.

„Ich schwitze und brauche ein Glas Wasser", antwortete sie gereizt.

Er strich sich über den Bart und schüttelte leicht den Kopf. Warum konnte sie sich nicht einen Moment entspannen und dieses berührende Naturschauspiel genießen? Er atmete tief durch und folgte ihr.

Er dachte an den Moment der Entscheidung und stellte fest, dass Barbaras Beweggründe, um auf die Insel zu ziehen, sich wohl doch nicht bewahrheitet hatten.

Sie hatte sich hier ein glücklicheres Leben erhofft. Aber jetzt bezweifelte er, dass sie sich wohlfühlte. Dauernd schimpfte sie über dies und das.

Ihm dagegen gefiel es sehr gut. Endlich hatte er Zeit, ausgiebig zu angeln und seinen müden Körper zu erholen. Vierzig Jahre als Farmer waren nicht spurlos an ihm vorübergegangen.

Er hatte es als gutes Omen angesehen, dass es ihnen gelungen war, ihr Anwesen so erfolgreich zu verkaufen.

Nun konnten sie gemeinsam ihren Vorruhestand genießen. Doch leider schien dieser Plan für Barbara nicht aufzugehen.

„Kommst du?!", rief sie laut und riss ihn aus seinen Gedanken. Er nickte und folgte ihr.

Als sie das Dorf erreichten, sprang Jack wie aus dem Nichts aufgeregt an Barbara hoch. Er schien sich zu freuen, was nicht auf Gegenseitigkeit beruhte.

„Aus Jack ... aus!", schrie Barbara und versuchte, ihn wegzustoßen. Aber Jack dachte wohl, sie wolle mit ihm spielen und bedrängte sie weiter.

Ein lauter Pfiff riss den Labrador aus seinem Begrüßungstanz und er machte abrupt kehrt.

Da kamen Michelle und Robin gut gelaunt auf sie zu und der Hund zeigte sich nun von seiner folgsamen Seite.

„Schau dir mein Kleid an!", schimpfte Barbara und versuchte, die Pfotenabdrücke mit der Hand wegzuwischen.

„Man trägt auch kein Weiß auf einer Insel", bemerkte Michelle und schüttelte den Kopf. Barbara funkelte sie böse an und ging zielstrebig an ihr vorbei.

„Du kannst es Irma zum Waschen geben. Die kriegt jeden Fleck raus!", rief Robin ihr hinterher und zuckte mit den Schultern.

Pietro lächelte verlegen und folgte seiner Frau.

Drinnen mussten sich seine Augen erst an die Dunkelheit gewöhnen. Er tastete sich zur Tür und sah, dass sie nur angelehnt war.

Ein leises Wimmern führte ihn ins Schlafzimmer, wo er Barbara weinend auf dem Bett sitzen sah.

„Liebling", sagte er behutsam, setzte sich zu ihr und legte einen Arm um ihre Schultern. „Was hast du?"

Sie schnäuzte sich geräuschvoll und sah ihn erstaunt an.

„Dieser doofe Köter hat es auf mich abgesehen! Immer und überall belästigt er mich."

„Ach, Liebling, Jack will dich doch nur aufmuntern", sagte Pietro und strich ihr liebevoll über den Rücken.

„Mich aufmuntern?", schrie sie und Pietro zuckte augenblicklich zusammen. „Nein, der Hund muss weg … oder ich", sagte sie entschlossen und verschränkte die Arme vor der Brust. Pietro atmete schwer und sammelte sich.

„Schau mal. Das haben nicht wir zu entscheiden. Jack hat ein Ticket bekommen, genau wie wir. Er ist ein Familienmitglied von Irma und Robin. Und ich glaube wirklich, dass er dich mag. Vielleicht spürt er, dass du traurig bist. Er will dich aufmuntern und versucht, deine Aufmerksamkeit zu bekommen."

Barbara räusperte sich und schien zu überlegen.

„Vielleicht sollten wir beide mal mit ihm eine Runde spazieren gehen. Dann lernst du ihn besser kennen und kannst es eher akzeptieren, dass er nun Teil unserer Gemeinschaft ist", sagte Pietro und erhob sich.

„Aber dann haben Michelle und Robin kein Alibi mehr", erwiderte sie und blickte zu ihrem Mann auf.

„Ein Alibi wofür?" Er starrte sie irritiert an.

„Zwischen den beiden läuft etwas! Da bin ich mir zu hundert Prozent sicher!", sagte sie entschlossen und faltete die Hände. „Die gehen immer zu zweit irgendwohin. Sie betrügen ihre Ehepartner und niemand schaut hin, … nur ich!"

„Hast du sie schon mal irgendwo erwischt?", fragte Pietro und hoffte inständig, dass es nur ein Verdacht war.

Von Lucas hatte er erfahren, dass auf *Harmonya* das Thema Seitensprung einen regelrechten Orkan ausgelöst hatte, und das wollte er hier nicht erleben.

Er sehnte sich nach Ruhe und Beständigkeit. Gerade deshalb hatte er es geschätzt, dass hier auf *Hillarya* keine Kinder erlaubt waren. Dieses Geschrei von früh bis spät ertrug er nicht. Vielleicht war das einer der Gründe, warum Barbara und er kinderlos geblieben waren.

Sie hatten beide nie die nötige Gelassenheit gehabt, um eine Familie zu gründen. Auf ihrer Farm hatte es auch keine Tiere gegeben, nur Hühner. Dafür aber viele Felder mit Obstbäumen. Er dachte an die ruhigen Morgenstunden bei seinem täglichen Rundgang über die Plantage, als Barbara plötzlich direkt vor ihm stand.

„Also, den Liebesakt direkt, habe ich nicht gesehen", sagte sie und sah ihn prüfend an.

Pietro schüttelte instinktiv den Kopf und überlegte fieberhaft, was sie mit Liebesakt meinte.

„Aber die beiden sind doch fast immer unzertrennlich! Am Strand, oben im Haupthaus, immer sehe ich Michelle mit Robin. Dabei ist Michael doch ihr Ehemann!" Das letzte Wort spuckte sie mit Nachdruck aus. Jetzt verstand Pietro, von was sie sprach.

Er ging ins Badezimmer und wusch sich das Gesicht. Dann tupfte er bedächtig den Bart trocken und erwiderte: „Barbara, lass die anderen einfach in Ruhe. Es macht dich nicht glücklich, wenn du deine Nase in fremde Angelegenheiten steckst. Am besten, du suchst dir ein Hobby, dann kommst du nicht mehr in Versuchung, deine Energie in Klatsch und Tratsch zu investieren."

Er schaute ihr direkt in die Augen und hoffte, dass sie einen Weg aus dieser negativen Spirale finden würde. Sonst würden sie nicht mehr lange hier bleiben können.

8. GEHEIMNISSE

Justin blickte sich um und kam sich augenblicklich wie ein Dieb vor. Er hatte keinen Grund dazu, redete er sich ein und drehte den Türknauf. Drinnen schien es still zu sein, es brannte kein Licht.

Perfekt, dachte er und grinste. Das schlechte Gewissen überkam ihn trotzdem und er betrat den Raum. Sollte er das Licht anmachen oder sich tastend den Weg bahnen? Er griff in seine Jeanstasche und holte eine Schachtel Streichhölzer hervor. Gekonnt zündete er eines an und schritt zielstrebig geradeaus.

Als sein Daumen verdächtig heiß wurde, blies er es aus und zündete ein weiteres an. Dann sah er das Objekt seiner Begierde und setzte sich freudestrahlend davor.

Mit einer lässigen Handbewegung löschte er das zweite Streichholz.

Da ertönte wie aus dem Nichts ein ohrenbetäubender Piepton. Justin zuckte zusammen und schaute sich um. Doch in der Dunkelheit konnte er nicht ausmachen, woher das nervtötende Geräusch kam.

Laute Schritte polterten die Treppe hinunter und im Nu saß er im hell erleuchteten Büro.

„Was ist denn hier los?", rief Anthony sichtlich verschlafen und strich sich über den Dreitagebart. Justin hob die Hand und zeigte ihm das Streichholz.

„Wolltest du hier etwa ein Feuer machen?", kam die Frage von der Tür, und Anthony kletterte geschickt auf den Tisch. Er drehte den Rauchmelder von der Decke und sprang wieder auf die Füße. „Du weißt schon, dass es hier Strom gibt, oder?"

„Ich wollte niemanden wecken", gab Justin kleinlaut zurück und fühlte sich wie ein ertapptes Kind.

„Wir schlafen ja nicht hier im Büro, sondern ein Stockwerk höher und sehen nicht, wenn das Licht an ist. Dafür hören wir den Rauchmelder sehr gut. Was machst du eigentlich mitten in der Nacht hier? Hast du dich mit Emma gestritten? Oder konntest du der Versuchung nicht widerstehen?"

Anthony hatte die Arme vor der Brust verschränkt und blickte belustigt auf Justin herab.

„Eher letzteres, ... Emma schläft", antwortete er knapp und hielt zwei Kärtchen zwischen den Fingern.

„Wie ich sehe, hast du dir die Zeit eines anderen unter den Nagel gerissen", stellte Anthony fest und wartete auf eine Erklärung.

Justin überlegte angestrengt, ob er ihm sagen sollte, wer ihm die Karte gegeben hatte.

„Ich habe sie von Phoebe, ... falls du es unbedingt wissen willst", gab er trotzig zurück. „Anscheinend ist sie froh, einen Grund zu haben, ihren Töchtern nicht zu schreiben."

Anthony nickte und drehte sich abrupt um. Er legte den Rauchmelder auf den Tisch und winkte mit einer Hand.

„Schlaf gut, Tony", flüsterte Justin und drückte erleichtert auf den Einschaltknopf.

Jetzt hatte er dreißig ungestörte Minuten im Internet und grinste zufrieden auf den Bildschirm.

Irma gähnte herzhaft und drehte sich im Sessel um. Jack schlief neben ihr und zuckte mit den Pfoten.

„Träumt er wieder?"

Erschrocken fuhr sie herum und sah Michael vor sich stehen. „Lust auf einen kleinen Abendspaziergang?", fragte er und warf einen Tennisball von einer Hand in die andere. Irma versuchte, gelassen zu wirken und lächelte verlegen.

„Ich glaube, Jack ist zu müde. Er war mit Robin joggen und braucht jetzt etwas Schlaf", antwortete sie und spürte die Enttäuschung in sich aufsteigen. Sie wäre gerne noch ein Stück mit Michael gelaufen.

„Kein Problem, dann lassen wir die Fellnase eben hier und sammeln noch ein paar Schritte zusammen. Michelle ist noch oben im Kraftraum und kommt erst spät zurück. Dann schlafe ich wahrscheinlich schon", sagte er und legte den Ball vorsichtig auf den Tisch. „Kommst du?"

Irma erhob sich und sah kurz zu Jack hinunter. Er hörte ihre Bewegung nicht und schlief tief und fest. Sie schlich Michael hinterher und schloss leise die Tür hinter sich.

Der Sand war noch warm und die Wellen kräuselten sich am Ufer. Irma sog genüsslich die salzige Luft ein und genoss die Bewegung. Sie hatte den ganzen Tag gelesen und spürte jetzt, wie verspannt sie war.

Schweigend gingen sie nebeneinander und hingen ihren Gedanken nach. Irma wusste nicht einmal, wo Robin steckte. Er hatte nach dem Joggen kurz geduscht und sich dann mit Thomas in der Küche unterhalten.

Sie hatte nicht mitbekommen, wann und wohin er gegangen war.

Ihr neuer Krimi fesselte sie so sehr, dass sie ihre Umgebung nur noch verschwommen wahrnahm. Wer könnte diesmal der Mörder sein, dachte sie und grinste bei dem Gedanken an ihren kürzlichen Triumph.

„Was ist so amüsant, wenn ich fragen darf?" Michael stupste sie von der Seite an und beobachtete sie.

„Ich dachte gerade an meinen Sieg", antwortete sie und hielt sich die Hand vor die Augen. Bald würde die Sonne das Wasser berühren. „Diese Ärztin hatte es faustdick hinter den Ohren. Zum Glück hat man sie erwischt. Ansonsten hätte sie noch weitere betagte Menschen ins Grab befördert!"

Michael lachte laut auf und erwiderte: „Du weißt schon, dass das reine Fiktion ist. Dieses Buch ist erfunden und keine Dokumentation."

Sie nickte und lächelte.

Es war in ihren Augen eine Gabe, dass sie mit allen Sinnen in ein Buch, in eine Geschichte eintauchen konnte. Wie oft hatte sie geweint, wenn die Liebe nicht in einem happy End endete. Oder schlimmer noch, wenn eine geliebte Figur plötzlich starb. Sie liebte es und fieberte beim Lesen richtiggehend mit den Protagonisten mit.

„Ach, Michael, es macht einfach Spaß, mit dir über meine Leidenschaft, … unsere Leidenschaft zu sprechen", sagte sie und wandte sich ab.

Das Haupthaus leuchtete strahlend weiß in der Abendsonne. Sie ging auf die Treppe zu, ohne sich umzudrehen. Er würde ihr folgen.

Oben angekommen, stockte ihnen der Atem.

Die riesige leuchtende Kugel berührte gerade die Wasseroberfläche und schien zu brennen.

„Wie schön", flüsterte Irma.

Hinter sich hörte sie ein Geräusch und drehte sich um. Aus einem soeben geöffneten Fenster drang laute Musik. Michael blickte ebenfalls nach oben und grinste.

„Schon lange nichts mehr mit Rhythmus gehört", sagte er lächelnd.

Irma fühlte sich augenblicklich in ihre Jugend zurückversetzt und strahlte richtiggehend.

„Zu diesem Lied habe ich zum ersten Mal eng umschlungen getanzt", erinnerte sie sich. „Bei Toby in der Garage. Er hieß Ethan und war der Schwarm aller Mädchen. Aber aus irgendeinem Grund bat er mich um diesen Tanz."

„Darf ich bitten?", fragte Michael und hielt ihr seine Hand hin. Irma nahm sie gerührt und ließ sich von ihm auf die Terrasse führen.

Gekonnt drehte er sie sanft um ihre Achse und legte dann seine Hand auf ihren Rücken. Irma schloss die Augen und schien vor Glück zu platzen.

Diese Kulisse, die warme Abendbrise und der vertraute Song ließen sie richtiggehend schweben.

„Purple Rain", flüsterte Michael und blickte auf den rotorangenen Horizont. Das Lied schien nicht enden zu wollen und Irma schmiegte sich an Michaels Schulter.

Es fühlte sich so vertraut und richtig an und sie genoss den unbeschwerten Moment.

Die Musik hallte über ihnen und plötzlich hielt Michael inne. Irma blickte auf und sah sein Gesicht dicht vor ihrem. Ohne nachzudenken, küssten sie sich.

Er schlang seine Arme um ihren Körper und sie öffnete leicht ihren Mund.

Die Welt schien sich nicht mehr zu drehen, die Musik rückte in den Hintergrund und das nächste Lied nahmen beide nicht mehr wahr.

Der Kuss wurde leidenschaftlicher und Michael umfasste mit beiden Händen Irmas Hintern. Diese Berührung ließ sie aufschrecken.

Abrupt löste sie sich aus seiner Umarmung. Erschrocken sahen sie sich in die Augen und Irma fasste sich an den Mund. Michael lächelte verlegen und legte einen Finger auf seinen Mund.

„Verzeihung", sagte er leise, und wandte sich mit hängenden Schultern ab.

Irma sah ihm nach und spürte, wie ihre Beine schwach wurden.

Schwer atmend setzte sie sich hin und versuchte, sich zu sammeln. Was war das eben, dachte sie. Wie konnte das passieren? Sie schüttelte den Kopf und bemerkte, wie die Dämmerung über sie hereinbrach.

Mühsam erhob sie sich wieder und ging um das Haus herum. Das Licht aus dem Fitnessraum erhellte ihr den Weg und instinktiv blickte sie hinein.

Robin saß an einer Maschine und kämpfte sich verschwitzt ab. Weiter hinten sah sie, wie Michelle eine riesige Hantel gekonnt in die Luft stemmte.

Irma schlich weiter und versuchte, das aufkeimende schlechte Gewissen hinunterzuschlucken. Es war nur ein Kuss, ein flüchtiger Kuss. Es hatte nichts zu bedeuten.

Sie versuchte, Michael in der Dunkelheit zu finden, aber er schien schon unten im Dorf zu sein.

Eilig lief sie den Weg hinunter und versuchte angestrengt, das Geschehene zu vergessen.

„Genug ist genug!", rief Robin durch den Raum und stemmte sich hoch. Sein Shirt klebte an seinem Body und er strahlte. Michelle drehte sich zu ihm und nickte. „Ich gehe duschen", sagte er und schlenderte in den hinteren Teil.

Sie schaute auf die Uhr an der Wand und sah, dass es bereits Mitternacht war. Hatten sie so lange trainiert? Mit Robin verging die Zeit im Kraftraum wie im Fluge.

Er kannte so viele Tricks, das machte sie unersättlich. Sie setzte sich auf den Boden und dehnte den Rücken. Diese abendliche Ruhe fand sie großartig. Wenn alle schliefen, die Temperaturen angenehm wurden und die Stille überhand nahm.

Jetzt war auch die Musik von oben verstummt, offenbar waren sie zu Bett gegangen.

Sie hing noch ihren Gedanken nach und fragte sich, wie sie endlich zur Ruhe kommen konnte. Dieses intensive Training, das sie seit dem ersten Tag auf der Insel absolvierte, raubte ihr den Schlaf. Sie fühlte sich wie unter Strom und konnte Abend für Abend nur schwer loslassen und entspannen.

Die freie Zeit tat ihr zwar gut, aber ihr Körper schien immer mehr zu wollen. Sie schnappte sich ein Handtuch und ging ins Bad.

Der Dampf der Dusche schlug ihr entgegen und sie musste sich erst orientieren. Sie hörte das leise Plätschern und ein Keuchen.

Vorsichtig näherte sie sich der Glaswand und sah Robin nackt unter der Dusche stehen. Seine Gesäßmuskeln waren angespannt und sein breiter Rücken glänzte vom Wasser.

Jetzt sah sie, wie sich sein Arm hin und her bewegte.

Sie weitete die Augen und konnte es nicht glauben. Da stand er und holte sich einen runter.

Einen Moment lang überlegte sie, was sie tun sollte. Leise zurückziehen oder bleiben? Doch ein Ziehen in ihrem Unterleib fällte die Entscheidung.

Sie streifte sich die verschwitzten Kleider ab und ging wie selbstverständlich unter die zweite Dusche.

Robin blickte erschrocken auf und seine Hand stoppte in der Bewegung. Michelle sah ihn verlangend an und drehte das Wasser auf. Sie stellte sich kurz unter den warmen Wasserstrahl und griff dann nach dem Duschkopf.

Sie lehnte sich mit dem Rücken an die beschlagenen Fliesen und führte die Brause zwischen ihre Schenkel.

Robins Augen weiteten sich, und seine Hand nahm augenblicklich ihre Arbeit wieder auf.

Das Rauschen des Wassers wurde durch lautes Stöhnen durchbrochen.

Im nächsten Moment schämte sich Michelle und steckte die Brause hastig in die Halterung zurück. Schweigend seifte sie sich ein.

Robin beseitigte seine Spuren und drehte dann das Wasser seiner Dusche ab. Er ging schweigend an ihr vorbei, als wäre nichts Ungewöhnliches geschehen, und begann in der Garderobe ein Lied zu pfeifen.

Aufgewühlt suchte er seine Klamotten und konzentrierte sich auf das Lied. Immer wenn er nervös war, half ihm das Pfeifen, sich zu beruhigen.

Was hatte er sich nur dabei gedacht, schoss es ihm durch den Kopf.

Er war eigentlich vom Training ausgelaugt gewesen. Aber seine aufkeimende Lust hatte er einfach abschütteln müssen.

Er hatte gedacht, dass Michelle noch etwas länger mit ihren Dehnübungen beschäftigt sein würde, aber da hatte er sich geirrt.

Vor seinem geistigen Auge sah er noch immer ihren makellosen Körper. Und wie sie da unter der Dusche stand und sich selbst zum Höhepunkt brachte. Er konnte es nicht fassen.

Er zog sich das Shirt über den Kopf und versuchte das Gesehene zu vergessen, aber es hatte sich fest in seine Iris eingebrannt.

Michelle wusch sich ungewöhnlich lange die Haare, in der Hoffnung, dass Robin bis dahin schon weg sein würde.

Doch als sie aus dem Dampf trat, saß er grinsend auf der Bank und reichte ihr ein frisches Tuch. Hastig nahm sie es und bedeckte damit ihren Körper. Auch wenn es ihr lächerlich vorkam, jetzt, wo er sie nackt und aus nächster Nähe beim Masturbieren beobachtet hatte.

„Jetzt werden wir bestimmt gut schlafen. Ein intensives Training und ein krönender Abschuss, … äh Abschluss was will man mehr?", sagte er und kämmte sich lächelnd die Haare zurück.

Michelle suchte in ihrer Tasche nach frischer Unterwäsche und wusste nicht, was sie antworten sollte.

Als sie angezogen vor ihm stand, nickte sie zur Tür und ging voran.

„War das gerade ein Seitensprung?", fragte sie leise.

„Bestimmt nicht", antwortete Robin und blickte in den klaren Sternenhimmel. „Ich denke, dazu braucht es schon Körperkontakt."

„Sollen wir es Irma und Michael beichten?"

„Soweit würde ich nicht gehen", antwortete Robin und blieb stehen. „Kleine Geheimnisse können nicht schaden", fuhr er fort und fragte sich, was Irma dazu sagen würde. „Ich verspreche dir, ich werde dich nie anfassen. Es sei denn, du brauchst meine Hilfe beim Training."

Michelle ging weiter und fragte sich, wohin das führen würde. Sie hatte sich bis jetzt nur einem Mann so gezeigt. Michael war ihre erste Liebe und vor ihm hatte sie nie einen anderen gehabt. Aber jetzt schien eine Schranke durchbrochen zu sein und sie fühlte sich verletzlich.

„Komm schon, das war ein einmaliger Ausrutscher, keine große Sache. Alles ist gut." Robin musste sich selbst davon überzeugen, dachte Michelle und nickte.

Im Dorf angekommen, schlichen sie leise die Stufen zur Veranda hinauf und verabschiedeten sich mit einem kurzen Nicken.

Die beiden Türen öffneten und schlossen sich synchron.

Barbara starrte an die Decke und ihr schwirrte der Kopf. Das könnte ein weiterer Beweis sein, dachte sie und lauschte in die Stille. Niemand hatte gesehen, wie sie hier auf dem Sofa auf die Abtrünnigen gelauert hatte.

Das musste sie baldmöglichst Phoebe erzählen.

Leise stand sie auf und ging zu ihrem Haus. Pietro schlief bestimmt schon.

Die Wellen schlugen heftig gegen den Strand und Lucas blickte besorgt in Richtung *Harmonya*. Er konnte die Insel nicht mehr sehen, die Gewitterwolke hüllte sie in dunkelgrauen Dunst.

Mit großen Schritten ging er auf die Treppe zu und erklomm eine Stufe nach der anderen. Geht schon besser, dachte er lächelnd.

Je weiter er kam, desto stolzer wurde er. Seit seiner Ankunft hatte er einige Pfunde verloren.

Dass er sich fast täglich mit Thomas zum Schwimmen verabredete, tat seinem Körper sichtlich gut. Und Emmas ausgewogene Küche trug ihren Teil dazu bei.

Ottilia hatte ihn bei seinem letzten Besuch erschrocken angesehen. Ob er krank sei, hatte sie ihn gefragt. Nein, eiserne Disziplin, dachte er und blickte nun vom Ende der Treppe über den Ozean.

Die Wolken zogen weiter und würden *Hillarya* wohl verschonen. Er setzte sich auf die Terrasse und dankte Gott dafür.

„Lucas!" Ein lauter Ruf riss ihn aus seinem Gebet und er drehte sich um. Tina kam mit wehendem Kleid auf ihn zu und warf sich in seine Arme.

„Aber hallo, meine Liebe. Warum so stürmisch?" Lucas lachte und genoss ihre Nähe. Eine innige Umarmung tut einfach gut, dachte er.

„Du hast mir gefehlt", erwiderte sie und löste sich wieder von ihm. „Erst die Aufregung um die Hochzeit, dann die Flitterwochen und schließlich die Begehung der dritten Insel. Jetzt bin ich einfach froh, wieder hier zu sein. Und dass du tatsächlich geblieben bist, freut mich so sehr. Wie geht es Ottilia?"

Lucas räusperte sich und stand auf. Er wartete gespannt auf eine positive Bemerkung bezüglich seines schwindenden Bauchumfangs, doch Tina lächelte und sah ihn erwartungsvoll an. „Wie geht es ihr? Kommt sie uns bald einmal besuchen?"

„Es geht ihr gut", antwortete Lucas und strich sich theatralisch über den Bauch.

Aber auch diese Geste verstand Tina nicht, und so setzte er sich wieder. „Sie hat in zwei Wochen frei. Dann übernimmt Fred den Shop für ein paar Tage. Es wird ihr hier gefallen, da bin ich mir sicher", sagte er und blickte sehnsüchtig aufs Meer hinaus.

Der Himmel hellte sich wieder etwas auf, und das nachbarschaftliche Gewitter schien weiterzuziehen.

„Ich wollte schon lange mit dir allein sprechen", begann Tina und sah sich um. Niemand war in der Nähe und Lucas blickte sie erschrocken an.

Hatten sie etwa schon nach wenigen Wochen Eheprobleme, schoss es ihm durch den Kopf. Er legte sich ein paar gut gemeinte Ratschläge parat und sah sie aufmerksam an.

„Wo ist Kim?", riss sie ihn aus seinen Gedanken und beobachtete ihn aufmerksam. Lucas schaute irritiert, mit diesem Themenwechsel hatte er nicht gerechnet.

„Kim?", erwiderte er überflüssigerweise.

Tina verdrehte die Augen und nickte. Lucas atmete schwer ein und überlegte, was er ihr sagen sollte. Er wollte auf keinen Fall lügen.

„Als du von einem Überraschungsgast für die Hochzeit gesprochen hattest, ging ich davon aus, dass du ihn mitbringst ... nicht Ottilia", sagte sie leise und band ihre lange Mähne zusammen. „Konnte oder wollte er nicht kommen?"

„Ich glaube, er konnte nicht kommen", antwortete Lucas und strich sich nachdenklich über den Bart.

„Hast du seine Nummer?"

Er überlegte, ob er jemals Kims Telefonnummer besessen hatte und atmete erleichtert auf.

„Nein, leider nicht", antwortete er und erhob sich. „Ich muss jetzt los. Ich habe Emma meine Dienste in der Küche versprochen. Es soll heute ein Festessen geben: Thunfisch." Er wandte sich rasch ab und ging davon.

Tina sah ihm nach und fand es merkwürdig, dass Lucas das Thema nicht weiter vertiefte und sich so schnell entfernte. Sonst war er immer so gesprächig.

Michelle lief beschwingt in Richtung Haupthaus. Die späten Trainings mit Robin und die anschließende Dusch-Session hatten sie richtiggehend süchtig gemacht.

Anfangs hatten beide noch gehofft, der Versuchung widerstehen zu können, doch nun gaben sie sich hemmungslos ihrer Lust hin.

Sie musste aufpassen, dass sie während des Trainings nicht die Konzentration verlor, denn das konnte katastrophale Folgen haben.

Trotzdem malte sie sich in Gedanken schon das Reinigungsritual mit dem krönenden Höhepunkt aus.

Robin schien es ähnlich zu gehen. Allerdings verzichtete er hin und wieder auf das abendliche Training. Er brauche seine Manneskraft auch noch bei Irma, wie er ihr augenzwinkernd verkündet hatte.

Da Michael nicht oft Sex wollte, trainierte sie dann allein und genoss danach ein Dampfbad. Dort hatte sie ihre Ruhe und konnte sich wunderbar entspannen.

War Robin heute wieder mit von der Partie, schoss es ihr durch den Kopf, als sie mit Schwung die Tür öffnete.

„Hallo Michelle", rief jemand.

Sie schaute sich um und entdeckte Anthony an der hintersten Maschine.

„Hey Tony, schön dich zu sehen. Bist du allein hier?", fragte sie sicherheitshalber.

„Jep, Tina hatte heute Morgen schon das Vergnügen. Ich hole jetzt mein Training nach, sonst überholt sie mich noch. Normalerweise trainieren wir immer zusammen. Aber heute war ich mit Tom auf der dritten Insel", antwortete er und stand auf.

Er schnappte sich das Handtuch und wollte zur Dusche gehen, aber Michelle fragte noch: „Wann beginnt ihr mit der Bebauung der Insel?"

„Das ist eine gute Frage. Aber es wird etwas spezieller. Mehr kann ich dir leider noch nicht verraten", antwortete er und grinste sie an. „Alles top-secret! Yvonne und Tom arbeiten auf Hochtouren, das kann ich dir zumindest verraten", sagte er und wollte sich schon abwenden, doch Michelle hielt ihn zurück.

„Die beiden sieht man ja kaum. Wo sind sie denn?"

„Meistens hier im Haupthaus oder auf der dritten Insel. Aber hauptsächlich hier", antwortete er. „Zum Glück haben wir genug Strom, bei den vielen Abklärungen, die wir machen müssen. Dieses Haus ist wirklich ein Segen für uns, völlig autark und bestens ausgestattet."

„Warum gibt es hier eigentlich Strom?", fuhr Michelle fort und sah ihn aufmerksam an. Anthony räusperte sich und legte sich das Handtuch um den Nacken.

„Dieses Gebäude wurde vom Vorbesitzer William Clark erbaut. Er hat das Haus nach den Wünschen seiner Frau Hillary entworfen und bauen lassen. Ihr verdankt die Insel auch ihren Namen: *Hillarya*. Die anderen Inseln sind noch unberührt, bis auf *Harmonya* natürlich."

„Und die dritte Insel", warf Michelle ein.

Anthony nickte und ging dann.

Sie sah ihm nach und fragte sich, warum er so geheimnisvoll über das nächste Projekt sprach. Dann schritt sie zum Laufband, hoffentlich war Tony bald weg, dachte sie und schaltete das Gerät ein.

Robin lag auf dem Rücken und lächelte. Er hörte leises Schnarchen, zweitonig, zuerst von Irma, dann von Jack. Eine Welle des Glücks umschloss ihn und er schaute an die Decke. Irmas Körper lag eng an seinem und er roch an ihrem Haar.

Seit sie auf der Insel waren, liebten sie sich wieder. Als Anwalt hatte er früher kaum Zeit dafür gehabt. Wie auch, sie hatten jahrelang aneinander vorbei gelebt. Aber hier hatten sie endlich wieder Zeit füreinander.

Zumindest, wenn er nicht gerade Sport trieb. Oder wenn sie nicht in ein spannendes Buch vertieft war.

Dass sie ihre Leidenschaft für Literatur mit Michael teilte, machte ihn eifersüchtig. Andererseits verbrachte er auch viel Zeit mit Michelle, wenn nicht mehr. Aber das war etwas anderes, dachte er. Sie stählten ihre Körper.

Dass Irma immer öfter Michael erwähnte, machte ihn nervös. Er dachte an Michelle, die wahrscheinlich gerade im Kraftraum oder schon unter der Dusche war. Wäre er lieber bei ihr, schoss es ihm durch den Kopf.

Er dachte über das Leben hier auf der Insel nach. Diese Naturverbundenheit gefiel ihm außerordentlich. Wenn es noch eine FKK-Insel wäre, würde er sich noch wohler fühlen, dachte er und grinste in die Dunkelheit. Aber dann wäre Irma bestimmt nicht mitgekommen, da war er sich sicher.

Sie genierte sich sogar vor ihm, sich nackt im Licht zu zeigen. Dabei war sie eine wunderschöne Frau. Das konnte er sehr wohl beurteilen, jetzt, wo er Michelles Körper regelmäßig in seiner ganzen Pracht sah. Schön anzusehen, aber er konnte sich nicht vorstellen, sie zu umarmen. Wie würde sich das wohl anfühlen?

Irma hatte in den letzten Jahren ein paar Kilos zugenommen. Aber das störte Robin nicht. Ihre üppigen Brüste, die weichen Oberschenkel und der wohlgeformte Po brachten ihn immer noch um den Verstand.

Aber wie würde sich Sex mit Michelle wohl anfühlen, kehrten seine Gedanken wie automatisch zu seiner Trainingspartnerin zurück.

Der Kaffeeduft zog durch den Gemeinschaftsraum und lockte die Bewohner aus ihren Häusern.

Irma trat aus ihrer Tür, bewaffnet mit Schrubber und Lappen. Sie streifte sich gerade das Haarband ab und setzte sich schnaufend an den Tisch.

„Alles sauber!", verkündete sie stolz und goss sich eine Tasse Kaffee ein. „Diese Tiny Houses haben einen signifikanten Vorteil, sie sind im Handumdrehen geputzt!" fügte sie hinzu und grinste in die Runde. Barbara, Phoebe und Emma nickten zustimmend.

„Wenn ich daran denke, wie lange ich in unserem alten Haus jedes Mal gebraucht habe, um den Boden zu schrubben, stimme ich dir gerne zu", sagte Barbara und nahm sich ein Brötchen.

Emma drehte eine Haarsträhne mit den Fingern und dachte an die Reinigungskraft, die jeweils Justins Loft sauber gemacht hatte. Jetzt schämte sie sich dafür, dass sie sich nicht einmal an ihren Namen erinnern konnte.

Es war nicht ihre Art, einen Namen zu vergessen, aber sie hatte keinen blassen Schimmer, wie er lautete. Zu ihrer Verteidigung, dachte sie, hatte sie die Frau nur einmal gesehen. Damals, als sie mit einer schlimmen Grippe im Bett gelegen und nur vage bemerkt hatte, dass jemand ins Loft gekommen war.

Justin hatte vergessen, ihr abzusagen, und so war die ältere, zierliche Frau an ihr Bett getreten und hatte sie neugierig angesehen. Ohne ein Wort zu sagen hatte sie eine leichte Brühe und Tee für Emma zubereitet und alles sauber gemacht.

Sie musste Justin unbedingt fragen, wer diese Frau war, dachte sie und rieb sich die Nase. Allerdings bezweifelte sie im selben Moment, dass er sich an ihren Namen erinnern würde, schließlich nannte er sie immer nur ‚die Putzfrau'.

„Wir hatten eine Perle, die immer alles in Ordnung gehalten hat", warf Phoebe ein und nickte.

„Eine was?", fragte Emma irritiert.

Phoebe lachte laut und antwortete: „Na, eine Perle ... Maria kam zweimal die Woche. Was auch dringend nötig war, denn Lisa und Anastasia hinterließen immer und überall Dreck."

Emma verdrehte die Augen. Jetzt kommt wieder diese Leier, dachte sie und wartete genervt auf Phoebes Ausführungen.

„Ja, die beiden Mädchen haben mein Haus ganz schön verwüstet. Ihr könnt euch gar nicht vorstellen, was ich alles durchgemacht habe! Eines Tages kamen sie auf die Idee, meine Tapeten zu verschönern, ... mit wasserfesten Stiften! Dann habe ich sie einmal im Badezimmer ertappt, wie sie meine teure Kosmetik auf den Fliesen verteilt haben. Und im Garten haben sie im Winter doch tatsächlich den Rasen unter Wasser gesetzt. Kleine Satansbraten, das kann ich euch sagen!"

„Aber jetzt bist du ja hier und kannst dich von ihnen erholen", sagte Irma und dachte erleichtert, dass Jack ihr zum Glück noch nie solche Eskapaden beschert hatte. Er brachte sie nur zur Weißglut, wenn er etwas aß, das nicht für ihn bestimmt war. Aber das tat er nicht, um sie zu ärgern.

Vielleicht war es bei Lisa und Anastasia auch so, dachte Irma und lächelte. Sie hatte sich nie Kinder gewünscht und hat es auch nie bereut.

9. VERGLEICHE

Lucas saß auf der Veranda und blickte sich um. Er hätte sich gerne mit jemandem unterhalten, aber es war niemand zu sehen.

Zuerst war er oben im Haupthaus gewesen, aber dort schienen alle ausgeflogen zu sein. Offenbar gab es auf der dritten Insel etwas Wichtiges zu erledigen. Eine Notiz an der Bürotür hatte ihm verraten, dass das gesamte Team für zwei Tage abwesend war.

Lucas war etwas enttäuscht, er hätte sich über die Gesellschaft seiner alten Nachbarn gefreut.

Ihm war schnell aufgefallen, dass Yvonne, Tina, Anthony und Tom auf *Hillarya* nicht wirklich präsent waren. Sie lebten meist sehr zurückgezogen im Haupthaus, vertieft in ihre Projekte.

Lucas schüttelte bei diesem Gedanken den Kopf. Tom würde wohl nie seinen wohlverdienten Ruhestand antreten.

Er fragte sich gerade, ob er als Pastor den Tag herbeisehnte, an dem er seiner Berufung nicht mehr nachgehen würde. Im Grunde genommen befand er sich in seiner zweiten Auszeit. Nach den zwei Jahren auf *Harmonya* hatte er es nur kurz auf dem Festland ausgehalten.

Conway hatte ihn nicht gerade überschwänglich empfangen. Es war ein verschlafenes kleines Städtchen, in dem jeder seiner Wege ging. Man traf sich eher im Diner als in der Kirche.

Würde es eine Zeit ohne kirchliche Gemeinschaft geben, schoss es ihm durch den Kopf. Augenblicklich spürte er ein ungutes Gefühl in sich aufsteigen.

„Darf ich mich zu dir setzen?"

Lucas blickte erschrocken auf und sah in Emmas dunkle, freundliche Augen. „Natürlich nur, wenn es dir nichts ausmacht."

„Hallo Emma, natürlich ... immer gern", erwiderte Lucas und richtete sich in seinem Sessel auf.

Sie nickte und legte das Buch, das sie mitgebracht hatte, auf das Tischchen.

„Ich hing nur meinen Gedanken nach. Es ist so ruhig hier, daran muss ich mich erst gewöhnen."

Sie sah ihn irritiert an und hob die Augenbrauen. „Auf *Harmonya* gab es viel mehr Leben. Na ja, es lebten ... es leben auch deutlich mehr Menschen dort. Und dann die vielen Kinder!" Er dachte an die drei Wilson Jungs und lächelte. Eigentlich könnte er sie ja mal besuchen. Warum war er nicht schon früher auf die Idee gekommen? Vielleicht wegen den Greens?

Er wollte nicht immer und immer wieder erzählen, wie es Linda und George jetzt ging. Er liebte seine Freunde, aber dieses Inselkapitel wollte er unter Verschluss halten. Vor allem wegen Kim. Am liebsten hätte er allen erzählt, dass er nicht mehr lebte, aber er brachte es nicht übers Herz. Schließlich hatte er George versprochen, Stillschweigen zu bewahren. Er dachte an Linda und hoffte, dass sie nun in Frieden weiterleben konnte. Sein schlechtes Gewissen nagte hin und wieder an ihm, weil er den Schwur seines Bruders gebrochen hatte. Aber es war die richtige Entscheidung gewesen.

Manchmal bildete er sich sogar ein, dass Kim auf einer Weltreise war und deshalb nicht zu Tinas und Anthonys Hochzeit kommen konnte.

Doch dann sah er wieder das Bild von Kim in der Leichenhalle, und ihm lief ein kalter Schauer über den Rücken.

„Geht es dir gut?", riss Emma ihn abermals aus seinen Gedanken. Lucas räusperte sich und nickte.

„Ich habe gerade an die Gemeinschaft von *Harmonya* gedacht. Es stimmt mich nachdenklich, dass ich die beiden Inseln vergleiche. Aber das darf man nicht. Eigentlich sollte man jeden Vergleich vermeiden, egal worauf oder auf wen er sich bezieht. Aber ich lasse mich gerne dazu hinreißen ...", sagte er und blickte verträumt in den Garten.

„Das kenne ich nur zu gut. In der Küche herrscht oft ein ungesunder Konkurrenzkampf. Und als Frau muss man sich doppelt anstrengen, um aus der Masse herauszustechen. Aber inwiefern kann man die beiden Inseln nicht miteinander vergleichen? Das Leben ist doch recht identisch, oder?"

„Das dachte ich am Anfang auch, aber ich hätte es besser wissen müssen. Auf *Harmonya* war viel mehr los. Das lag wahrscheinlich daran, dass es eine riesige Gemeinschaft war ... ist ...", korrigierte er sich, „und weil dort auch viele Kinder leben."

Emma nickte und lächelte ihn an.

„Aber wolltest du nicht auch mehr Ruhe? Ich genieße es sehr, dass es hier kein Geschrei gibt."

„Eigentlich war es ja eine spontane Entscheidung, hier zu bleiben. Ich hätte nie gedacht, dass ich mich noch einmal verlieben würde. Dass dann noch ein Haus frei war, habe ich als Zeichen des Himmels gedeutet. Und

Tom wollte etwas geistlichen Beistand beim Besiedeln der Insel", sagte er lächelnd. „Aber jetzt merke ich, dass hier jeder seinen eigenen Weg geht. Es gibt nur wenige Berührungspunkte, die Gemeinschaft scheint nicht wirklich zusammenzuwachsen."

Emma dachte über das Gesagte nach und stellte fest, dass er die Situation gut erfasst hatte. Auch ihr war aufgefallen, dass es kein wirkliches Miteinander gab. Bei den Mahlzeiten flammte ein zartes Gemeinschaftsgefühl auf. Aber ansonsten ging jeder seinen Interessen nach. Und da die Gruppe so klein und überschaubar war, gab es auch nicht viel zu organisieren und zu besprechen.

„Ich glaube, es liegt vielleicht daran, dass hier nur Paare leben. Die meisten versuchen, sich vom Stress auf dem Festland zu erholen. Auf *Harmonya* war es viel eher die Suche nach einem Abenteuer, nach einem Neuanfang. Manche haben uns die verrückten Aussteiger genannt. Aber hier habe ich das Gefühl, dass alle nur für eine kurze Zeit bleiben wollen, nicht für immer."

„Genau wie Justin und ich", warf Emma ein. „Wir haben uns für ein Jahr entschieden, damit Justin etwas Abstand vom Geschäft bekommt und sich erholen kann. Dann geht's wieder zurück und der ganze Stress geht von vorne los. Vielleicht wollen wir in vier, fünf Jahren Kinder."

Lucas nickte und erwiderte: „Das kann ich gut verstehen. Aber genau das scheint hier das Problem zu sein, warum die Banden nicht zusammenwachsen. Irma und Robin machen auch nur eine Auszeit hier. Und Barbara und Pietro scheinen hier nicht alt werden zu wollen. Er sieht sich bereits nach einer neuen Farm um. Doch die begrenzte Internetzeit reicht kaum aus, um auf die Schnelle etwas Gutes zu finden. Auf *Harmonya* dagegen haben sich fast alle auf ein Leben als Insulaner eingestellt, mit der festen Überzeugung zu bleiben. Auch wenn es einige nicht geschafft haben", fügte er verlegen lächelnd hinzu, „mich eingeschlossen."

„Und schon sind wir wieder beim Vergleichen. Wir können es einfach nicht lassen", sagte Emma und stand auf. „Lust auf eine Partie Schach?"

Sie sah ihn erwartungsvoll an.

„Mit Vergnügen, meine Liebe! Kannst du noch eine Niederlage verkraften?"

„Wir werden sehen, Herr Pastor. Ich habe geübt!", antwortete sie lachend und holte das Spiel.

Als Robin aus dem Haus trat, fand er seine drei Lieblingsmenschen bei einem späten Frühstück vor. Irma und Michelle schienen sich über etwas köstlich zu amüsieren, denn beide lachten laut. Michael grinste und griff nach einem Brötchen.

„Was ist so lustig?", fragte Robin und setzte sich.

„Michael erzählte gerade eine Geschichte aus seiner Zeit als Gärtner in einer gut betuchten Wohnanlage", antwortete Michelle und lächelte ihn an.

„Aufhören!", sagte Michael aufgebracht und raufte sich die Haare. Jetzt standen sie ihm in alle Richtungen vom Kopf ab. Robin grinste und wartete gespannt.

„Michael musste sich damals oft mit eindeutigen Avancen gelangweilter älterer Damen herumschlagen", fuhr Michelle fort und prustete sofort wieder los.

Auch Irma konnte sich nicht zurückhalten und ihre Wangen glühten vor Heiterkeit. Robin beobachtete die drei und räusperte sich.

Sollte er oder sollte er nicht? schoss es ihm durch den Kopf, und er spürte, wie sein Mund automatisch Worte zu formen begann: „Sollen wir etwas Neues wagen und einmal die Plätze tauschen?" Er blickte in die Runde und wartete gespannt auf ihre Reaktion.

Sie sahen ihn irritiert an und warteten auf eine weitere Erklärung.

„Partnertausch", fügte er hinzu und rieb sich die schweißnassen Hände an der Hose. „Es gab doch mal eine Sendung, wie hieß die doch gleich ... Frauentausch, oder so ähnlich."

Michael legte mechanisch sein Brötchen auf den Teller und schaute ihn fassungslos an. Auch Irma und Michelle waren verstummt und blickten sich erschrocken um.

„Warst du zu lange in der Sonne? Oder bist du völlig übergeschnappt?", fragte Michael und musterte Robin misstrauisch.

„Nein, ganz bestimmt nicht!", wehrte Robin ab und nahm all seinen Mut zusammen. „Ich dachte nur, wenn wir mehr Zeit mit dem jeweils anderen Partner verbringen, könnte das ein aufregendes Abenteuer werden. Nur für ein paar Wochen ... war nur so ein Gedanke", fügte er achselzuckend hinzu und griff nach einer Mango. Er versuchte, seine Nervosität zu verbergen, aber seine Hände zitterten.

Die anderen schienen diese Information zu verarbeiten und saßen verblüfft da.

Robin fragte sich gerade, ob er zu weit gegangen war, als Michael fragte: „Läuft da etwas zwischen euch?"

„Nein!", sagten Michelle und Robin wie aus einem Mund. Beide schüttelten heftig den Kopf.

„Ich schwöre, ich habe Michelle nie unsittlich berührt", fügte Robin hinzu und hob beide Hände.

Irma dachte an den Kuss mit Michael und starrte betreten auf die Tischplatte.

„Wir trainieren nur zusammen", sagte Michelle. Michael schien zu überlegen.

Irma fragte sich, ob Robin verrückt geworden war. Wie konnte er nur auf so eine absurde Idee kommen?

„Ich dachte nur, es könnte uns Spaß machen. Es läuft ja nicht viel ... hier in diesem Inselkaff", fuhr Robin fort und blickte auf sein Mangomassaker. Die Frucht lag völlig zerstückelt vor ihm auf dem Teller.

„Okay, ich bin dabei", sagte Michael plötzlich und alle sahen ihn erstaunt an.

Irma konnte es nicht fassen. Sie kam sich vor wie bei einem Viehhandel. Wollten die Männer tatsächlich über ihr und Michelles Leben verhandeln? Bestimmen, mit wem sie zusammenleben sollten?

Andererseits war der Gedanke irgendwie verlockend. Seit dem Kuss auf der Klippe, musste sie oft an Michael denken. Wäre es verwegen, dieses unmoralische Angebot anzunehmen, noch dazu von ihrem eigenen Mann? Sie konnte keinen klaren Gedanken fassen.

„Vielleicht ist es einen Versuch wert", sagte Michelle leise und fragte sich sogleich, wie diese Worte aus ihrem Mund gekommen waren.

„Okay", sagte Irma leise und blickte verlegen auf.

„Wann soll es losgehen?", fragte Michael, als wollten sie den Zeitpunkt für eine gemeinsame Wanderung festlegen.

„Sofort? Dann grübeln wir nicht mehr darüber nach. Für zwei Wochen?", sagte Robin geschäftsmäßig und erhob sich.

„Aber Jack bleibt bei mir", warf Irma rasch ein, als ginge es schon um die gütliche Aufteilung bei einer Scheidung.

Dank der Tiny Houses waren die wenigen Habseligkeiten der Männer schnell von einem Haus ins andere gebracht worden.

Barbara hatte den Umzug empört beobachtet, aber kein Wort dazu gesagt.

Emma und Justin waren mit Pietro mit dem Boot rausgefahren, so dass Barbara keine Unterstützung hatte. Sie eilte unverzüglich zum Nachbarhaus, um Phoebe die schockierende Neuigkeit zu überbringen.

Am Abend saßen Irma und Michael nebeneinander im Bett, jeder hielt ein Buch in der Hand. Es kam beiden fremd und doch vertraut vor.

In zwei Wochen würden sie zu viert eine erste Bilanz ziehen, schoss es Irma durch den Kopf. Bedeutete das, dass sie so schnell wie möglich herausfinden sollte, ob Michael ein würdiger Ersatz für Robin war?

Sie räusperte sich und legte ihr Buch auf den kleinen Tisch neben dem Bett. Michael blickte auf und tat es ihr gleich.

„Seltsame Situation", sagte er und lächelte verlegen, „bereust du es schon?"

Irma schüttelte den Kopf. Sie spürte, wie ihre Wangen heiß wurden. Normalerweise saß sie abends oft allein im Bett und las. Aber jetzt mit Michael fühlte sie sich irgendwie geborgen.

„Soll ich die Kerze auspusten?", fragte sie.

Ihr Herz pochte heftig gegen ihre Brust.

Michael hob die Augenbrauen und antwortete: „Wie du willst. Aber ich weiß nicht, was wir jetzt tun sollen. Glaubst du, dass Michelle und Robin bereits wild übereinander herfallen?"

Michael hätte sich ohrfeigen können. Warum nur musste er ihre Ehepartner in dieses Bett ziehen, wenn auch nur gedanklich. Irma schien zu überlegen und knetete ihre Hände.

„Ich fühle mich gerade wie in einem Schrank eingesperrt", sagte sie und lächelte verlegen.

Michael sah sie irritiert an.

„Auf dem College war das ein blödes Spiel auf Partys. Beim Bier-Pong wurden die beiden Verlierer jeweils für fünf Minuten zusammen in einen Schrank gesperrt, sozusagen als Bestrafung. Du kannst dir ja denken, zu welchem Zweck." Michael nickte und nahm ihre Hand.

„Wenn du willst, lassen wir es ruhig angehen. Wir müssen uns auch nicht berühren. Ich mag es, wenn wir zusammen einen Krimi lesen und uns darüber unterhalten. Sex wird meiner Meinung nach sowieso überbewertet."

Irma dachte nach und fragte sich gerade, ob er sie nicht attraktiv genug fand.

„Aber wenn du bereit dazu bist, von mir aus können wir loslegen", fügte er hastig hinzu und zog sich das Shirt über den Kopf.

Sie musterte seinen Oberkörper und sah, dass seine blonden Brusthaare leicht feucht waren. Offenbar fand auch er die Situation aufregend, denn er schwitzte ebenfalls.

Robins glattrasierte Brust kam ihr in den Sinn und sie schüttelte den Kopf.

„Okay, ich zieh' mich wieder an", sagte er rasch und griff wieder nach dem Shirt.

„Nein, warte!", sagte Irma laut und berührte seine Brust. Er hielt in der Bewegung inne und sah sie erstaunt an.

Ihre Finger streichelten instinktiv über sein krauses, weiches Haar und sie spürte, wie ihr diese Neuentdeckung Mut verlieh.

„Wir können es langsam angehen", sagte sie und ihre Finger gingen weiter auf Entdeckungsreise.

Er beobachtete sie, und seine Augen leuchteten im Kerzenlicht. Sein Atem ging schneller und er suchte ihren Blick. Sie sah auf und rückte näher an ihn heran. Gekonnt umfasste er ihren Nacken und zog sie an sich.

Seine weichen Lippen umschlossen ihre und das Zimmer schien sich in Luft aufzulösen.

Dann saugte er leidenschaftlich an ihrem Hals, und sie spürte, wie ihr heiß wurde. Er zog ihr das Pyjamaoberteil aus und küsste ihre üppigen Brüste.

Am liebsten hätte Irma die Kerze ausgelöscht, aber er hielt sie geschickt davon ab.

Seine Hände schienen überall zu sein, und nun wollte sie mehr. Mehr von ihm, hier und jetzt. Sein Stöhnen erregte sie und sie schlüpfte rasch aus ihrem Slip.

„Kommst du?" Leises Plätschern und Dampf breiteten sich träge im Raum aus. Michelle harrte noch in einer Yogastellung aus und überlegte fieberhaft, was nun auf sie zukommen würde.

Michael war jetzt bei Irma und sie würde gleich zu Robin unter die Dusche gehen. Da Michael bisher ihr einziger Liebhaber gewesen war, machte sich Nervosität in ihr breit.

Wollte sie das wirklich? War es nun zu spät für einen Rückzieher? Ihre Gedanken wirbelten durcheinander und sie wusste nicht, ob sie den Mut dazu hatte.

„Michelle? Alles in Ordnung bei dir?" Robin stand nackt und pitschnass da und sah sie erwartungsvoll an.

Sie nickte und erhob sich. Augen zu und durch, dachte sie und folgte ihm.

Er lächelte sie an und reichte ihr die Seife. Sie kam näher und fand es seltsam, zu ihm in ‚seine' Dusche zu gehen. Sonst stand sie immer ein paar Meter von ihm entfernt, um ihn beobachten zu können. Aber jetzt spürte sie seine Präsenz ganz intensiv.

Er nahm sich auch ein Stück Seife und berührte damit ihren Nacken. Seine freie Hand strich sanft über ihren Po, und sie spürte augenblicklich, wie ein Verlangen in ihr aufkeimte.

Sie drehte sich abrupt um und blickte in seine braunen Augen. Er schien keineswegs irritiert zu sein, denn er drückte sie an sich und küsste sie.

Wie automatisch streichelten sie sich, ihre Lippen erforschten das Neuland.

Warmes Wasser spritzte auf ihre Körper und der Dampf hüllte sie fast gänzlich ein. Geschickt hob Robin sie hoch und drückte sie an die Wand. Michelle schnappte nach Luft und klammerte sich an seine Schultern. Gierig saugte er an ihren Lippen und ließ sie wieder zu Boden gleiten.

Dann kniete er sich hin und liebkoste sie mit der Zunge. Michelle spürte die nassen Fliesen an ihrem Rücken. Ihr Atem ging schneller, sie ließ sich einfach fallen. Er schien zu wissen, was ihr gefiel, und ihre Gedanken verflüchtigten sich.

Dann schrie sie laut auf. Im nächsten Moment stand Robin wieder vor ihr und hob sie erneut hoch. Nun drang er sachte in sie ein und drückte sie wieder gegen die Wand. Er stöhnte, und sie spürte seinen kratzigen Dreitagebart an ihrer Wange.

Wie bei Michael, schoss es ihr augenblicklich durch den Kopf, und sie schämte sich des Vergleichs, hier und jetzt.

Er wurde fordernder und ließ damit keinen Vergleich mit ihrem Ehemann mehr zu. Robins Art war heftiger und stürmischer. Dann keuchte er laut und hielt schwer atmend inne. Sein Herz schlug wild gegen seine Brust.

Michelle streichelte seinen Nacken und wartete darauf, dass er sie wieder nach unten gleiten ließ, aber er hielt sie fest.

„Das war noch besser, als ich es mir vorgestellt hatte", flüsterte er und lächelte sie an.

Michelle fragte sich, wie lange er sich schon solche Gedanken gemacht hatte.

„Wolltest du mich nur ins Bett kriegen und deshalb tauschen?", fragte sie unverhohlen und war froh, wieder festen Boden unter den Füßen zu haben.

Er reichte ihr die Duschbrause und schüttelte vehement den Kopf.

„Nein, ich schwöre! Aber seit den letzten Trainings, nein, seit den letzten Dusch-Eskapaden, habe ich manchmal daran gedacht … wie es wäre", fügte er hinzu und reichte ihr die Seife.

Sie nickte und fühlte sich bestätigt, dass ihre anfänglichen Egobefriedigungen nicht ewig anhalten konnten.

„Und ich habe dich noch nicht ins Bett bekommen", fügte er augenzwinkernd hinzu, als er aus der Dusche trat.

Sie shampoonierte ihr Haar und beobachtete, wie er sich abtrocknete. An seinem Körper gab es kein einziges Haar, nur auf seinem Kopf. Es hatte sich so anders angefühlt, als er in sie eingedrungen war, dachte sie und drehte das Wasser ab. Er reichte ihr ein Handtuch.

„Glaubst du, dass wir die zwei Wochen heil überstehen?", fragte sie und sah ihn erwartungsvoll an. „Ich bezweifle, dass es eine gute Idee ist. Ich ziehe dauernd Vergleiche zwischen dir und Michael. Das ist doch verrückt."

Robin setzte sich und dachte nach. Eine leise Eifersucht stieg wieder in ihm auf, und er versuchte mit aller Kraft, Irma aus seinen Gedanken zu verdrängen.

Ob sie wohl gerade jetzt mit Michael im Bett lag? Wohl kaum, die beiden referierten bestimmt über ein Buch. Er versuchte, sich an diesen Gedanken zu klammern.

„Ich sehe es als Abenteuer, als Abwechslung im Ehealltag. Alle Beteiligten sind einverstanden, und in ein paar Tagen werden wir sehen, ob es ein Reinfall war oder ob es uns gefallen hat", erwiderte er und redete sich insgeheim ein, dass es keine große Sache sei.

„Wenn du meinst", sagte Michelle etwas kleinlaut und schlüpfte in ihre Shorts. „Ich hoffe nur, dass es kein Desaster wird."

„Mamma mia!", rief Ottilia und tupfte sich den Schweiß von der Stirn. „Wie kannst du nur hier leben, Lucas? Ich vermisse meinen Mixer!", fuhr sie fort und sah ein wenig mitgenommen aus.

Lucas lächelte entschuldigend und bot ihr ein Glas Wasser an. „Und einen guten Rotwein habt ihr auch nicht! Ich sehe, du musst zu mir aufs Festland ziehen, so kann man doch nicht leben!" Sie hantierte energisch mit dem Mörser, und Lucas lief das Wasser im Mund zusammen.

Es duftete köstlich nach frischem Knoblauch und Basilikum.

„Das Geheimnis meiner Gazpacho ist nämlich ein Schuss Rotwein." Sie stampfte weiter, die Zutaten matschten vor sich hin.

„Wir können ja weiterhin eine Fernbeziehung führen. Dann kannst du deinen Shop betreiben, und ich kümmere mich um die Insulaner", sagte Lucas und rutschte unruhig auf seinem Stuhl hin und her. Sie sah auf und lächelte.

„Ich war so lange allein, das wäre eine vernünftige Lösung, amore", antwortete sie und tauchte einen Finger in die kalte Suppe. Sie kostete, hielt inne und griff nach der Pfeffermühle. „Kannst du mir den Zucker reichen, per favore?"

Sie rührte weiter, Lucas ging zum Vorratsschrank.

„Vielleicht können wir uns darauf einigen, dass du mich auf dem Festland besuchen kommst. Ich glaube, dieses Inselleben ist nichts für mich", sagte sie und streute etwas Zucker in das Gericht. „Und ich bezweifle, dass Fred den Shop gut führen kann. Ihm fehlt die Geselligkeit, … die Gastfreundschaft. Und mit dem Kaffee verdiene ich gutes Geld."

„Das ist eine hervorragende Idee", sagte Lucas, der froh war, wenn das Essen endlich auf den Tisch kam.

Hoffentlich kamen die anderen nicht dazu. Er wollte den heutigen Tag mit seiner Liebsten allein verbringen, und das leckere Essen mit niemandem teilen.

Ganz und gar nicht christlich, schoss es ihm durch den Kopf, und er schluckte das schlechte Gewissen mit dem angesammelten Speichel hinunter.

„Buon appetito", sagte Ottilia und reichte ihm eine prall gefüllte Schüssel. Lucas Gesicht strahlte vor Freude und er schritt andächtig zu Tisch.

Emma öffnete die Klammer und löste ihr Haar. Verzweifelt versuchte sie, den köstlichen Duft aus der Küche zu ignorieren.

Ottilia schien eine hervorragende Köchin zu sein, doch Emma wollte sich den beiden frisch Verliebten nicht aufdrängen. Instinktiv hoffte sie, später in den Genuss der italienischen Köstlichkeit zu kommen.

Sie sah Phoebe an und war überrascht, ihren Namen zu hören.

„Emma? Hörst du mir überhaupt zu?", fragte Phoebe und sah sie genervt an.

„Äh ja, was hast du gerade gesagt?"

„Wenn du mit jemandem tauschen müsstest, wen würdest du nehmen?", fuhr Phoebe begierig fort.

Barbara und Siena machten große Augen und starrten Phoebe erschrocken an.

„Was tauschen?", erwiderte Emma irritiert. Sie hatte keine Ahnung, wovon Phoebe sprach.

„Na den Ehemann, du Dummerchen!", entgegnete sie genervt und fasste sich an die Stirn. Jetzt schauten alle fassungslos auf Phoebe, Siena schüttelte den Kopf, Barbara knabberte an einer Banane.

„Bist du jetzt völlig übergeschnappt? Nur weil die Newtons und die Cassey-Goldmans getauscht haben, will ich das doch nicht für mich!", antwortete Emma und schüttelte ihre buschige Mähne.

„Rein hypothetisch natürlich. Wer käme in Frage, wen findest du attraktiv?"

Emma überlegte und rieb sich die Nase.

„Wenn ich müsste ... also gezwungen wäre, würde ich Brain nehmen. Allerdings ist er etwas zu alt für mich. Aber er hat große Ähnlichkeit mit George Clooney", sagte Emma und sah sich amüsiert um. Phoebe schnappte nach Luft und sah sie erstaunt an.

„Mein Mann?", fragte sie überflüssigerweise, da es auf der ganzen Insel nur einen Brain gab.

Siena nickte nachdenklich und fügte hinzu: „Du hast Recht, er könnte tatsächlich als Georges älterer Bruder durchgehen."

„Und du?", gab Emma die Frage zurück.

„Natürlich Tom!", sagte Phoebe so überzeugt, als wäre das die einzig richtige Antwort.

„Stimmt", warf Siena ein und nickte wieder. „Er hat eine gewisse Aura, die kaum zu übertreffen ist. Und erst seine braunen Augen!", fuhr sie schmachtend fort und begann zu lachen.

„Aber er ist doch mit Yvonne verheiratet!", empörte sich Barbara und schlug auf den Tisch.

Alle lachten über ihren Einwand, so dass sie ihre Hand wieder zurückzog.

„Barbara, weißt du, was hypothetisch bedeutet?", fragte Emma und merkte, dass sie es vielleicht erklären sollte. „Es ist nur ein Gedankenspiel, keine Realität. Ich würde Justin niemals mit einem anderen Mann tauschen wollen! Wir reden nur über eine Annahme, wenn wir gezwungen wären, den Mann zu tauschen." Jetzt nickte Barbara und schaute etwas verlegen in die Runde.

„Wen würdest du nehmen, wenn du müsstest?", fragte Emma und lächelte Barbara aufmunternd an.

Sie überlegte und schluckte leer.

„Vielleicht Anthony", antwortete sie leise. „Obwohl er natürlich viel zu jung für mich ist", fügte sie hastig hinzu.

„Da stimme ich dir vollkommen zu. Aber ich habe gehört, dass er mal schwul war, vor Tina, meine ich", warf Phoebe ein und wartete gespannt, wie diese Neuigkeit bei den anderen ankam. Emma sah sie erstaunt an und Siena stieß einen Pfiff aus.

„Woher weißt du das?", wollte Barbara begierig wissen und rückte etwas näher an den Tisch.

Phoebe zuckte die Schultern. Sie genoss es, alle Aufmerksamkeit auf sich zu ziehen.

„Sag schon!" Barbara stieß sie an.

Phoebe räusperte sich und sagte dann: „Er hat es mir selbst erzählt. Als ich oben am Laptop war, um meine Mails zu checken, kamen wir ins Gespräch. Und da er ein Foto meiner Tochter Eve mit ihrer Partnerin entdeckt hatte, haben wir uns darüber unterhalten. Er fand die Hochzeitsfotos großartig. Sie haben letztes Jahr auf Hawaii geheiratet."

„Deine Tochter ist homosexuell?!", warf Barbara ein und sah sie schockiert an.

„Ja, ist doch großartig, nicht? Jetzt habe ich drei Töchter, zwei eigene und eine angeheiratete. Und einen Sohn. Alexander ist ein wahrer Traumschwiegersohn, Eloise kann sich wirklich glücklich schätzen. Leider sieht sie das nicht genauso wie ich. Sie verbringt viel zu viel Zeit im Büro, und darunter leiden die Kinder ... und er", holte Phoebe aus und blickte nachdenklich auf ihre Hände.

Jetzt kommt das Gejammer über ihre anstrengenden Enkeltöchter, dachte Emma und stand schnell auf.

„Ich gehe schwimmen, wer kommt mit?", fragte sie in die Runde.

Siena schien den Ernst der Lage ebenfalls erkannt zu haben und erhob sich lächelnd. Barbara blieb sitzen und berührte mitfühlend Phoebes Hand.

„Natürlich leiden Lisa und Anastasia darunter, wenn sich ihre Eltern so oft streiten." Barbara nickte zustimmend. „Und dann lassen sie es an mir aus, und ich darf mich nicht in die Erziehung einmischen. Wenn ich nur ..."

Emma und Siena gingen rasch davon und hörten nicht mehr, was Phoebe hätte tun wollen.

Sie rannten lachend über den heißen Sand zum Wasser. Dort legten sie ihre Sachen ab und stürzten sich in die Wellen.

Emma tauchte unter und genoss das befreiende Gefühl der Schwerelosigkeit.

„Ich hoffe, sie findet ihren Frieden mit Eloise und den Mädchen", sagte Siena nachdenklich und schwamm neben Emma her.

„Da bin ich mir nicht sicher. Manchmal habe ich das Gefühl, dass sie diese alten Geschichten braucht, um einen Lebensinhalt zu haben. Ich habe das Gefühl, sie ist total auf dieses Thema fixiert. Dabei könnte sie mit Brain ein schönes Leben führen", antwortete Emma. Siena nickte und dachte darüber nach.

„Wollt ihr Kinder?", wechselte Siena abrupt das Thema. Emma lächelte bei dem Gedanken.

„Ich liebe Kinder und möchte mindestens drei haben. Wolltest du nie welche?"

„Thomas hat zu viel gearbeitet und hatte als Arzt auch außerhalb des Krankenhauses immer viele Verpflichtungen. Und als es dann soweit war, war ich schon in einem Alter, wo es an ein Wunder grenzt, wenn es einfach so klappt. Aber wir führen ein reich gesegnetes Leben. Wir sind viel gereist und hatten immer uns. Es genügt", antwortete Siena und lächelte sanft. „Möchtest du mit Kindern noch als Köchin arbeiten?" Emma überlegte und nickte dann.

„Ich denke, das wird sich zu gegebener Zeit ergeben. Jede Familie sollte für sich selbst entscheiden, welches Modell sie lebt. Vorausgesetzt, man hat die Möglichkeit zu wählen. Ich kann diese Vergleiche nicht ausstehen. Es muss einfach für die jeweilige Familie funktionieren."

Siena schwamm zurück und legte sich in den warmen Sand. Emma folgte ihr und band sich die buschigen Haare zusammen.

„Du hast sicher Recht. Aber wenn ich höre, was Phoebe mit ihren Enkelkindern alles durchgemacht hat, dann geht das vielleicht mehr Menschen etwas an als nur die Eltern. Ihr bleibt also nicht für immer auf der Insel?", wechselte Siena das Thema und blickte über das türkisfarbene Wasser.

„Wir bleiben nur für ein Jahr, also sind es jetzt noch sieben Monate", antwortete Emma und genoss die wärmende Sonne auf ihrer Haut. „Ich werde es vermissen. Es ist einfach paradiesisch hier. Aber Justin will zurück. Er braucht die Technik, um glücklich zu sein. Trotzdem liebe ich ihn."

Das Licht im Büro war etwas zu hell für Justin, und er kniff die Augen zusammen. Er hatte sich erstaunlich gut an den Kerzenschein gewöhnt und fand es seltsam, wenn er im Haupthaus auf die LED-Beleuchtung stieß.

Zufrieden setzte er sich an einen freien Laptop und drückte auf den Einschaltknopf. Er hatte sich eine ganze Stunde ergattert und legte die vier Zettel vor sich auf den Tisch. Es erstaunte ihn immer wieder, wie bereitwillig ihm einige Insulaner ihre Internetzeit überließen.

Er tippte den ersten Code ein und seufzte auf. Seine Finger flogen über die Tastatur und er studierte angestrengt seine Geschäfte.

Seit letzter Woche hatte sich wieder einiges angesammelt und es ärgerte ihn, dass er nur einmal in der Woche die Möglichkeit hatte, alles zu checken.

Die Coopers hatten schnell herausgefunden, dass er praktisch jeden Tag mit den ergaunerten Codes das Büro besuchte.

Kurzerhand hatten sie es so eingerichtet, dass man die Codes nur noch an einem bestimmten Tag benutzen konnte. Wie nervige Eltern, die einen beim Gamen unnötig bevormunden, dachte Justin und schaute angestrengt auf den Bildschirm.

Plötzlich hob er die Augenbrauen und sein Blick wurde starr. Nervös sah er sich um und vergewisserte sich, dass niemand so spät am Abend noch hier war. Doch alles war still und er raufte sich sein Haar.

Dann scrollte er mit zitternder Hand weiter, und seine Augen flogen über den hellen Bildschirm. Sein Herz schlug heftig gegen seine Brust und er spürte, wie er zu schwitzen begann. Dann bemerkte er ein Blinken und sah, wie die ersten fünfzehn Minuten in wenigen Sekunden zu Ende gingen.

Der Bildschirm wurde augenblicklich schwarz und er fluchte: „Fuck!"

Hastig griff er nach einem weiteren Zettel.

Es schien eine Ewigkeit zu dauern, bis der Computer wieder hochfuhr, zumindest kam es ihm so vor.

Dann tippte er den Code zuerst falsch ein und wusste, dass er nur noch zwei Versuche hatte. „Komm schon, reiß dich zusammen", sagte er zu sich selbst und wählte jede Taste mit Bedacht.

Dann ploppte das Betriebssystem wieder auf und er öffnete erneut seine Mails.

Justin las die Nachricht noch einmal Wort für Wort.

Er konnte es nicht fassen. Wie betäubt lehnte er sich zurück und versuchte, ruhig zu atmen. Seine Beine spürte er nicht mehr und er war froh, dass er saß.

Fünfzehn Millionen Dollar!

Fünfzehn Millionen Dollar!

Er las es wieder und wieder und konnte es einfach nicht glauben.

Nun spielte er schon seit Jahren immerzu mit den gleichen Zahlen und hatte bisher nur ab und zu kleine Gewinne verbuchen können. Nicht, dass er spielsüchtig gewesen wäre, im Gegenteil. Er hatte sich von Anfang an klare Grenzen gesetzt und Woche für Woche den gleichen Betrag verwettet.

Aber jetzt saß er da und starrte ungläubig auf den Bildschirm. Was könnte er sich mit so viel Geld alles kaufen, schoss es ihm durch den Kopf und er grinste. Was würde Emma dazu sagen?

Sein Blick schweifte ab und er freute sich darauf, sie mit diesen fantastischen Neuigkeiten aus dem Bett zu holen. Erstaunt sah er, dass das Zeitfenster wieder zu blinken begann und loggte sich erneut ein. Zum Glück hatte er noch dreißig Minuten.

So hatte er genügend Zeit, seine Bank anzuvisieren und alles weitere vorzubereiten.

Vielleicht blieb ja auch noch Zeit für eine kleine Schnäppchentour durchs Netz. Sein Lächeln wurde noch breiter und er genoss jede Minute.

10. INSELLEBEN

Thomas saß mit Pietro auf der Veranda und bereitete die Popper vor. Diese hatte ihnen Max mitgebracht, als er letzte Woche mit dem Boot von *Harmonya* herübergekommen war. Leider sahen die Kunstköder ziemlich mitgenommen aus und so bogen sie die Haken zurecht.

„Max hat bestimmt schon hundert Barrakuda gefangen!", sagte Pietro begeistert und seine Augen leuchteten. Thomas schaute ihn erstaunt an und legte einen Köder in den Korb.

„Gibt's denn bei denen Fisch ohne Ende?", fragte er und nahm den nächsten Popper zwischen die Finger.

Als Arzt konnte er bei dieser filigranen Arbeit mit seinen ruhigen Händen punkten. Er war es gewohnt, mit spitzen Gegenständen umzugehen, ohne dass Blut floss, zumindest nicht sein eigenes.

„Hoffentlich beschert uns das Meer heute einen reichen Fang. Ich hätte große Lust auf diese Limetten-Kokosnuss-sauce, die Emma neulich zum rohen Thunfisch gezaubert hat", sagte er und dachte an die lobenswerten Kochkünste seiner Nachbarin.

Pietro nickte zustimmend. In Gedanken versunken arbeiteten sie weiter und bemerkten nicht, wie Lucas sich näherte.

„Hallo, meine lieben Brüder, was bastelt ihr denn Schönes?" Er blickte auf die bunten Fischköder hinab.

Thomas lachte auf und antwortete: „Wir reparieren die Köder, die Max uns geschenkt hat. Kommst du nachher mit aufs Boot?"

„Heute nicht, ich begleite Ottilia zurück aufs Festland. Sie muss wieder in den Shop. Gott sei Dank ist das Meer ruhig. Wir müssen das schöne, beständige Wetter ausnützen, morgen sieht es wieder stürmischer aus", antwortete er und wollte schon die Treppe hinuntergehen.

„Bringst du mir eine Zeitung mit?", rief Pietro ihm nach. Lucas hob die Augenbrauen und blieb stehen. „Irgendeine, die du kriegen kannst, danke!"

„Wenn du meinst", sagte Lucas, hob die Hand zum Gruß und schritt davon.

Thomas sah ihm nach und fragte dann an Pietro gewandt: „Willst du dir das wirklich zu Gemüte führen?"

Pietro sah ihn irritiert an.

„Klar, was ist schon dabei? Dann weiß ich wenigstens wieder, was in der Welt so los ist."

Thomas schüttelte leicht den Kopf.

„Ich habe eine Studie gelesen, in der Neurologen belegen, dass negative Nachrichten dumm machen."

Pietro lachte und strich sich über den Bart.

„Offenbar reagiert das Gehirn auf schlechte Nachrichten mit Angst. Das wiederum hat zur Folge, dass unser IQ sinkt, und wir sozusagen verblöden. Ich kann dem nur zustimmen. Seit ich auf der Insel bin, kann ich mir vieles besser merken und habe wieder Spaß daran, Neues zu lernen. Zum Beispiel das Angeln. Ich kann mir die ertragsreichen Stellen einprägen, die Abläufe und wann das Wetter in meine Hände spielt."

„Und du denkst, das liegt daran, dass du keine Zeitung mehr liest?"

Thomas hob die Schultern und griff nach dem nächsten beschädigten Köder.

„Ich habe jedenfalls das gute Gefühl, dass sich mein Gehirn wieder mit Dingen beschäftigt, die es wert sind. Das fühlt sich ungemein gut an."

„Dann wären die Medien ja bestrebt, ihre Leser dümmer zu machen? Willst du das damit andeuten?"

„Weißt du, je bescheidener die Gehirnfunktion, desto leichter ist man manipulierbar. Mit Angst und Schrecken kann man einen Menschen gefügig machen. Das ist einer der Gründe, warum Siena und ich hier alt werden wollen ... sehr wahrscheinlich", fügte er hinzu.

„Was meinst du mit ,sehr wahrscheinlich'?" Pietro sah ihn fragend an.

„Wir sind uns nicht sicher, ob diese Insel der richtige Ort für uns ist. Wir haben viel Gutes über *Harmonya* gehört. Die Gemeinschaft soll dort wie eine richtige Familie zusammengewachsen sein. Das würde unseren Vorstellungen eher entsprechen. Aber auch die dritte Insel verspricht spannend zu werden. Anthony hat mir ein paar Insiderinfos zugesteckt, natürlich top-secret."

Pietro nickte und sagte: „Barbara und ich schauen uns nach einer neuen Farm um. Wir wussten, dass diese Lebensform auf Dauer nichts für uns ist. Deshalb haben wir immer von einem Jahr Pause gesprochen. Aber ehrlich gesagt, fühle ich mich jetzt schon sehr gut erholt. Es könnte sich also noch etwas in die Länge ziehen. Mal sehen. Zum Glück kann ich fast jeden Tag angeln gehen, sonst würde mich Barbara mit ihrem Gejammer noch in den Wahnsinn treiben!"

Der kleine See schimmerte von türkis bis königsblau und verzauberte Michelle auf Anhieb. Obwohl sie auf ihrer Joggingrunde oft hier vorbeikam, wirkte dieser spezielle Ort jedes Mal anders auf sie. Heute spielte das Licht besonders schön mit und sie setzte sich auf einen Stein am Ufer.

Robin kletterte wagemutig die Felswand empor und sie beobachtete ihn ängstlich. Warum muss er immer ans sein Limit gehen, fragte sie sich, als sich plötzlich ein Stein löste.

„Nichts passiert", rief Robin und zog sich weiter hoch. Der kleine Stein rollte zu Boden und blieb ein paar Meter neben Michelle liegen.

Sie schüttelte den Kopf und hoffte, dass sein Sprung gut enden würde. Sein leises Pfeifen war nur noch schwach zu hören.

Als er oben ankam, winkte er ihr zu und lachte. Sie winkte zurück und betete innerlich.

„Schade, dass du keine Kamera dabei hast! Dann könntest du es für die Ewigkeit festhalten", rief er ihr zu und reckte den Daumen in die Luft.

„Bist du sicher, dass du das tun willst?", schrie sie zurück und erhob sich. Ihre Beine fühlten sich an wie Gummi, und sie musste sich zusammenreißen, um aufrecht zu stehen.

Er nickte und sammelte sich. Den unangenehmen Druck auf seiner Brust ignorierte er.

Wenigstens war er vorhin an der tiefsten Stelle abgetaucht, um zu sehen, dass es keinen Felsvorsprung gab.

Trotzdem fühlte sich Michelle nicht wohl dabei und sah sich nervös um. Niemand außer ihnen war hier, und wenn etwas schief ging, konnte sie nicht einmal auf schnelle Hilfe hoffen.

Sie spürte, wie die Tage mit Robin sie langsam auslaugten. Er war noch ruheloser als sie. Und dass sie ihn nun rund um die Uhr um sich hatte, ließ ihr keine ruhige Minute.

Sie dachte an Michael und spürte einen leichten Stich in der Brust. Er schien sich gut mit Irma zu verstehen.

Eigentlich hatte sie mit ihm unter vier Augen sprechen wollen, um zu sehen, ob er diese verrückte Idee immer noch gut fand, aber dazu war es nicht gekommen.

Der Lebensrhythmus der beiden Paare ließ es nicht zu. Sie sahen sich nur beim Essen, und dann saßen immer noch andere Leute mit am Tisch. Und sie wollte mit Michael allein reden. Ihn fragen, ob er lieber mit Irma zusammen war als mit ihr.

Sie mochte Robin, sehr, aber seine Art brachte sie an ihre Grenzen. Er wirkte wie ein gehetztes Tier und musste immer gewagtere Dinge ausprobieren.

Und sie konnte den Sex nicht so genießen wie mit Michael. Robin war ihr zu stürmisch und ungeduldig. Es musste immer schnell gehen. Zuerst hatte sie es aufregend gefunden, aber jetzt sehnte sie sich nach stundenlangem Kuscheln.

Sie schreckte aus ihren Gedanken auf, als sie ihren Namen hörte.

„Michelle!" Robin schrie nun regelrecht ihren Namen und wartete, bis er ihre volle Aufmerksamkeit hatte.

Dann verneigte er sich und sprang.

Minuten schienen zu vergehen, doch Michelle wusste, dass es nur wenige Sekunden waren. Elegant flog er den Wasserfall hinunter und tauchte ein.

Sie starrte gebannt auf die Stelle, an der er verschwunden war, und begann leise zu zählen.

Es kam ihr endlos vor, und sie spürte, wie Panik in ihr aufstieg. Als sie bei zehn war, rief sie instinktiv seinen Namen. Obwohl sie wusste, dass er sie unter Wasser nicht hören konnte.

Sie begann zu zittern und schrie nun lauthals: „Robin! Rooobin!" Sie machte bereits einen Schritt ins Wasser.

Da durchbrach er lachend die Wasseroberfläche, bestimmt zehn Meter vom Wasserfall entfernt, und winkte ihr zu.

Sein Gesicht strahlte vor Glück und das Adrenalin schien seinen Körper zu durchströmen. Michelle setzte sich erschöpft wieder auf den Stein und versuchte, sich zu beruhigen.

„Das war Klasse, ganz große Klasse. Du solltest es auch mal versuchen. Das Wasser ist so klar!"

Er schwamm zu ihr und bemerkte erst jetzt, dass sie weinte. „Was ist los, Michelle?" Hastig stieg er aus dem Wasser.

„Ich hatte solche Angst, … dass du nicht mehr auftauchst!", schluchzte sie und wischte sich die Tränen weg.

„Ach was, da kann nichts passieren", beruhigte er sie und hockte sich neben sie. „Ich habe alles im Griff. Ist ja nicht das erste Mal, dass ich so etwas mache."

Sie schniefte und stand auf.

„Ich will nach Hause", sagte sie und ging davon. Robin war ein wenig irritiert und griff hastig nach seinen Sachen.

Er ging hinter ihr her und fand ihren Ausbruch etwas übertrieben. Irma würde nie so reagieren, dachte er. Doch im nächsten Moment fiel ihm ein, dass sie bei solchen Aktionen nie dabei gewesen war.

Irma wusste nicht so genau, was er in seiner Freizeit machte. Aber um glücklich zu sein, brauchte er immer wieder diesen besonderen Kick. Erst dann fühlte sich Robin richtig lebendig. Und hier auf der Insel gab es unzählige Möglichkeiten, seine Grenzen auszuloten.

Er zuckte mit den Schultern und genoss das Gefühl, das immer noch durch seinen Körper strömte.

Emma grinste und beobachtete Justin, der vor ihr am Tisch saß und eine Liste schrieb. Es sah aus, als würde er seine Wünsche für den Weihnachtsmann notieren.

Ab und zu strich er etwas durch, um es durch eine neue Idee zu ersetzen. Dann schaute er lächelnd nach draußen und schrieb weiter.

Sie schnitt Gemüse und überlegte, wie sich das viele Geld auf ihre Zukunft auswirken würde. Sollten sie den Loft verkaufen, vermieten oder bleiben?

Es kam ihr immer noch sehr unwirklich vor. Vielleicht war es ein Segen, dass sie noch für ein paar Monate auf der Insel festsaßen.

Eigentlich hätten sie auch früher abreisen können, aber Emma bestand darauf, die vereinbarte Zeit hier zu bleiben. Es tat beiden gut, von allem weg zu sein.

„Ich glaube, wir bleiben erst mal im Loft. Dann haben wir Zeit, uns nach etwas Größerem umzusehen, das wolltest du doch immer. Vielleicht ein Haus irgendwo im Grünen. Ich muss ja nicht in der City wohnen, Hauptsache, ich habe schnelles Internet. Wenn die Kinder erst mal da sind, willst du bestimmt mit ihnen im Garten spielen können", sagte Justin und lächelte Emma zufrieden an.

Eine Welle des Glücks durchströmte sie, und sie musste sich eine Träne wegwischen. Es rührte sie, dass er so liebevoll von ihren zukünftigen Kindern sprach. Vielleicht war es an der Zeit, die Pille abzusetzen, dachte sie und legte das Messer weg.

Dann würden sie wahrscheinlich in ein paar Monaten die Insel zu dritt verlassen, mit einem blinden Passagier.

Sie lächelte und ging auf Justin zu. Er sah auf, und freute sich über den innigen Kuss, zog sie auf seinen Schoß und drückte sie an sich.

„Könnt ihr das nicht in eurem Haus tun?", fragte Barbara gereizt und setzte sich an den Tisch. Emma erhob sich wieder und verdrehte die Augen.

„Hallo Barbara, schön dich zu sehen", sagte Justin und lächelte sie breit an. „Wir freuen uns gerade über meinen Gewinn, da musste eine Umarmung her, das verstehst du sicher", sagte er und zwinkerte ihr zu.

Emma musste sich umdrehen und ging zurück in die Küche. Justin war in der Lage, zu jedem freundlich zu sein, egal wie nervig die Person war.

„Was für einen Gewinn?"

„Ich habe im Casino satte fünfzehn Millionen Dollar gewonnen!", antwortete er feierlich und lehnte sich zufrieden zurück.

Ein lauter Pfiff ertönte und alle sahen sich um. Lucas erhob sich aus einem Sessel im hinteren Teil des Gemeinschaftsraumes und kam näher.

„Fünfzehn Millionen Dollar?", wiederholte er und fuhr sich über die Glatze.

Justin nickte grinsend.

„Wie konntest du ins Casino gehen und wann?", mischte sich Barbara wieder ein und saß nun ganz kerzengerade auf ihrem Stuhl.

Emma schnaufte laut und konzentrierte sich auf den Fisch. Sie hatte nicht die Geduld, Barbara in die Welt des Internets einzuführen.

„Das macht man heute online. Ich gebe meinen Tipp ab und bekomme eine Mail, wenn ich etwas gewonnen habe. Und gestern Abend habe ich die Nachricht bekommen, dass sage und schreibe fünfzehn Millionen Dollar warten, von mir abgeholt zu werden.

„Aber du bist doch hier und kannst nichts abholen", erwiderte Barbara empört und schaute zwischen Justin und Lucas hin und her. Lucas grinste und setzte sich zu ihnen.

„Ich hole das doch nicht persönlich ab, Barbara. Wie stellst du dir das vor? Dass ich mit einem Koffer aus dem Casino spaziere und meine gewonnenen Millionen nach Hause trage? Nein, ich habe meinen Anwalt beauftragt, die Sache über meine Bank abzuwickeln. Da werden nur ein paar Klicks nötig sein und der Betrag wechselt den Besitzer." Justin faltete seine Liste zusammen und steckte sie ein.

„Geld verdirbt den Charakter", sagte Barbara und sah ihn ernst an. Justin zog die Augenbrauen hoch.

„Ich werde mir alle Mühe geben, damit das nicht passiert. Bestimmt werde ich mir keinen Ferrari oder Maserati kaufen. Ich habe andere Ideen, was ich mit dem Geld alles anstellen kann."

Emma dachte bange an die vielen kleinen Dinge, die Justin immer auf dem Festland bestellt hatte, und fragte sich, ob eine Flut von Paketen ihnen bei ihrer Rückkehr den Weg zum Loft versperren würde. Sie stellte sich gerade vor, wie sie sich minutenlang den Weg zur Tür freischaufeln mussten. Ein Schauer überlief sie.

„Oder man spendet einen Teil des Gewinns für einen guten Zweck", schlug Lucas vor. „Ich wüsste da ein paar tolle Projekte, die sich über jeden Cent freuen würden."

Emma grinste und stellte sich Justin vor, wie er mit einer Schere bewaffnet einen neuen Schulkomplex einweihte.

„Wir werden sehen. Ich habe ... wir haben noch genügend Zeit, darüber nachzudenken", sagte Justin und ging zu seinem Haus.

Der Regen tropfte auf das Dach der Veranda, und Irma beobachtete den schlafenden Jack. Er lag ganz ausgestreckt zu ihren Füßen und wärmte sie.

Michael war in einen Krimi vertieft und seine Augen flogen über die Zeilen. Ihr Buch lag auf ihrem Schoß und sie spürte, wie eine innere Unruhe in ihr aufstieg. Noch drei Tage, dann wäre die Zeit gekommen.

Sie fragte sich, wie dieses Gespräch wohl verlaufen würde. Seltsamerweise schienen sich alle Beteiligten recht schnell an die neue Konstellation gewöhnt zu haben. Zumindest empfand Irma das so.

Robin und Michelle sahen sie nur bei den Mahlzeiten, und da wirkten beide recht zufrieden.

War sie glücklich mit Michael? Glücklicher als mit Robin, fragte sie sich. Sie fühlte sich sehr wohl bei ihm, aber war das Liebe?

Er kümmerte sich sehr liebevoll um sie, ganz anders als Robin. Seine Ruhe empfand sie als angenehm, wenn auch manchmal etwas langweilig.

Wenn sie sich jetzt entscheiden müsste, wie es weitergehen soll, würde ihr das sehr schwer fallen.

Wollte sie mit Robin oder mit Michael leben? Obwohl sie Robin liebte, genoss sie die Nähe zu Michael.

Dass die anderen Bewohner den Wechsel so gelassen hingenommen hatten, erstaunte sie immer noch. Einzig Lucas hatte von Beständigkeit gesprochen und den Kopf geschüttelt. Und natürlich Barbara, aber die fand in jeder Suppe ein Haar.

Wie auf Kommando stand Barbara plötzlich neben Irma und sagte: „Dieser verdammte Regen. Der geht mir so auf die Nerven. Eben ist es noch sonnig, und ein paar Minuten später schüttet es wie aus Eimern!" Michael hob den Kopf und musterte sie.

„Zum Glück! Sonst müssten wir die Pflanzen jeden Tag gießen. Hättest du Lust, mit der Gießkanne herumzulaufen und die Beete zu wässern?", fragte er und sah, wie sie sich schnaubend umdrehte und wieder hinein ging. Irma kicherte und war froh, dass sie wieder allein waren.

„Gehst du nachher noch ein paar Kokosnüsse sammeln?", fragte sie und legte ihr Buch auf den Tisch.

„Nein, dafür ist es zu nass. Aber ich werde ein paar Mangos pflücken. Kommst du mit?", antwortete er und legte sein Buch auf ihres.

Jack streckte sich und schien zu spüren, dass es Zeit für etwas Bewegung war. Er stand auf, streckte sich noch einmal und wedelte dann erwartungsvoll mit dem Schwanz.

„Willst du mitkommen?", fragte Irma und knuddelte seinen Hals. Das Wedeln wurde intensiver, Michael nahm lächelnd die Bücher und trug sie zurück ins Haus.

„Zum Glück habe ich Jack", sagte Irma und schritt mit einem Korb bewaffnet hinter Michael her. Der Labrador schnüffelte intensiv und zeigte ihnen den Weg.

„Du hast doch auch mich", erwiderte Michael und drehte sich zu ihr um. „Zumindest bis übermorgen", fügte er leise hinzu und ging weiter.

Irma nahm all ihren Mut zusammen und räusperte sich.

„Willst du zurück zu Michelle?" Sie war froh, dass er ihre roten Wangen nicht sehen konnte. Er ging gemächlich weiter und schien nachzudenken. „Du musst mir nicht antworten, wenn du nicht willst", fügte sie hastig hinzu und ärgerte sich, dass sie überhaupt gefragt hatte.

„Ich kann nicht genau sagen, was ich will. Michelle ist die einzige Familie, die ich noch habe. Das ist mir erst so richtig bewusst geworden, seit wir getrennt sind."

Irma dachte darüber nach und nickte. Seit dem Tod seines Vaters war Michelle tatsächlich seine einzige enge Bezugsperson. Wie musste das wohl sein, so ganz ohne Familie und Verwandte? Freunde hatten sie nur wenige, wie Michael ihr erzählt hatte.

Da hatte es Irma weit besser getroffen, zumal sie sich mit ihrem Vater und ihren Schwestern ausgezeichnet verstand. Und dass sie alle im Umkreis von nur wenigen Meilen lebten, hatte ihr familiäres Band noch mehr gestärkt. Obwohl ihre Mutter schon lange tot war, trafen sie sich fast jede Woche zum sonntäglichen Brunch bei Dad. Gedankenverloren lief sie weiter und stieß mit Michael zusammen.

„Entschuldigung", sagte sie und blickte auf. Er lächelte sie an und zeigte auf einen prächtigen Baum. Die schmalen, länglichen Blätter glänzten im

Sonnenlicht und hier und da kullerte ein Wassertropfen zu Boden. Michael griff nach einer herabhängenden Mango und befühlte sie vorsichtig.

„Die lassen wir noch ein bisschen hängen. Diese ist reif", sagte er und griff nach einer anderen Frucht. Er zückte sein Messer und löste sie vorsichtig vom herabhängenden Ast.

Irma hielt ihm den Korb hin und beobachtete, wie er eine nach der anderen berührte und entschied, ob sie reif genug war oder nicht. Der Korb wurde rasch schwerer und Irma stellte ihn auf den Boden.

Das Gespräch nahm sie nicht mehr auf. Sie hatte nicht die Kraft und den Mut dazu.

Wenn sie nur wüsste, was sie selbst wollte, wäre sie einen Schritt weiter. Aber nicht einmal das konnte sie entscheiden. Sie war einfach froh, dass Jack ihr treuer Begleiter war und beobachtete, wie er interessiert am Korb schnupperte.

Robin schwamm mit kräftigen Zügen und dachte an die letzte Nacht. Sie hatten bis spät trainiert und erst nach Mitternacht geduscht.

Er grinste bei dem Gedanken. Der Sex im Stehen hatte ihn mächtig erregt und er spürte, wie eine erneute Lustwelle in ihm hochstieg.

„Warte auf mich!", rief Michelle und Robin drehte sich zu ihr um. Sie schwamm ihm hinterher und blinzelte in die Morgensonne.

„Das kommt davon, wenn man erst noch einen Bikini anziehen muss ... da kommt man immer zu spät", rief er amüsiert und wartete, bis sie zu ihm aufschloss.

„Meinst du?", sagte sie und lächelte ihn verführerisch an. Sie glitt an ihm vorbei und er sah, dass sie ebenfalls nackt war.

„Und wie fühlt es sich an?"

„Großartig!", antwortete sie lachend.

„Sag ich doch! Es gibt nichts Schöneres, glaub mir, als wenn das Wasser deinen Körper nahtlos umspielt."

„Ach ja?", sagte sie und näherte sich ihm.

Sie schlang ihre Arme um seinen Hals und küsste ihn leidenschaftlich. Ihre Beine umschlossen seine Hüften und sie saugte gierig an seinen Lippen.

Sprachlos stand er da und spürte den weichen Sand unter seinen Füßen. Sein Herz hämmerte gegen seine Brust. Er umfasste ihren Po und drückte sie fest an sich. Sie keuchte und spürte, wie er versuchte, in sie einzudringen.

„Warte, das tut mir weh", sagte sie und löste sich wieder von ihm, „komm mit." Sie nahm seine Hand und führte ihn zum Strand.

Dort legte sie sich in den Sand und schloss die Augen. Die Morgensonne wärmte nur zaghaft und sie fröstelte ein wenig.

„Kein Mensch weit und breit", raunte Robin und legte sich neben sie. Er liebkoste ihre Brust und streichelte sie zwischen den Beinen.

Michelle überlegte kurz, ob wirklich niemand in der Nähe war, konnte sich aber dann nicht mehr konzentrieren. Als sie aufstöhnte, verlor er keine Zeit und legte sich rasch auf sie.

Seine Kraft raubte ihr fast den Atem und er bewegte sich schnell. Dann bäumte er sich auf und stöhnte laut.

„Scheiße", flüsterte er und glitt rasch von ihr runter. Michelle sah ihn erstaunt an. „Jack ist im Anmarsch! Zieh sofort dein Kleid an!", befahl er.

Michelle griff neben sich und zog es sich hastig über den Kopf. Keine Sekunde zu spät.

Jack kam fröhlich über den Strand gesprintet und trug stolz einen Tennisball im Maul.

Robin konnte Irma nirgends sehen.

Der Hund wedelte freudig mit dem Schwanz und warf seine Trophäe in den Sand. Robin stand auf und griff nach dem Ball.

„Hol ihn dir!", rief er und sah sich um. Erst jetzt kamen Irma und Michael zwischen den Palmen hervor und schlenderten Hand in Hand auf ihn zu.

Dann blieben sie abrupt stehen, und ließen sich los. Langsam kamen sie näher.

Michelle saß verlegen im Sand und spürte noch immer das Pochen zwischen ihren Schenkeln. Wie peinlich wäre es gewesen, wenn Michael sie hier in flagranti erwischt hätte.

„Was treibt ihr denn schon so früh hier am Strand?", fragte Michael und lächelte verlegen. Jack kam zurück und warf den Ball vor Irmas Füße. Sie bückte sich und warf ihn wieder weit weg.

Das Schweigen dauerte unangenehm lange und Irma fühlte sich unbehaglich. Sie vermied den Blickkontakt mit Robin und beobachtete Michelle, die keine Anstalten machte, aufzustehen.

„Wir waren schwimmen", durchbrach Robin die Stille und grinste. „Und warum seid ihr schon so früh auf den Beinen?"

„Jack hat wieder Durchfall", sagte Irma leise. „Zu viele Mangos", fügte sie hinzu und war froh, dass ihr treuer Begleiter gerade zu ihr kam und ein paar Streicheleinheiten verlangte. Sie beugte sich vor und kraulte seinen Kopf.

„Dieser Allesfresser lebt auch in einem Paradies. Überall lauern verfaulte Köstlichkeiten, wer könnte da widerstehen", erwiderte Robin und blickte aufs Wasser.

Ein lauter Pfiff hatte seine Aufmerksamkeit erregt.

„Da kommen Thomas und Pietro. Hoffentlich haben sie was Leckeres fürs Mittagessen dabei", sagte Robin und schritt wieder ins Wasser.

„Dann bis später", sagte Michael, griff Irmas Hand und entfernte sich. Er pfiff und Jack lief augenblicklich hinter den beiden her.

Michelle sah ihnen nach und spürte eine innere Leere in sich. Die unerwartete Konfrontation rüttelte sie auf. Und dass Michael so vertraut Irmas Hand nahm, versetzte ihr einen Stich.

Robin watete weiter ins Wasser und war erleichtert, einen Grund zu haben, sich von den anderen zu entfernen. Wie konnte er sich nur so leichtfertig mit Michelle am Strand vergnügen, wo doch seine Frau auch auf dieser Insel lebte? Zum Glück hatte Jack sie rechtzeitig gewarnt. Das durfte ihm nicht noch einmal passieren.

Er dachte an Irma und wie seltsam es sich angefühlt hatte, sie so vertraut mit Michael zu sehen.

„Halt mal den Eimer", rief Thomas und riss ihn aus seinen Gedanken. „Wir hatten heute richtig Glück!", fügte er hinzu und wischte sich die schweißnasse Stirn. Robin nickte und trug den Eimer zum Strand.

Michelle saß immer noch an der gleichen Stelle und schien in Gedanken versunken zu sein.

„Bringst du den Fang ins Dorf und gibst ihn Emma? Dann können wir das Boot zum Steg fahren", fragte Pietro und drehte bereits ab.

„Klar", antwortete Robin mechanisch und schritt an Michelle vorbei.

Sie bemerkte seinen Weggang nicht und blieb sitzen.

Wie würde die Entscheidung wohl ausfallen, in zwei Tagen? schoss es Robin durch den Kopf und er blickte nicht zu Michelle zurück.

„Thomas! Thomaaaaas!" Ein lauter Schrei hallte durch das Dorf und Siena blickte auf. Sie legte ihr Strickzeug auf den Tisch und erhob sich.

Da humpelte Barbara um die Ecke, ihr schmerzverzerrtes Gesicht war tränennass.

„Wo ist Thomas?", fragte sie schluchzend und setzte sich auf die unterste Stufe. Siena sprang hinunter und erfasste augenblicklich die Situation. Wortlos drehte sie sich um und rannte ins Haus.

Mit einem kleinen schwarzen Koffer bewaffnet kam sie zurück.

„Thomas ist mit deinem Mann angeln", sagte sie ruhig und kniete sich vor Barbara auf den Boden. „Wie ist das passiert?", fragte sie und sah sich den Fuß genauer an.

„Dieser blöde Köter hat die ganze Gegend vollgeschissen!", schrie Barbara.

Siena hob die Augenbrauen und schüttelte den Kopf.

„Aber von Hundekot gibt es keine solchen Verletzungen, soweit ich weiß", erwiderte sie und tupfte die Wunde mit einer Flüssigkeit sauber.

„Nein, natürlich nicht!", empörte sich Barbara und holte wieder Luft. „Ich wollte spazieren gehen und bin direkt neben dem Weg in diesen stinkenden, flüssigen Haufen getreten. Du kannst dir nicht vorstellen, wie eklig das war!" Siena nickte und machte weiter. „Meine Sandalen sind für immer ruiniert, das kann ich dir sagen. Die müssen sie ersetzen, da bestehe ich drauf! Echtes Leder, die haben ein Vermögen gekostet!"

„Was ist denn hier los?", fragte Phoebe, als sie die Treppe herunterkam. Siena drehte den Fuß hin und her und nickte.

„Eine kleine Wunde. Ich weiß nur noch nicht, wie sie entstanden ist", entgegnete Siena und lächelte Barbara aufmunternd an.

„Klein?", schrie diese und weitete die Augen. „Ich musste dann ohne Schuhe zum Strand um alles zu waschen. Und als der ganze Scheiß endlich weg war, bin ich auf dem Rückweg auf diesen dämlichen Krebs getreten!", sagte sie und schluchzte hörbar auf.

Phoebe hockte sich neben sie und legte ihr tröstend den Arm auf die Schulter.

„Muss das genäht werden?", fragte Phoebe und sah Siena interessiert zu. Diese nahm einen Verband in die Hand und schüttelte den Kopf.

„Nicht?", schrie Barbara entrüstet und weitete abermals ihre geröteten Augen.

Siena ließ sich nicht aus der Ruhe bringen und schnitt kleine Stücke des Verbands zurecht.

„Nein, zum Glück ist die Wunde nicht tief und ich kann sie kleben. Das heilt viel besser und du bist bald wieder fit", sagte sie und begann, vorsichtig, kleine Streifen auf die Wunde zu legen.

Phoebe räusperte sich und sagte dann: „Bei Anastasia mussten sie eine Wunde am Kopf mit genau solchen

Strips zusammenkleben. Ihr könnt euch gar nicht vorstellen, wie stark das geblutet hat!"

Siena nickte und wusste genau, was Phoebe meinte. Kopfwunden hatte sie im Krankenhaus genug gesehen.

Barbara schnaufte laut auf und ärgerte sich, dass ihre Verletzung nun in den Hintergrund treten musste, da Phoebe ausholte und in allen Einzelheiten von ihrer Enkelin zu erzählen begann.

Morgen war der Tag der Entscheidung und Irma starrte an die Decke. Die letzten Stunden hatten sie regelrecht aus der Bahn geworfen.

Als sie Michelle und Robin am Strand begegnet waren, hatte Irma versucht, die Situation zu deuten. Keine Spur von Eifersucht hatte sich bei ihr bemerkbar gemacht.

Liebte sie Robin überhaupt noch? Sie wusste es nicht. Die Situation erschien ihr so grotesk, dass sie froh gewesen war, als sie und Michael rasch weitergegangen waren.

Nun lag er neben ihr und sie konnte nicht fassen, wie aufgewühlt sie war. In seiner Nähe fühlte sie sich wohl und geborgen. Er trug sie auf Händen und las ihr jeden Wunsch von den Augen ab. Eine solche Fürsorge kannte sie nicht. Manchmal war es ihr fast zu viel.

Bei Robin ging alles immer zack-zack. Er stand ständig unter Strom und alles musste schnell erledigt werden. Besonders beim Sex war er immer spontan und zielorientiert.

Wo nicht, schoss es ihr durch den Kopf. Michael war das pure Gegenteil. Er zelebrierte alles, was er tat. Angefangen bei der morgendlichen Teestunde, über die Zubereitung des Essens bis hin zu den Verwöhnstunden im Bett. Sie dachte an Michelle und fragte sich, ob sie den Tausch schon bereute.

Heute am Strand hatte sie nicht besonders glücklich ausgesehen, wie sie da im Sand hockte und aufs Meer starrte.

Irma rieb sich die Augen und wartete auf eine Eingebung. Eigentlich benötigte sie diese ganze Aufmerksamkeit gar nicht.

Die Freiheiten, die sie mit Robin gezwungenermaßen gehabt hatte, waren ihr immer willkommen gewesen.

Aber andererseits genoss sie es, wenn Michael sie verführte. Er hatte Stellen an ihr berührt, von denen sie selbst nichts wusste. Doch genügte sie ihm oder wollte er lieber Michelle zurück?

Sie versuchte vehement, den Vergleich mit ihr zu verdrängen, aber es gelang ihr nicht. Gegen Michelle konnte sie nur verlieren, dachte Irma und lauschte in die Stille.

Michael schlief und atmete regelmäßig. Und doch hatte er diesem wahnwitzigen Tausch zugestimmt, noch vor ihr.

Sie spürte, wie das Kribbeln in ihrem Bauch wieder stärker wurde und hoffte, dass sie morgen Klarheit erlangen würde, was sie wollte. Oder ob sie sich wieder anpassen würde, wie schon so oft.

11. PAARZEIT

„Könntest du dir vorstellen, auf der dritten Insel zu leben?", fragte Yvonne und flocht ihre langen blonden Haare zu einem Zopf.

Anthony blickte auf und zog die Augenbrauen hoch. Tina grinste und vertiefte sich wieder in ihre Unterlagen. Er räusperte sich und setzte sich aufrechter hin.

„Das ist doch keine ernstgemeinte Frage, oder?"

„Warum nicht? Du bist jung und stark, dir traue ich das zu."

„Ich bin eher der bequeme Typ", sagte er und hörte, wie Tina zu prusten begann. „Hey!", rief er und bewarf sie mit einem zerknüllten Papier.

„Ich musste nur daran denken, wie du immer voller Entzücken die warmen Handtücher aus dem Trockner hebst", sagte sie lachend.

„Genau, der bequeme Typ, der gewisse Dinge zu schätzen weiß", erwiderte er und lehnte sich zurück. „Das wäre eher etwas für Kim. Der ist viel unkomplizierter und naturverbundener."

Tina verstummte schlagartig, blickte auf und fragte sich, wo ihr ehemaliger Teamkollege jetzt wohl war.

„Wenn ich nur wüsste, wo er steckt", formte Yvonne Tinas Gedanken und schaute nachdenklich aus dem Fenster, „hast du ihn wirklich nie erreicht, Tony?"

Er schüttelte traurig den Kopf.

„Vielleicht will er gar nicht gefunden werden. Vielleicht hat er nach dem ganzen Insel-Debakel mit uns allen abgeschlossen und ein neues Leben angefangen. Bestimmt ist er in Australien, da hat er sich immer wohl gefühlt", sagte Anthony und tippte weiter auf der Tastatur.

„Die Helis fliegen nächste Woche!", rief Tom durch die Terrassentür und zeigte mit dem Daumen nach oben. Mit der anderen Hand hielt er sein Smartphone und telefonierte weiter.

Yvonne nickte und schmunzelte. Er konnte es einfach nicht lassen und war glücklich, wenn er etwas organisieren konnte.

Tina erhob sich und kam mit einem Stapel Akten zu Yvonnes Tisch.

„Vielleicht sollten wir Lucas auf die dritte Insel schicken. Als geistlichen Beistand, zumindest für die erste Zeit", sagte Tina und legte die Papiere ab.

„Glaubst du, dass er das will? Ich denke nicht, dass er der abenteuerlustige Typ ist", erwiderte Yvonne und begann, den Stapel zu sortieren. „Und überhaupt, lassen wir ihm doch die schöne Zeit der ersten Verliebtheit mit Ottilia. Sie hält ihn ganz schön auf Trab, da kann er sicher keine weiteren Turbulenzen gebrauchen."

Wie auf Kommando öffnete sich die Tür auf und der Pastor trat ein.

„Hallo meine Lieben, ich bin wieder da! Ottilia ist gut auf dem Festland angekommen und ich bringe euch ein paar Neuigkeiten aus dem Shop", sagte er feierlich und legte einen Stapel Briefe und ein Päckchen auf den Tisch.

„Vielen Dank, Lucas", sagte Yvonne und stand auf.

Sie blätterte die Briefe durch und sagte dann: „Warum können die keine E-Mails schreiben? Das ist doch so viel umständlicher." Sie hob den Stapel hoch und legte ihn in einen Korb.

Lucas zuckte mit den Schultern und holte aus: „Ich glaube, etwas Handgeschriebenes hat einfach eine persönlichere Note als diese E-Mails. Und dann gibt es einige, die nicht ins Büro kommen wollen. Deshalb sind sie ja auf eine Insel ohne Strom gezogen, weißt du noch, meine Liebe?"

Yvonne lächelte und setzte sich wieder.

„Und nichts geht über eine selbstgemachte Karte. Die stelle ich dann für viele Wochen auf meine Kommode und freue mich jedes Mal, wenn ich daran vorbeigehe. Das schaffst du mit einer Mail nicht."

„Du kannst sie ja ausdrucken", sagte Yvonne. Lucas verdrehte die Augen und schüttelte wieder den Kopf.

„Das ist doch nicht zu vergleichen! Einen Fetzen Papier aus dem Drucker oder eine persönliche Karte, Yvonne! Ich sehe, dieses Büro verdirbt dich. Du solltest dir schleunigst einen Platz auf der dritten Insel sichern. Dann kommst du wieder auf den Boden der Realität zurück."

Lucas machte Anstalten, zu gehen. Doch Yvonne rief ihm nach: „Wäre das nicht etwas für dich?"

Er schnaubte, und öffnete die Tür.

„Nur über meine Leiche!", rief er über seine Schulter und ging hinaus. Anthony nickte zustimmend und grinste in den Bildschirm.

Als Lucas beschwingt das Dorf erreichte, freute er sich, Thomas allein auf der Veranda vorzufinden.

Dieser blickte auf und lächelte ihn an.

„Gut zurückgekehrt?", fragte er und legte sein Buch beiseite. Lucas nickte und setzte sich zu ihm.

„Ich habe es sehr genossen, dass Ottilia wieder für ein paar Tage hier war. Sie ist ein wahrer Schatz."

„Ich freue mich für euch. Eine gute Partnerschaft ist wahrlich ein Segen", sagte Thomas. „Was hast du da?" Er zeigte auf die mitgebrachte Stofftasche.

„Eine Zeitung. Pietro will Neuigkeiten aus der bösen, fernen Welt", antwortete Lucas und legte die Tasche auf den Tisch.

„Darauf kann ich gut verzichten. Ich glaube, Pietro wird froh sein, bald wieder auf einer Farm zu leben."

„Das glaube ich auch. Aber er sollte sich erst einmal richtig erholen. Vielleicht gelingt es ihm ja noch, beim Angeln blüht er richtig auf, oder?"

Thomas nickte und dachte an das gestrige, leckere Abendessen.

„Vermisst du das Krankenhaus?", fragte Lucas.

„Nein."

Diese hektische Zeit schien sehr weit weg von ihm und Siena zu sein. „Das Leben ist zu kurz, um sich für die falschen Dinge abzumühen", sagte Thomas. Lucas sah ihn erstaunt an. „Ich habe zu viele Menschen gesehen, die sich von einem Leiden zum nächsten hangeln. Als müsse der Körper immer neue Signale senden, um den Geist wachzurütteln. Aber wir Ärzte haben zu wenig Zeit, um die wirklichen Ursachen zu finden. Uns bleibt nichts anderes übrig, als die Symptome zu bekämpfen. Das kann sehr frustrierend sein, glaub mir."

Er machte eine Pause und blickte nachdenklich in den üppigen Garten.

„Ein Arzt im Ruhestand gab mir einmal den weisen Rat, ich solle meine Patienten zuerst fragen, wann sie das letzte Mal getanzt oder gelacht hätten. Aber dafür hatte ich keine Zeit. Und womöglich hätten sie mich für verrückt erklärt", fügte er hinzu und fuhr sich mit beiden Händen über seinen Dreitagebart.

Lucas nickte und hörte aufmerksam zu. Die Geschichte kam ihm bekannt vor, und er sah Parallelen zu seinem Beruf als Seelsorger.

„Und dann kam der Punkt, an dem ich mich fragte: Ist das alles? Soll ich mein Leben lang für andere schuften, oder ein neues Kapitel aufschlagen? Und hier bin ich! Die beste Entscheidung meines Lebens. Oder eher die zweitbeste. Siena steht unangefochten auf dem ersten Platz. Ich könnte mir ein Leben ohne sie nicht vorstellen."

Lucas nickte lächelnd. Er wusste, wie kostbar eine glückliche Ehe war.

„Ich weiß, wovon du sprichst", sagte er nachdenklich.

Es erstaunte Lucas immer wieder, wie hektisch es auf dem Festland war. Schon nach wenigen Stunden fühlte er sich gestresst und unruhig. Das Klingeln des Telefons, die Geräusche der Autos und Flugzeuge, alles wurde ihm schnell zu viel und er war froh, wenn er wieder die Schuhe ausziehen und den Sand unter den Füßen spüren konnte.

„Ich habe es auch nicht lange ausgehalten", fuhr er fort. „Diese Dauerberieselung hat mich nach kurzer Zeit eingeengt. Anfangs fand ich es normal, ständig müde zu sein, und schob es auf die Umstellung. Nach fast zwei Jahren auf *Harmonya* dachte ich, das würde sich schon legen. Aber als die Migräneattacken wöchentlich auftraten, musste ich wohl oder übel genauer hinschauen. Mein Arzt verschrieb mir natürlich Schmerzmittel, wie du dir denken kannst, aber das löste mein Problem nicht. Die Flut an Informationen und die vielen Termine nahmen mir die Luft zum Atmen. Meine Sekretärin hatte alle Hände voll zu tun, damit ich einigermaßen für meine Gemeinde da sein konnte. In meinem Beruf kann man sich nicht vom Weltgeschehen abkoppeln. Ich musste informiert sein, um die Sorgen und Ängste meiner Schäfchen zu verstehen." Lucas strich sich über die Glatze und atmete tief ein.

„Bist du deshalb zurückgekommen?"

„Ja. Ich sah es als deutliches Zeichen, als auf *Hillarya* ein Haus frei blieb. Meine zweite Chance für einen Neuanfang. Und dann traf ich Ottilia wieder und war verblüfft und dankbar zugleich, wie Gott mich beschenkt", sagte er und strahlte.

„Wolltest du nicht zurück nach *Harmonya*? Du kennst doch die Gemeinschaft dort. Siena und ich überlegen, ob wir uns für da bewerben sollen", sagte Thomas und wunderte sich, da Lucas nun heftig den Kopf schüttelte.

„Um Himmels willen, nein! Da kommt ihr direkt nach Sodom und Gomorra", erwiderte er empört.

„Ach was, ich habe nur Gutes gehört", sagte Thomas lachend. Lucas überlegte, was er ihm erzählen sollte.

„Und Lillibeth kann ich mir beim besten Willen nicht an einem lasterhaften Ort vorstellen, und Joseph auch nicht."

„Ach Thomas, mein lieber Bruder, wenn du nur die ganze Geschichte kennen würdest. Aber ich will dich nicht negativ beeinflussen. Geht doch mal vorbei und macht euch euer eigenes Bild. Dann könnt ihr immer noch entscheiden, ob ihr eine Bewerbung schreiben wollt oder nicht. Ich will euren Träumen nicht im Weg stehen", sagte Lucas und hob beide Hände in die Luft.

Die Wellen kräuselten sich am Ufer und Robin starrte auf den Horizont. Die Sonne war gerade untergegangen und er war froh, dass er ein Feuer gemacht hatte. Sonst hätten sie das Gespräch im Dunkeln führen müssen.

Er war etwas früher aufgebrochen, in der Hoffnung, Klarheit zu finden, doch vergeblich. Seit Tagen wälzte er die Vor - und Nachteile hin und her und wusste nicht, was er wollte.

Wie ein verwöhntes Kind, das sich nicht für ein Stück Kuchen entscheiden kann, dachte er und legte Holz nach. Die Flamme loderte, und er atmete tief durch.

Irgendwie vermisste er Irma. Ihre ruhige, ausgeglichene Art fehlte ihm.

Andererseits hatte er das Gefühl, dass sie mit Michael das große Los gezogen hatte. Er schien sie liebevoll zu umsorgen, und Robin stellte fest, dass er in einer Beziehung wohl andere Prioritäten setzte.

Was Michelle wollte, wusste er nicht genau. Gut, er hatte sie auch nicht gefragt. Als Frau wäre es ihr Part gewesen, dieses emotionale Gespräch zu suchen, dachte er und wurde langsam nervös. Wo waren die anderen?

„Jaaaack!", rief Irma und Robin drehte sich um. Da kam seine Fellnase auf ihn zu gesprintet und sprang ihm in die Beine.

„Hey, nicht so stürmisch!", sagte er und kraulte seinen Kopf.

Irma kam näher, und Robin sah, dass Michael ihr mit einigem Abstand folgte.

Vielleicht war das ein Zeichen dafür, dass bei ihnen der Haussegen schief hing, dachte Robin und lächelte.

„Wo ist Michelle?", fragte Michael und sah sich um.

„Sie kommt gleich", antwortete Robin und setzte sich in den Sand. Jack nutzte die Gelegenheit und legte sich dicht an sein Bein.

„Danke für das Feuer", sagte Irma und setzte sich ihm gegenüber. Michael nahm neben ihr Platz, und legte seinen Pullover um ihre Schultern.

Sie lächelte ihn dankbar an, und Robin spürte einen Kloß im Hals. Sein Plan ging soeben in die Binsen und er bemerkte, wie Michelle sich näherte.

„Sorry die Verspätung", sagte sie atemlos und setzte sich neben Robin.

Michael räusperte sich und blickte ernst über das Feuer. Irma knetete nervös ihre Hände und wartete ungeduldig auf das, was kam.

Es knisterte laut und das Feuer hüpfte fröhlich vor ihnen auf und ab.

„Also, wo fangen wir an?", begann Robin und sah neugierig in die Runde.

Michelle und Irma blickten verlegen zu Boden und Michael suchte seinen Blick, was in der Dämmerung und über die Flammen hinweg nicht so einfach war.

„Du hast die ganze Sache angezettelt, jetzt kannst du auch als erster ein Fazit ziehen", erwiderte Michael bestimmt und strich mit der Hand über Irmas Rücken.

Sie horchte auf und setzte sich aufrechter hin. Robin entging diese vertraute Geste nicht und er trat die Flucht nach vorne an. Er war ein Siegertyp und wollte sich eine Niederlage ersparen.

„Ich fand es genial. Es waren rundum zwei tolle Wochen, … von mir aus können wir es verlängern", sagte er und zwang sich zu einem breiten Lächeln. Seine

Gesichtsmuskeln sträubten sich jedoch dagegen und er hoffte, dass es nicht wie ein irres Grinsen aussah.

Michael nickte und versuchte, Michelles Blick zu erhaschen, aber sie hatte nur Augen für Robin.

„Okay. Ich hatte auch zwei schöne Wochen", warf Michael rasch ein, auch er wollte sich eine mögliche Demütigung ersparen.

Und das war nicht einmal gelogen. Er hatte es mit Irma genossen. Nur konnte er nicht sagen, ob er sie wirklich für immer mit Michelle tauschen wollte.

Doch da Michelle richtiggehend an Robins Lippen hing, hatte er die Schlacht wohl verloren.

Irma straffte die Schultern und nickte. Sie nahm all ihren Mut zusammen und sagte: „Gut, dann verlängern wir das Arrangement? Um wie viele Wochen, oder reden wir von Monaten?"

Alle schauten sie gebannt an und sie spürte, wie ihre Wangen heiß wurden. Sie hatte das Gefühl, ihre sexuellen Vorlieben offenbaren zu müssen. Wie grotesk diese Szene doch war, schoss es ihr durch den Kopf.

Robin sah Michelle an und flüsterte ihr etwas zu. Sie nickte und er erhob sich. Jetzt, wo er stand, wirkte er mächtig und ihnen überlegen.

„Dann erhöhe ich von zwei Wochen auf zwei Monate", sagte er und wartete auf ihre Reaktion.

Michael nickte und sah Irma an. Sie lächelte verlegen und drückte seine Hand.

Dann zog Robin Michelle auf die Füße, wünschte ihnen eine gute Nacht und ging mit ihr davon.

Jack sah den beiden unsicher nach, unentschlossen, ob er seinem alten Herrn folgen sollte oder nicht.

„Du bleibst hier, Jack", sagte Irma ruhig.

Zum Glück hatte sie noch ihn. In diesem ganzen Chaos war er ihr Fels in der Brandung.

„Geht es dir gut?", erkundigte sich Michael und sah sie liebevoll an. Sie nickte und schmiegte ihre Wange an seine Schulter. „Es ist und bleibt verrückt", fügte er hinzu und legte seinen Arm um sie.

Später im Bett blickte Irma lächelnd aus dem Fenster. Wie zum Beweis hatte Michael sie von Kopf bis Fuß verwöhnt.

Die Zeit schien stillzustehen, wenn sie allein waren und das Universum nur aus ihnen beiden zu bestehen. Seine zärtliche Art hatte Irma in einen Liebesbann gezogen und sie spürte noch immer das Pochen zwischen ihren Schenkeln.

Ein leises Schnarchen neben ihr riss sie aus ihren Gedanken und sie drehte sich um. Die blonden Locken lagen zerzaust auf dem Kissen, und sein breiter Mund war ganz entspannt. Sie hätte ihn noch lange anschauen können, aber in diesem Moment sprang Jack auf das Bett und kuschelte sich an sie.

Michael atmete laut auf, doch seine Augen blieben geschlossen. Er schien sich bereits an den nächtlichen Besucher gewöhnt zu haben.

Irma strich über das weiche Fell und lächelte. Noch ein Pluspunkt, dachte sie. Bei Robin hatte Jack nie ins Bett gedurft, obwohl Irma sich das so sehr gewünscht hatte. ‚Die vielen Haare', hörte sie ihren Mann sagen.

Es war zum Verrücktwerden. Ständig kamen ihr Vergleiche in den Sinn, sie konnte sich einfach nicht dagegen wehren.

Michael liebte die asiatische Küche ebenso wie Irma. Robin hingegen vermisste seinen Lieblingsitaliener von zu Hause. Deshalb fuhr er jetzt so oft wie möglich mit aufs Festland. Damit er wenigstens ab und zu in den Genuss von Ottilias ausgezeichneter Küche kommen konnte.

Dasselbe galt für Filme und Bücher. Irma mochte Krimis und Dramen, genau wie Michael. Aber Robin liebte Action, am besten mit herumfliegenden Autos und möglichst viel Blut.

Und doch konnte sie nicht sagen, mit wem sie lieber zusammen war. Manchmal vermisste sie den spontanen Sex mit Robin. So unverhofft unter der Dusche oder damals in ihrer Küche. Seine Spontaneität hatte ihren Reiz, auch wenn sie zeitweise anstrengend sein konnte.

Sie spürte, wie ihre Augenlider schwer wurden und Jacks warmer Rücken sie in den Schlaf lullte.

„Willst du nach dem Joggen noch in den Kraftraum?", fragte Robin und drehte sich um.

Michelle blieb abrupt stehen und schien zu überlegen. Nach der gestrigen Szene am Feuer musste Robin sich austoben. Er fühlte sich leer und aufgedreht zugleich.

Diese Tauschaktion schien aus dem Ruder zu laufen und er wusste nicht mehr, wo ihm der Kopf stand.

Sport war da die beste Medizin und Sex. Er freute sich auf die Dusche mit Michelle.

„Können wir nicht zurück zum Haus?", riss sie ihn aus seinen Gedanken. Er war über die Antwort verblüfft und kratzte sich am Kinn. „Ich denke, wir könnten zur Abwechslung einmal unser Bett ausprobieren", sagte sie und joggte an ihm vorbei.

Er wollte schon etwas erwidern, verkniff es sich aber und rannte ihr hinterher.

Völlig außer Atem kamen sie an der Treppe zum Gemeinschaftsraum an und Robin betrachtete begierig Michelles Po in ihren engen Laufpants.

Er grinste und fragte sich, was ihn wohl erwarten würde. Michelle öffnete die Tür und Robin erschrak, als er plötzlich Irmas Stimme hörte.

„Hallo Michelle, ... und Robin", sagte sie und beide blieben wie angewurzelt stehen. Irma stand in der Küche und goss gerade Tee auf.

„Kannst du nicht schlafen?", hörte Robin seine eigene Stimme und wunderte sich, dass er gesprochen hatte.

„Ich habe nur Durst", antwortete sie und trug das Tablett zu ihrem Haus. Jack stand im Türrahmen und beobachtete, wie sein Frauchen an ihm vorbeiging und ihn zurückpfiff.

Robin starrte ihnen nach und bemerkte, dass Michelle nicht mehr neben ihm stand.

„Kommst du?", rief Michelle und drehte sich zu ihm um. Er nickte und folgte ihr langsamen.

Sie verschwand im Badezimmer und Robin hörte, wie sie Wasser in die Wanne laufen ließ.

Rasch zog er seine verschwitzen Sachen aus und betrat nackt das Badezimmer. Sie stand am Waschbecken und putzte sich die Zähne.

Er stellte sich hinter sie und berührte ihren Po. Sie spülte sich den Mund aus und drehte sich um.

In ihren braunen Augen versuchte er zu lesen, was sie dachte, doch dafür blieb ihm keine Zeit.

Verlangend drückte sie ihren Mund auf seinen und küsste ihn leidenschaftlich. Er vergrub seine Hände in ihrem Haar und sie keuchte auf. Dann löste sie sich von ihm und nahm ihm die Hornbrille ab.

Sie legte sie vorsichtig auf den Waschtisch und wollte in die Wanne steigen, doch er hielt sie zurück.

Mit einem Ruck hob er sie auf den hölzernen Wannenrand. Dann spreizte er ihre Beine und begann, ihren Hals zu küssen. Langsam wanderte er von den Brüsten über den Bauchnabel hinunter zu ihrem Liebeshügel. Sie atmete schwer und der Dampf hüllte sie beide ein.

Michelle war erstaunt, dass er sich so viel Zeit für sie nahm. Und gleichzeitig ein bisschen enttäuscht. Sie hätte gerne einmal den Liebesakt im Bett vollzogen, aber soweit waren sie nicht gekommen.

Er hatte sie gekonnt mit der Zunge zum Höhepunkt gebracht und sie dann stürmisch in der Wanne geliebt.

Jetzt lagen sie erschöpft im Bett.

Sollte sie ihn darauf ansprechen, schoss es ihr durch den Kopf, und sie hörte, wie die Palmwedel gegen die Fenster schlugen. Dicke Regentropfen gesellten sich dazu und Michelle hing ihren Gedanken nach.

Ein klärendes Gespräch wäre längst überfällig, vor allem wegen gestern Abend. Aber sie wollte oder konnte sich nicht dazu überwinden.

Einerseits war es aufregend, mit einem anderen Mann zu schlafen, auf sexuelle Entdeckungsreise zu gehen.

Andererseits wusste sie nicht, was sie wollte, was ihr guttat. Dann blitzte immer mal wieder die Erkenntnis auf, dass ihr die Vertrautheit mit Michael fehlte. Aber sie wusste auch, dass sie nicht beides haben konnte. Das Abenteuer mit Robin und die Beständigkeit mit Michael. Was bedeutete ihr mehr?

Sie konnte es nicht greifen, nicht sagen, nicht benennen. Ihre Gedanken wirbelten in ihrem Kopf und sie spürte, wie die Müdigkeit sie übermannte.

„Bist du glücklich, hier?", fragte Brain und beobachtete Phoebe, die energisch einen Teig knetete.

Sie blickte erstaunt auf und fuhr sich mit dem Handrücken über die verschwitzte Stirn.

„Was meinst du damit?"

„Na, gefällt es dir auf der Insel? Ich dachte nur, weil du immer allen von unseren Enkeltöchtern erzählst", fuhr er fort und streckte die Beine aus.

Sie rümpfte die Nase und deckte die Schüssel mit einem feuchten Tuch ab.

Brain wartete geduldig. Sie schien zu spüren, dass er eine Antwort erwartete und dachte angestrengt nach. Aber sie konnte nicht so einfach antworten.

Einerseits genoss sie diese wunderbare Ruhe, andererseits fühlte sie sich manchmal leer und nutzlos. Als Bäckerin hatte sie nicht so viel zu tun, wie sie anfangs gedacht hatte.

Die Arbeit war gut verteilt, so dass sie viel Freizeit hatte. Und dann war da noch Barbara, die sie mit Klatsch und Tratsch auf Trab hielt. Obwohl sie ihren Teil auch dazu beitrug, dachte Phoebe und zog ihre Schürze aus.

„Ich bin zufrieden. Reicht dir das?", sagte sie und setzte sich zu ihrem Mann.

Brain musterte sie und antwortete: „Mir muss es nicht genügen. Ich habe dich hierher gebracht, damit du dich erholen und entfalten kannst. Und ich wollte mehr angeln." Er lächelte sie verlegen an.

„Was du anscheinend perfektionierst. Pietro lobt dich in den höchsten Tönen."

„Vermisst du unsere Brut?"

Phoebe lachte laut auf und ihre Nasenflügel bebten. Brain räusperte sich und sah sie lächelnd an.

„Im Ernst. Ich dachte, dir würde ein Leben ohne Eve und Eloise gefallen. Schließlich sind die beiden über dreißig und können ihr Leben auch ohne uns meistern."

„Scheiße!", rief Phoebe und griff sich an die Stirn. „Ich habe tatsächlich Eves Geburtstag vergessen! Wie konnte mir das nur passieren?"

Sie saß da und starrte ihren Mann entsetzt an.

„Sie wird es überleben. Ich habe ihr letzte Woche vorgratuliert, natürlich auch in deinem Namen. Und schließlich dürfen wir erst morgen wieder an den Laptop."

Er grinste und sah aus dem Fenster. Das Gewitter schien vorbei zu sein, denn die Sonne brach wieder durch die Wolkendecke.

Phoebe nickte und sah ebenfalls nach draußen. Die Wassertropfen glitzerten auf den Stühlen und Tischen.

„Wenigstens habe ich jetzt etwas zu tun", sagte sie, ging mit einem Lappen bewaffnet auf die Veranda und begann, die Möbel trocken zu reiben.

Brain lächelte und griff nach der Zeitung, die Pietro auf dem Tisch liegen gelassen hatte.

Das Surren der Lampen irritierte Barbara und sie stöhnte auf. Pietro sah konzentriert auf den Bildschirm.

„Gibt es etwas?", fragte sie und schaute ihm neugierig über die Schulter. Er ging die Liste durch und blieb augenblicklich bei einem Angebot hängen.

„Daaa!", rief sie aufgebracht und stupste ihn an.

„Nur keine Eile, Barbara. Gut Ding will Weile haben." Er klickte das Angebot an und wartete, bis die Seite geladen war.

„Aber du siehst doch, dass uns die Zeit davonläuft!", jammerte sie und deutete auf die obere Ecke des

Bildschirms. Dort tickte die Digitalanzeige unaufhörlich gegen Null, wie eine Bombe, die gleich explodiert.

„Wir haben genug Zeit. Ich habe noch die Karten von Phoebe und Brain. Dann haben sie eine plausible Ausrede, warum sie ihren Kindern nicht schreiben konnten."

Nun lud es die Fotos hoch und Barbara trat aufgeregt von einem Fuß auf den anderen.

„Mach schon!", trieb sie den Computer an.

Pietro blieb ruhig und tippte auf das erste Bild.

Ein atemberaubender Anblick bot sich ihnen und beide blickten verzückt auf den Bildschirm.

Die automatisch gestartete Diashow zeigte eine Pferdekoppel, dann einen Traktor bei Sonnenuntergang und eine Luftaufnahme der Gebäude. Als das Haupthaus auf dem Bildschirm erschien, wurde dieser plötzlich schwarz.

„Scheiße! Pietro, du hättest den nächsten Code eingeben sollen! Wie kann man nur so blöd sein?", rief Barbara und raufte sich ihr kurzes braunes Haar.

„Alles in Ordnung bei euch?", kam eine Stimme aus dem Nebenzimmer und Anthony erschien in der Tür. Barbara errötete und wippte nervös hin und her.

„Alles bestens. Leider ist der Computer abgestürzt, aber ich habe noch zwei Tickets", antwortete Pietro und hielt lächelnd zwei kleine Zettel hoch.

Anthony trat näher und beobachtete, wie Pietro gewissenhaft den Code eintippte.

Dann ploppte das Fenster wieder auf und sie sahen das Haus von vorhin.

„Nicht schlecht", sagte Anthony und sah, wie Barbara neben ihm verlegen nickte.

Weitere Fotos folgten und zeigten die Innenräume.

Barbara wünschte sich, Anthony würde wieder gehen. Doch er blieb hartnäckig neben ihr stehen und betrachtete interessiert die Bilder.

„Ist das euer Favorit?", fragte er und sah von Barbara zu Pietro.

„Keine Ahnung", sagte Pietro und starrte gebannt auf den Bildschirm. Barbara konnte sich nicht konzentrieren und räusperte sich. Das nächste Foto entlockte Anthony einen Pfiff.

„Wow, nicht schlecht. Guck mal, Barbara, da hättest du sogar die Möglichkeit, abends deine müden Glieder zu strecken. Oder deinen Mann zu vernaschen", sagte er augenzwinkernd. Dann machte er kehrt und ging.

Barbara spürte die Hitze in sich aufsteigen und starrte auf den Whirlpool, der mit vielen Kerzen romantisch in Szene gesetzt worden war.

„So einen wollte ich schon immer haben", flüsterte Pietro und lächelte selig. „Ich drucke das Angebot mal aus. Dann können wir es in Ruhe studieren."

Barbara machte sich auf den Weg ins Nebenzimmer und stellte sich neben den Drucker.

Sie beobachtete Anthony, der mit jemandem telefonierte, und versuchte krampfhaft, die Szene mit ihm im Whirlpool aus dem Kopf zu bekommen.

Als der Drucker die Papiere ausspuckte, drehte Anthony sich zu ihr um und lächelte sie an.

Sie fühlte sich augenblicklich ertappt und schaute schnell weg, nahm die Papiere und eilte zu Pietro.

Emma hielt ihr Gesicht in die Sonne und genoss den Fahrtwind.

Es fühlte sich seltsam an, wieder auf dem Schiff zu sein. Doch sie war auch neugierig, wie sich der Besuch auf dem Festland anfühlen würde.

Eigentlich ging sie nur wegen Justin mit. Er hatte sie angefleht und ihr etwas von einer Überraschung erzählt.

„Ich freue mich auf Ottilia", sagte Lucas und lehnte sich neben sie an die Reling. „Und auf den Kaffee", fügte er strahlend hinzu. Seine runden Wangen glänzten im Sonnenlicht.

„Das wäre wirklich ein Grund, wieder aufs Festland zu ziehen", sagte Emma und grinste. „Andererseits haben wir im Haupthaus Strom, da könntest du dir doch dort so ein Ungetüm in die Küche stellen."

„Das würde ich, wenn ich dort wohnen dürfte. Aber leider gehöre ich zum einfachen Fußvolk, das unten am Berg in bescheidenen Verhältnissen leben muss."

Emma prustete los und band sich die buschige Mähne zusammen. Der Wind blies heftig und zerrte an allem, was nicht niet- und nagelfest war.

„Das wäre wirklich ein guter Grund, dem Team beizutreten", fuhr Lucas fort und blickte auf den Horizont.

Geradeaus sah er *Harmonya*, die größte Insel der Gruppe. Weiter links erblickte er die dritte Insel und fragte sich sogleich, wie sie wohl heißen würde.

„Weißt du, was auf der dritten Insel gebaut wird?" Als hätte Emma seine Gedanken gelesen, sah sie ihn fragend an. Lucas schüttelte den Kopf.

„Nein, aber es scheint wieder etwas Neues zu geben, so geheimnisvoll, wie alle tun. Tom und Anthony stecken ständig die Köpfe zusammen und Yvonne macht immer wieder mysteriöse Andeutungen. Ich habe gehört, dass die Bewohner ihre Häuser, besser gesagt ihre Hütten, selbst bauen müssen", sagte er und fuhr sich über die Glatze.

„Nicht dein Ernst?", entgegnete Emma.

Er legte einen Finger auf den Mund und sah sich verschwörerisch um.

„Aber kein Wort zu irgendjemandem. Ich glaube, die Sache ist noch unter Verschluss."

„Warum bauen sie nicht auf allen Inseln genau das Gleiche?"

Lucas überlegte und antwortete dann: „Man kann die Inseln nicht miteinander vergleichen. Jede hat ihre Besonderheiten. *Harmony* konnte großzügig bebaut werden, weil es die Umgebung zuließ. Auf *Hillarya* war es schon viel schwieriger, deshalb wurden die Hausgruppierungen etwas anders gebaut. Und auf der dritten Insel scheint der Platz noch begrenzter zu sein. Zumindest habe ich das auf einem Plan gesehen, der noch im Drucker lag, als ich das letzte Mal im Büro war."

Er lächelte sie verschmitzt an.

„Ich dachte, die Häuser hier wären die gleichen wie auf *Harmonya*."

„Die Tiny Houses schon, aber auf *Harmonya* gab es einen runden Gemeinschaftsraum und fünf Häuser, die davon weggehen. Und dann gab es wiederum fünf solcher Gemeinschaften um einen Dorfplatz herum. Da war ganz schön viel los, das kannst du mir glauben", sagte er und dachte an die vielen schönen Stunden am Lagerfeuer.

„Warum war? Die Häuser stehen doch noch."

„Stimmt, du hast vollkommen Recht. Aber für mich ist es Vergangenheit. Ich blicke gerne nach vorne und freue mich nun auf den Besuch bei meiner Liebsten. Genieß die Fahrt, bis später", beendete er abrupt das Gespräch und ging in die Kabine.

Emma sah ihm verwirrt nach und fragte sich, warum Lucas immer gleich das Weite suchte, wenn es um *Harmonya* ging.

Aber sie hatte nicht viel Zeit, darüber nachzudenken, denn Justin kam gut gelaunt zu ihr und redete aufgeregt auf sie ein.

Das Schiff lag ruhig im Hafen und in *Brown's* Shop war endlich Ruhe eingekehrt.

Emma schaute sich um und war erstaunt, wie leer die Regale vor ihr standen. Die gierigen Shopper hatten den Laden richtiggehend ausgeweidet.

Ottilia schien die Ruhe selbst zu sein und kam mit einer Papiertüte auf sie zu.

„Vuoi un cantucci con fichi?", fragte Ottilia und hielt ihr die geöffnete Tüte hin.

Emma griff instinktiv hinein und nahm einen Keks heraus. Als Köchin liebte sie es, Neues zu probieren. Erst schnupperte sie daran, dann biss sie genüsslich ab. Während sie kaute, runzelte sie die Stirn und versuchte herauszufinden, welche Geschmacksrichtungen sich in ihrem Mund befanden.

„Zucker, natürlich", sie biss noch einmal ab. „Vanille, … Zimt, Mandeln und natürlich Amaretto und … Feigen, würde ich raten."

Ottilia klatschte in die Hände und setzte sich zu ihr.

„Die sind gestern mit der Post gekommen. Luigi, mein Bruder, hat sie mir geschickt. Ich dachte, du würdest sie zu schätzen wissen. Bei Lucas muss ich aufpassen, dass er sie nicht gedankenlos in sich hineinstopft. Dafür sind sie mir dann doch zu kostbar, schließlich kommen sie aus Italien", sagte sie und lächelte milde. „Für Lucas backe ich dafür Amaretti, in allen Variationen. Die mit Schokolade mag er am liebsten", fügte sie hinzu, als müsse sie sich rechtfertigen, dass sie ihr Geschenk nicht mit ihm teilte.

„Da hast du völlig Recht. Er ist und bleibt ein Genussmensch", sagte sie und griff wieder in die Tüte.

„Emma kommst du?", rief Justin und schaute erwartungsvoll in den Shop. Sie fand es seltsam, ihn hinter der Theke zu sehen und stand auf.

„Hat Fred dir den Schlüssel gegeben? Nicht, dass ich dafür verantwortlich bin, falls etwas gestohlen wird. Es gibt nur diesen einen, und den nimmst du am besten mit auf die Insel", rief Ottilia und griff nach einem Cantucci.

Emma befürchtete schon das Schlimmste und folgte ihrem Mann in den hinteren Teil des Ladens.

Hier war sie noch nie gewesen. Wie auch, schließlich gehörte dieser Bereich nicht mehr zur Verkaufsfläche.

Eine nackte Glühbirne aus längst vergangenen Tagen hing von der Decke und beleuchtete einen breiten Korridor.

Links und rechts standen Regale, die mit verschiedenen Kartons gefüllt waren. Nachschub, für den leer geräumten Laden, dachte Emma und ging weiter. Sie kamen an zwei Türen vorbei, und bei der dritten steckte Justin feierlich den Schlüssel in das Loch.

„Das darf doch nicht wahr sein!", rief Emma und blickte in einen großzügigen Lagerraum.

Auch hier erhellte eine Glühbirne den Raum und präsentierte drei breite Regale, die über die gesamte Länge aufgestellt waren.

Eines links an der Wand, eines in der Mitte und eines rechts. Alle waren sauber geputzt und leer. Emma schluckte und ein mulmiges Gefühl machte sich breit.

„Tadaaa!", rief Justin und umfasste mit seinen Armen den leeren Raum. „Ab heute gehört es uns. Wir können das Lager mieten, bis unser Jahr vorbei ist. Ottilia hat mir einen guten Preis dafür gemacht."

Er lächelte und wartete auf ein entsprechendes Lob seiner Frau. Doch die runzelte die Stirn und schritt auf ein Regal zu. Tief durchatmen, dachte sie und versuchte sich zu entspannen.

„Und was gedenkst du hier zu tun, oder sollte ich besser fragen, hier zu lagern?" Sie versuchte, ruhig zu sprechen. Er sah sie irritiert an.

„Na, für meine, … unsere Einkäufe!"

„Wir leben auf einer Insel, Justin, schon vergessen?", ihre Stimme bebte.

„Na und? Ich kann immer noch übers Internet bestellen. Jetzt, wo ich diesen Raum habe. Ist doch nichts dabei", erwiderte er und lief nun aufgeregt auf und ab.

Emma atmete tief durch und überlegte, ob es Sinn machte, darüber zu streiten.

Seine Kaufsucht hatte schon öfters zu hässlichen Auseinandersetzungen zwischen ihnen geführt. Sie verstand nicht, warum er ständig Sachen bestellte. Vor allem Dinge, die sie nicht brauchten.

Sie hatte gehofft, dass er auf der Insel endlich zur Ruhe kommen würde, aber jetzt beobachtete sie ihn und zweifelte daran. Er wirkte wie ein Junkie auf der Suche nach neuem Stoff.

„Aber jetzt habe ich Zeit dafür! Zumindest, wenn ich genügend Codes zusammenkriege."

Emma nickte und verließ den Raum. Er folgte ihr und schloss die Tür.

„Du bist mit Kochen und Surfen beschäftigt, aber ich habe andere Interessen!"

„Gut. Dann füll du diesen Raum mit deinen Schnäppchen. Aber lass den Schlüssel lieber bei Fred, damit er dein Imperium füllen und bewachen kann. Ich würde dir raten, dir gleich noch eine neue Bleibe zu suchen, sonst wird es bei unserer Rückkehr im Loft etwas eng", sagte sie und bestellte bei Ottilia einen weiteren Cappuccino.

Erschöpft sank sie auf den Stuhl und griff in die Tüte vor sich. Was für eine Bescherung, dachte sie und stopfte sich frustriert den nächsten Keks in den Mund.

Michael hielt ein Buch in den Händen und versuchte, sich auf das Geschriebene vor sich zu konzentrieren. Doch seine Gedanken schweiften immer wieder ab.

Das Gespräch am Feuer kam ihm so suspekt vor, dass er spürte, wie Unruhe in ihm aufstieg.

Michelle schien wie verwandelt. Sie hatte keinen Ton gesagt, sondern nur an Robins Lippen gehangen.

War sie ihm womöglich hörig? Wo war nur die lebhafte und redegewandte Frau von früher? Ihre Fröhlichkeit schien erstickt zu sein.

„Willst du auch ein Sandwich?", fragte Irma und sah ihn lächelnd an.

Michael räusperte sich und versuchte, ruhig zu bleiben. Ihr Erscheinen hatte ihn buchstäblich aus seinen Gedanken gerissen.

„Nein danke, ich habe keinen Hunger", sagte er und starrte wieder in sein Buch.

„Geht es dir gut?"

Er nickte nur und spürte, dass jetzt nicht der richtige Zeitpunkt für dieses Gespräch war.

Zuerst musste er mit seiner Frau, seiner Ehefrau, sprechen. Wenn er nur einen Moment erwischen könnte, in dem sie allein war. Sie schien mit Robin regelrecht verwachsen zu sein. Sie machten alles zusammen, wie siamesische Zwillinge, dachte Michael.

Er hörte Irma in der Küche hantieren und merkte, dass sie eigentlich auch ständig zusammen waren.

„Vermisst du dein altes Leben auf dem Festland?", rief er in die Küche und sah zu, wie sie das Brot in Scheiben schnitt.

Irma legte das Messer beiseite und dachte nach.

„Ich vermisse meinen Dad. Er ist alt und ich weiß nicht, wie viel Zeit ich noch mit ihm habe. Und meine Schwestern ... mit denen ist es nie langweilig. Und die Aufgaben im Gemeinschaftszentrum ... und bei den vielen anderen Veranstaltungen."

„Also ja?", erwiderte er und spürte, wie ihm leichter ums Herz wurde.

„Ja, ich freue mich tatsächlich auf mein ‚altes' Leben. Auf der anderen Seite ist diese Auszeit auch reizvoll. Besonders, wenn ich an letzte Nacht denke", sagte sie und er sah, wie sich ihre Wangen röteten. Michael nickte und konnte sich ein Lächeln nicht verkneifen.

„Hey Irma, machst du mir auch einen Imbiss?", fragte eine strahlende Siena und schritt in die Küche. Thomas folgte ihr und stellte die Strandtasche ab.

Michael lächelte die Neuankömmlinge an und versuchte dann, weiter zu lesen.

„Das war mal ein Erlebnis!", sagte Thomas begeistert und setzte sich an den Tisch.

Irma schnitt die Sandwiches in kleine Stücke und trug den Teller zum Tisch.

„Was habt ihr gemacht?", fragte Irma und biss in ein Schnittchen.

Siena lachte laut auf.

„Wir waren auf *Harmonya*!", sagten beide wie aus einem Mund.

Irma schaute verdutzt von Siena zu Thomas.

„Das hat sich wirklich gelohnt! Jetzt weiß ich auch, warum Lucas da nicht mehr hin möchte", fuhr Thomas fort und grinste breit. „Eine richtige Lasterhöhle!"

Irma weitete die Augen, und auch Michael blickte nun erstaunt zu den dreien auf. Sein Buch lag unberührt auf seinem Schoß.

„Meine Güte, die Insel ist so groß, das kannst du dir gar nicht vorstellen. Und dann die vielen Menschen … und erst die Kinder!", mischte sich Siena ein und tupfte sich mit einer Serviette die Mundwinkel ab.

„Wie kann eine Insel eine Lasterhöhle sein, wenn dort Kinder leben?", warf Irma irritiert ein und nahm einen weiteren Bissen. Das Essen beruhigte ihre Nerven.

„Gut, wir haben ja nur einen kleinen Teil der ganzen Anlage gesehen, … und das natürlich bei Tag", fügte Thomas hinzu.

„Jetzt redet doch nicht um den heißen Brei herum!", rief Michael und erhob sich von seinem Sessel. Er trat an den Tisch und sah Thomas interessiert an.

Dieser grinste ihn schelmisch an und sagte dann: „Wir haben nichts mit eigenen Augen gesehen, aber Lola, eine junge Bewohnerin, hat uns einige haarsträubende Geschichten erzählt. Doch wenn du mehr wissen willst, das Boot soll morgen frei sein, soweit ich weiß. Du kannst dir gerne selbst ein Bild davon machen!"

Irma hob die Augenbrauen und sah Michael fragend an.

„Kein Bedarf!", antwortete er und wandte sich ab. Er holte sein Buch und ging zum Haus, Irmas Haus.

12. WEGGABELUNG

Tina sprang vom Sofa auf und rannte ins Bad. Keine Sekunde zu früh. Sie hing über der Toilettenschüssel und übergab sich lautstark. Anthony stand auf und folgte ihr.

Wie ein Häufchen Elend saß sie vor der Schüssel und wischte sich den Mund ab.

„Hast du was Schlechtes gegessen?", fragte er und sah, wie sie sich erneut übergab. Er griff nach einem Haargummi und band ihr notdürftig die Mähne im Nacken zusammen.

Dann hielt er einen Waschlappen unter kaltes Wasser und wrang ihn aus. Tina ergriff ihn dankbar und strich sich über den Mund. Ihre blauen Augen blickten ihn hilflos an und sie atmete schwer.

„Ich glaube, ich bin schwanger", ließ sie sogleich die Bombe platzen und lehnte sich erschöpft gegen die Fliesen.

Anthony sah sie erstaunt an, und sein Gehirn schien einen Moment lang zu rotieren, um die Information zu verarbeiten.

„Freust du dich nicht?", fragte sie leise und schloss für einen Moment die Augen. Anthonys Erstarrung löste sich, und er hockte sich zu ihr auf den Boden.

„Ich werde Vater", sagte er, als müsse er es laut aussprechen, damit es wahr sein könnte.

Tina lächelte ihn matt an und nickte.

„Wie lange weißt du es schon? Wie weit bist du?"

Seine grünen Augen strahlten. Tina überlegte und zählte mit ihren Fingern die Wochen.

„Ich glaube, in der zehnten oder elften Woche", sagte sie und hielt sich den nassen Lappen an die Stirn.

„Dann müssen wir so schnell wie möglich aufs Festland! Was brauchen wir? Ultraschall, Urinprobe, Blutabnahme, …", er wollte noch weitere Punkte hinzufügen, doch Tina unterbrach ihn und ergriff liebevoll seine Hand.

„Nur keine Sorge, Mister King. Alles kommt gut. Ich werde jetzt etwas essen und mich dann hinlegen. Und vielleicht kannst du mir nachher die Füße massieren", sagte sie und stand auf.

Sie putzte sich die Zähne und lächelte ihn durch den Spiegel an. Er sah sie erstaunt an und fragte: „Willst du jetzt wirklich etwas essen, nach dieser Aktion hier?" Er deutete auf die Kloschüssel und schüttelte den Kopf.

„Ja, ich habe Hunger. Ist noch Pizza da?"

Sie ging an ihm vorbei in Richtung Küche. Anthony nickte und erkannte, dass er nun seine geliebten Essensreste nun wohl oder übel mit seiner Frau teilen musste, leises Unbehagen stieg in ihm auf.

Er trottete hinter ihr her und stellte fest, dass er allen Grund zur Freude hatte. Er würde Vater werden, was für eine gute Nachricht!

Sein Gang wurde beschwingter, und er sah noch, wie Tina sich genüsslich das letzte Stück Pizza in den Mund schob.

„Dann esse ich eben eine Mango. Möchtest du auch eine?", fragte er und sah enttäuscht die letzten Krümel der italienischen Köstlichkeit auf der Arbeitsplatte liegen. Sie nickte und setzte sich erwartungsvoll auf den Barhocker.

Die Liste wurde immer länger und Justin kratzte sich am Kopf. Er kniff seine buschigen Augenbrauen zusammen und sah so ein bisschen böse aus.

„Hast du Ärger?", fragte Lucas, der wie aus dem Nichts vor ihm stand. Justin blickte überrascht auf und lächelte ihn an.

„Nein, wo denkst du hin! Ich schreibe meine Liste, … meine Wunschliste", ergänzte er und deutete Lucas, sich zu setzen.

„Darf ich mal sehen?", fragte er und wollte schon nach dem Papier greifen, aber Justin war schneller und schüttelte vehement den Kopf. Er faltete es klein zusammen und steckte es in seine Hemdtasche.

„Du musst nicht alle meine Geheimnisse kennen, Herr Pastor!", sagte er und griff nach einem Glas.

Lucas schmunzelte und lehnte sich zurück. Er musterte sein Gegenüber und fragte sich, warum manche Menschen einfach nicht genug haben konnten.

Von Emma hatte er erfahren, dass Justin allerhand sammelte: Turnschuhe, Uhren und Computer, soweit er sich erinnern konnte. Und jetzt, mit all den Millionen, würde seine Sammlung bestimmt beträchtlich wachsen.

„Werdet ihr in ein Haus ziehen, wenn ihr zurück geht?", wechselte Lucas das Thema.

Justin schien sich darüber noch nicht im Klaren zu sein, so angestrengt überlegte er.

„Keine Ahnung", antwortete er und schaute aus dem Fenster. „Ich tue mich mit großen Entscheidungen immer schwer. Ein Haus würde bedeuten, dass ich aus dem Loft ausziehen müsste. Ich weiß nicht, ob ich nach all den Jahren noch einmal von vorne anfangen möchte. Neue Nachbarn, neue Restaurants suchen, ein anderer Postbote." Ihm schien diese Aussicht nicht zu gefallen, denn er schüttelte instinktiv den Kopf.

Lucas nickte und wartete. Er hatte in seiner langjährigen Tätigkeit gelernt, dass Geduld der beste Weg war, um etwas über einen Menschen zu erfahren.

„Emma wünscht sich ein Haus. Sie denkt, der Loft wäre nur mein Zuhause und sie sei nur geduldet. Aber das stimmt nicht. Wenn sie wollte, könnte sie dort alles nach ihren Wünschen verändern. Solange ich meinen Schreibtisch und meinen Bürostuhl behalten kann", fuhr er fort und trank einen Schluck Wasser.

Lucas sah ihn freundlich an und fragte dann: „Und all deine Wünsche auf der Liste, haben die Platz in deinem, … eurem Loft?"

Justin dachte nach und nickte andächtig.

„Es sind keine großen Sachen. Eine neue Uhr, ein limitiertes Paar Turnschuhe, vielleicht ein neuer Beamer, keine großen Dinge."

„Und warum musst du das alles haben?", hakte Lucas behutsam nach.

Justin blickte ihn ernst an und musste leer schlucken. Er redete nicht gern darüber, doch wenn nicht mit Lucas, mit wem dann? Niemand außer Emma wusste von seiner Vergangenheit.

Er atmete schwer und sah auf die Tischplatte. Seine Hände lagen flach auf und er fixierte seinen Ehering.

Ein schlichter, feiner Goldring. Der hatte Emma und ihm am besten gefallen. Sie hatte keinen großen Klunker gewollt, obwohl er damals das nötige Geld gehabt hätte.

Ihre Bescheidenheit hatte ihn schon bei der ersten Verabredung beeindruckt.

Sie hatte damals darauf bestanden, sich bei einem kleinen Italiener zu treffen. Und sie hatte ihn eingeladen, obwohl ein paar Tage zuvor ein großer Artikel über ihn in der New York Times erschienen war. Sie hatte also gewusst, wie erfolgreich er war.

Aber sie hatte ihm noch vor der Vorspeise verkündet, dass sie mit so reichen Schnöseln normalerweise nicht viel anfangen könne.

Da wusste sie noch nicht, dass er alles andere als ein Snob war. Zumindest war er nicht mit einem goldenen Löffel im Mund geboren worden.

„Das ist eine lange Geschichte", sagte Justin und blickte auf. Lucas nickte und lächelte ihm aufmunternd zu.

„Ich habe Zeit."

„Meine Mutter war alleinerziehend und wir kamen mehr schlecht als recht über die Runden. Wir sind ständig umgezogen. Heute weiß ich, dass wir umziehen mussten, weil sie oft nicht genug Geld für die Miete hatte. Dann mussten wir mitten in der Nacht unsere Sachen packen und mit der alten Klapperkiste das Weite suchen. Als Kind fand ich das grässlich. Alle paar Monate eine neue Schule, neue Freunde suchen. Und dann das ewige Versteckspiel."

Er rieb sich über die Augen und Lucas sah, wie er sich eine Träne wegwischte. „Weißt du, wie scheiße das ist, wenn du mit Freunden im Café sitzt und dir kein Eis kaufen kannst? Einfach weil du keinen Cent hast? Glaub mir, das ist grausam! Ich habe dann immer gesagt, dass ich keinen Hunger habe. Es tut mir heute noch in der Seele weh, wenn ich daran denke."

Lucas nickte und fragte: „Hätte dir nicht ein Freund ein Eis spendieren können?"

Justin sah ihn erstaunt an und schüttelte den Kopf.

„Das wollte ich nicht! Ich wollte kein Mitleid, keine Almosen. Damals habe ich mir geschworen, meinen Kindern diese Grausamkeit zu ersparen. ‚Mit dreißig werde ich meine erste Million auf dem Konto haben!', verkündete ich meinen Freunden voller Zuversicht. Und siehe da, ich habe es schon mit fünfundzwanzig geschafft. Und das auch ohne Casinogewinn!", fügte er stolz hinzu. „Als mein Kumpel Mike seinen Laptop wegwarf, wusste er nicht, dass ich ihn abends aus dem Müll geholt hatte. So hatte ich endlich die Möglichkeit, mein Talent auszuleben. Tag und Nacht saß ich an dem alten Ding und wurde von Woche zu Woche geschickter. Mit Hilfe meines Chemielehrers bekam ich ein Stipendium und dann ging es steil bergauf. Noch heute bin ich jeden Tag dankbar, dass Mr Foley an mich und mein Talent geglaubt hat. Ohne seine Hilfe, ... seine Ermutigung und sein Fördern, wäre ich heute wahrscheinlich nicht hier. Meine Mutter hat mich damals für verrückt erklärt, als ich mich in einem stillgelegten Loft einquartiert hatte und jede freie Minute programmierte."

„Und anscheinend hast du deine Gabe an der richtigen Stelle eingesetzt. Sonst wärst du nicht so erfolgreich geworden. Gott hat in jeden von uns etwas Einzigartiges hineingepflanzt, daran glaube ich fest", sagte Lucas und erhob sich. „Jetzt verstehe ich dich besser. Aber du weißt, dein letztes Hemd wird mal keine Taschen haben, Justin." Lucas legte liebevoll die Hand auf seine Schulter und ging dann davon.

Justin blickte ihm gerührt nach und schluckte leer.

Der Hubschrauber flog über den Ozean und Tom kniff die Augen zusammen. Das Sonnenlicht spiegelte sich auf der Wasseroberfläche und nahm ihm die Sicht.

Er winkte dem Piloten zu, der nickte. Dann drehte der metallene Vogel ab und sie flogen einmal im Kreis um sein Paradies.

Die Inseln wirkten so klein und unberührt, schoss es Tom durch den Kopf. Kaum zu glauben, welche Geschichten hier und da schon geschrieben worden waren. Er dachte an sein Erstlingswerk *Harmonya* und schüttelte instinktiv den Kopf. Laut Joseph lief es gut.

Alle paar Wochen traf er sich mit ihm auf dem Festland. Dann saßen sie gemütlich bei einem Kaffee in *Brown's* Shop und tauschten sich aus. So blieb er auf dem Laufenden, ohne die Insel betreten zu müssen.

Dass es nun auch auf *Hillarya* zu Turbulenzen kam, ärgerte ihn. Yvonne und er hatten geglaubt, dass das Zusammenleben mit nur verheirateten Paaren einfacher sein würde.

Aber weit gefehlt! Er konnte es immer noch nicht fassen, dass direkt vor seiner Nase ein Partnertausch stattgefunden hatte.

Zuerst hatte er gedacht, Anthony würde ihn auf den Arm nehmen, aber er war ernst geblieben, und nun hatte er Gewissheit.

Wie konnte man seine Frau einfach so durch eine andere ersetzen? Er schüttelte instinktiv den Kopf, und der Pilot sah ihn fragend an. Tom gab ein Zeichen zur Landung und sah wieder aus dem Fenster.

Er konnte es nicht verstehen, wie ungezwungen manche Menschen wurden, nur weil sie auf einer Insel lebten. Die Hemmungen fielen, zumindest bei einigen.

Aber das lag wohl nicht nur an dieser Oase. Als er noch als erfolgreicher Immobilienmogul durch Amerika gereist war, hatte er einige unschöne Dinge gesehen.

Businessleute, Männer wie Frauen, die jede Geschäftsreise nutzten, um ihre fleischlichen Gelüste zu befriedigen.

Er hatte nie verstanden, wie man Sex mit einer fremden Person haben konnte. Der Gedanke schauderte ihn, und er spürte, wie der Hubschrauber langsam nach unten glitt.

Seine Liebe und Zuneigung zu Yvonne waren einfach zu groß, als dass er sich je hätte verführen lassen. Angebote gab es genug, aber er wollte und konnte nicht. Vielleicht, weil er mit Yvonne ein kostbares Geschenk hatte, etwas Einzigartiges?

Er spürte, wie es in seinem Bauch zu kribbeln begann, und das noch nach über dreißig Jahren! Kaum zu glauben, wie lange er sie schon kannte, … liebte. Nach drei Tagen sehnte er sich schon wieder nach ihr.

Der Hubschrauber berührte das kurz geschnittene Gras und der Pilot schaltete die Maschine aus. Tom nahm den Kopfhörer ab und bedankte sich.

„Kommst du kurz rein?", fragte er und öffnete die Tür.

„Ja, aber nur für eine halbe Stunde. Ich will nicht zu spät zurückfliegen."

Sie gingen auf das Haus zu und Tom stellte fest, dass Yvonne ihn anscheinend auch vermisst hatte.

Sie kam mit wehenden Haaren auf ihn zu und warf sich in seine Arme. Ein Vanilleduft hüllte ihn ein.

„Ich liebe dich", sagte sie und drückte sich an ihn.

„Ich liebe dich auch", erwiderte er und genoss es, sie einfach in seinen Armen zu halten.

Hinter ihnen räusperte sich der Pilot und Yvonne ließ ihren Mann los.

„Hallo Arnold, möchtest du einen Kaffee?", fragte sie und ging schon in Richtung Küche.

„Gerne, ich bleibe nicht lange, wo sind die Toiletten?"

„Geradeaus und dann die erste Tür rechts. Komm nachher in die Küche, möchtest du einen Muffin?"

Er hob den Daumen und verschwand hinter der Tür.

Tom beobachtete, wie sie die riesige Maschine bediente, und setzte sich auf einen Barhocker.

„Hat Lucas dieses Ungetüm schon gesehen?", fragte er und goss sich Wasser ein. Yvonne lächelte ihn an und stellte ihm einen Espresso hin.

„Keinen Muffin?"

Sie sah ihn erstaunt an und drehte sich schnell um.

„Natürlich bekommst du einen ... oder zwei", antwortete sie und legte ihm die Leckerei auf eine Serviette. „Lucas war schon lange nicht mehr hier in der Küche. Ich hoffe, es trifft ihn nicht gleich der Schlag, wenn er sieht, was ich als Bestechung angeschafft habe", sagte sie mit freudig glänzenden Wangen.

Tom lächelte und biss in das Gebäck. Zitrone mit leckerer Zuckerglasur. Genüsslich leckte er sich die Finger, als Arnold sich neben ihn setzte.

„Wow, so eine Kaffeemaschine steht bei meinem Lieblingsitaliener! Die kostet ein kleines Vermögen, zumindest hat mir das Salvatore versichert", sagte er und nahm dankbar den Kaffee entgegen. „Aber sie ist jeden Cent wert", fügte er nach dem ersten Schluck hinzu.

Tom beobachtete lächelnd Yvonne, die wie Ottilia jeden Kaffeespritzer mit einem Tuch wegwischte. Sie drehte sich um und zuckte mit den Schultern.

„Man gönnt sich ja sonst nichts. Schließlich arbeiten wir hart, da muss man dem Team auch etwas Gutes bieten", sagte sie und hängte das Tuch auf.

„Stimmt, die leben ja nicht auf einer Trauminsel. Da muss man schon noch eine Schippe drauflegen, da hast du vollkommen recht, sonst wandern sie noch zur Konkurrenz ab", erwiderte Arnold und alle brachen in Gelächter aus.

„Genau, und deshalb verwöhne ich sie mit diesem vorzüglichen Kaffee. Ich muss nur aufpassen, dass die Insulaner nichts davon erfahren, sonst stehen sie bald vor meinem Haus Schlange", sagte Yvonne.

Tom schüttelte den Kopf und stand auf. Er gab ihr einen Kuss und sagte: „Das wird bestimmt nicht passieren, sie haben unterschrieben, dass sie nur ins Büro, in den Fitnessraum und in die Waschräume dürfen. Von der Küche steht nichts. Sonst belagern sie noch unsere Fritteuse oder den Backofen, oder noch besser, sie plündern unser Eisfach!"

Er winkte Arnold zu und nahm die Treppe ins Obergeschoss.

Auch Arnold erhob sich und verabschiedete sich. Yvonne sah ihm nach und stellte die Tassen in die Spüle.

Dann folgte sie eilig ihrem Mann, der wahrscheinlich schon in der Badewanne saß und den herrlichen Blick aufs Meer genoss.

Sie sah seine Klamotten verstreut auf dem Boden liegen und schloss die Tür zur Mastersuite hinter sich.

Geschickt schlüpfte sie aus ihren Kleidern und legte die Perlenkette ab.

Er stand nackt am Waschbecken und rasierte sich. Sie ging an ihm vorbei und genoss es, wie er sie im Spiegel beobachtete. Ihr langes, glattes Haar verdeckte hier und da ihre kleinen Brüste. Sein Verlangen schien zu wachsen, denn er beeilte sich mit der Rasur.

Sie drehte das Wasser ab und stieg elegant in die weiße ovale Wanne. Er wusch sich das Gesicht und griff nach dem Handtuch.

Fasziniert beobachtete er, wie seine Frau einfach nur dastand und aufs Meer blickte. Allein der Anblick ihres Rückens und ihres Pos verzückte ihn so sehr, dass er nicht länger warten konnte.

„Du bist so wunderschön", sagte er, sie drehte sich zu ihm um. Was für ein Geschenk, dachte er und nahm ihre Hand. Er stieg zu ihr ins warme Wasser und verlor sich in ihren blauen Augen.

„Schön, dass du wieder da bist", sagte sie leise und reckte ihr Kinn. Er berührte es zärtlich und küsste sie leidenschaftlich.

Robin sah nach unten und spürte, wie das Adrenalin in ihm pumpte.

Dieses Mal war er ohne Michelle hochgekommen. Ihre Reaktion vom letzten Mal ärgerte ihn immer noch. Er kannte seine Grenzen und brauchte keine Dramaqueen an seiner Seite.

Das Wasser schimmerte in allen Blautönen bis hin zu Türkis. Er liebte dieses Fleckchen Erde und atmete tief durch. Den leichten Druck auf seiner Brust ignorierte er.

Wenn er hier und heute draufgehen würde, wäre wenigstens Irma für den Rest ihres Lebens versorgt. Dafür hatte er gesorgt, oder besser gesagt, die Kanzlei.

Obwohl er seinen Abschied gefeiert hatte, war er auf dem Papier immer noch als Anwalt bei ihnen angestellt, als Juniorpartner, wohlgemerkt.

Der Vorsitz hatte darauf bestanden, ihm offiziell nur ein Sabbatical zu gewähren. Hinter den Kulissen war jedoch für die gesamte Teppichetage klar, dass er nicht mehr zurückkehren würde.

Seine Nachfolge schien aber noch nicht bis ins letzte Detail geregelt zu sein. Dies hing sehr wahrscheinlich mit dem bevorstehenden Harvard-Abschluss eines gewissen H.R. Elliot zusammen.

Die Tatsache, dass bald ein Urenkel eines der Gründungsmitglieder in die Fußstapfen der Familie treten würde, hatte Robin dazu veranlasst, diesen außergewöhnlichen Deal einzugehen.

Und sollte ihm etwas zustoßen, würde Irma lebenslang eine stattliche Witwenrente erhalten, was ihm ein Grinsen ins Gesicht zauberte.

Der Wind zerrte an seinem Shirt und er überlegte sogleich, ob er dieses Mal nackt springen sollte. Aber dann müsste er wieder hochklettern, um seine Kleider zu holen.

Also entschied er sich für einen bekleideten Sprung und schloss für einen Moment die Augen. In der Ferne hörte er einen Vogel pfeifen.

Er blickte auf und wollte sich, wenn auch nur für eine Sekunde, so frei wie ein Vogel fühlen.

Mit Kraft sprang er ab und sah fasziniert in die Tiefe. Alles raste auf ihn zu, und bevor er einen Gedanken fassen konnte, tauchte er ins Wasser ein.

Die weißen Luftbläschen tanzten um ihn herum und er sah die helle Wasseroberfläche über sich. Mit kräftigen Zügen schwamm er darauf zu und schnappte nach Luft. So muss es sich im Paradies anfühlen, dachte er und kraulte lächelnd an Land.

Dort setzte er sich auf einen Stein und betrachtete seine Umgebung. Das satte Grün wurde ab und zu von einer bunten Blume durchbrochen, der kleine See lag nun wieder spiegelglatt vor ihm.

Ein dunkelgrauer Stein erregte seine Aufmerksamkeit und er nahm ihn in die Hand. Vom Wasser glatt geschliffen, war er faustgroß und warm. Die Sonne brannte auf Robins Kopf, und er warf den Stein von einer Hand in die andere.

Er dachte wieder an Irma, und wie ihr nun eine beachtliche Rente entgangen war. Auf dem Papier waren sie ja immer noch verheiratet. Aber er hatte den Sprung unbeschadet überstanden.

Wo würde er in einem Jahr leben, wo arbeiten?

Mit Michelle konnte er sich beim besten Willen keine Zukunft vorstellen. Er versuchte es krampfhaft, doch es gelang ihm nicht. Vielmehr fühlte es sich wie ein aufregender Urlaubsflirt an.

Irma drängte sich ihm immer wieder auf, natürlich nur in seinen Gedanken. Im wirklichen Leben schien sie mit Michael glücklich zu sein. Aber sie war immer noch seine Frau!

Wütend und frustriert warf er den Stein in hohem Bogen in den See. Dieser sank und verschwand.

Wenn ich doch nur meine Probleme so einfach versenken könnte, oder Michael, dachte er und stand auf.

Ein großer Kreis zeigte noch immer die Stelle an, wo Robins Wurf soeben gelandet war. Nachdenklich betrachtete er die Wasseroberfläche.

Hasste er Michael? Wollte er ihn eliminiert sehen, oder womöglich selbst um die Ecke bringen?

Robin neigte noch nie zu Gewalt, aber in letzter Zeit schwirrten ihm die verrücktesten Ideen durch den Kopf: Ein Angelausflug, von dem er ohne Michael zurückkehren würde. Oder eine Klippenwanderung, bei der sein Rivale wie von Zauberhand in die Tiefe stürzen würde.

Rivale, das war das richtige Wort. Er hasste es, einen Konkurrenten zu haben. Schließlich war er es gewohnt, das zu bekommen, was er wollte.

Und das hatte er nun. Er hatte Michelle gewollt, und jetzt hatte er sie. Doch die anfängliche Begierde schien von Tag zu Tag zu schwinden. Mit jeder Faser seines Körpers hatte er sie gewollt. Doch nun verblasste der Reiz und er spürte, wie eine lähmende Ohnmacht von ihm Besitz zu ergreifen schien.

Wieder machte sich ein Druck auf seiner Brust bemerkbar, wie ein Zeichen, das ihn zur Umkehr, zur Vernunft zwingen wollte. Aber er brachte den Mut nicht auf, Irma zurückzuerobern. Sie schien so glücklich und zufrieden mit diesem intellektuellen Idioten zu sein.

Hass stieg in ihm auf und er rannte los. Mit jedem Meter, den er zurücklegte, wollte er ein Stück weiter von seinem Problem weglaufen. Seine Gedanken hinter sich lassen, einfach laufen, bis zur totalen Erschöpfung.

Pietro sortierte die Papiere und blickte auf, als Lucas die Treppe zur Veranda hinaufkam. Auf seiner Glatze hatten sich Schweißperlen gebildet, und er lächelte ihn mit geröteten Wangen an.

„Du siehst aber zufrieden aus, wo kommst du her?"

„Ich war mit Thomas schwimmen. Es ist jedes Mal eine Herausforderung, mit ihm mitzuhalten. Aber es tut meinem Körper gut, ... und meinem Geist."

„Das sieht man. Ich würde sogar behaupten, du hast einiges an Gewicht verloren, oder?"

Lucas strahlte und nickte stolz.

„Ich schätze, so an die zwanzig Pfund. Aber leider habe ich keine Waage, deshalb ist es nur eine vage Vermutung."

Pietro pfiff anerkennend und deutete mit einer Hand nach oben.

„Geh doch hoch zu Yvonne, sie hat bestimmt eine Waage im Haupthaus. Die haben ja jeden erdenklichen Schnickschnack. Wir übrigens auch bald", sagte er und zeigte fröhlich auf das oberste Papier.

Lucas blickte interessiert darauf und lächelte.

„Eure neue Farm?"

„Genau. Wir haben alles unterschrieben und die Anzahlung geleistet. Sobald unsere Auszeit hier vorbei ist, geht es los. Barbara freut sich sehr und diese Aussicht scheint ihr gut zu tun."

„Dann geht ihr also auch noch", sagte Lucas resigniert und versuchte, seine Enttäuschung zu verbergen. Aber es gelang ihm nicht besonders gut, denn Pietro sprang vom Stuhl auf und umarmte ihn.

„Das wird schon, du hast ja noch Ottilia, und das Team, und Phoebe und Brain."

„Jaja, mein lieber Bruder. Die Menschen kommen und gehen. Das kenne ich zur Genüge. Ich stelle mir das Leben oft wie eine Zugfahrt vor. Immer wieder steigen neue Mitreisende zu und zeitweise ist das Abteil ganz schön voll. Aber dann verabschieden sich auch wieder einige, manche still, manche mit viel Brimborium."

Sie setzten sich und hingen ihren Gedanken nach. Das Ticken der Uhr im Hintergrund ließ Lucas wieder lächeln.

„Dieses Ungetüm nimmst du aber mit aufs Festland?"
Pietro hob die Augenbrauen und sah ihn erstaunt an.

„Du nennst meine Kuckucksuhr ein Ungetüm? Sie ist ein wertvolles Souvenir, das mich an meine Jugend in Deutschland erinnert!"

„Ich sage ja nicht, dass sie hässlich ist. Die Schnitzereien sind wunderschön! Aber was ich auf einer Insel ohne Strom überhaupt nicht ausstehen kann, ist dieses ständige Ticken. Und nicht zu vergessen das stündliche Theater! Kein Vogel muss mich daran erinnern, dass ich wieder eine Stunde älter geworden bin!"

Pietro lachte und nahm seine Papiere.

„Ich gehe jetzt Barbara suchen. Sie ist bestimmt auf dem Laufband und wird sich freuen zu hören, dass unser Kauf geklappt hat."

„Wenn du nichts dagegen hast, begleite ich dich. Da kann ich Yvonne fragen, wann die Interviews für die leeren Häuser stattfinden. Vielleicht darf ich ja ein Wörtchen mitreden", sagte Lucas und erhob sich.

Tina fühlte sich schon den ganzen Morgen wie gerädert und lag im Bett. Ihre Gedanken kreisten um das Kind und das Leben auf der Insel.

Sie war erleichtert, dass Anthony die Nachricht so gelassen aufgenommen hatte. Denn über Kinder hatten sie noch nie konkret gesprochen.

Für die dritte Insel gab es noch viel zu organisieren, so dass sie nicht viel Zeit für ihr Privatleben hatten.

Die Bauchschmerzen wurden stärker und sie überlegte, ob sie sich ins Büro schleppen und im Internet nach möglichen Ursachen suchen sollte.

Doch sie fühlte sich zu schwach und wollte auch niemanden sehen. Sie schloss die Augen und hoffte, dass der Schlaf Wunder wirken würde.

„Yvonne? Bist du da?", rief Lucas und spähte die Treppe hoch. Hier endete der gefliste Boden und ging in eine wunderschöne Holztreppe über, die ins Obergeschoss des Hauses führte. Sie war sozusagen die imaginäre Barriere für die Inselbewohner. Bis hierher und nicht weiter, hätte auf einem Schild stehen können. Doch es schien auch so zu funktionieren.

„Yvonne?", rief er ein letztes Mal und wollte sich gerade abwenden, als er Schritte hörte.

„Lucas, komm doch hoch", rief Yvonne und sah ihn belustigt an. Ihr langes blondes Haar umspielte ihre Arme. Sie schien noch im Schlafanzug zu sein, allerdings in einem edlen seidenen Zweiteiler.

„Entschuldige die frühe Störung, ich habe nicht auf die Zeit geachtet."

„Kein Problem, du bist immer herzlich willkommen. Und es ist schon halb elf, also schon fast Mittag. Ich habe die Zeit vergessen, ... der Fluch dieser Dinger", sagte sie und hob ihr Smartphone. „Man will nur kurz die Mails checken und bleibt dann irgendwo im Netz hängen."

Lucas nickte und folgte ihr in die Küche. Diese war viel kleiner als die im Erdgeschoss und nur dazu da, die Terrasse und die Schlafzimmer zu versorgen. Trotzdem verschandelte ein riesiges, glänzendes Ungetüm den Rest der Einrichtung.

Lucas blieb wie angewurzelt stehen und starrte auf die überdimensionale Kaffeemaschine.

„Kann ich dir einen Espresso anbieten?", fragte Yvonne und tat so, als sei es normal, in einer kleinen Teeküche eine solche Errungenschaft stehen zu haben.

Sie musste ein Schmunzeln unterdrücken und begann, die Tassen aus dem Schrank zu holen. Dann hörte sie, wie Lucas sich schnaufend auf den Barhocker setzte. Yvonne drehte sich um und lächelte ihn an.

„Könntest du dir vorstellen, zu uns ins Haupthaus zu ziehen, und uns im Team zu unterstützen?"

„Das ist Bestechung!", rief Lucas und lachte laut.

„Und wenn ich dir sage, dass unten das gleiche Modell steht?"

„Doppelte Bestechung! Ihr habt doch nicht etwa zwei solcher Maschinen im Haus?"

Yvonne zuckte mit den Schultern und wurde ein wenig rot. Sie drückte einen Knopf und beobachtete, wie die braune Masse tröpfchenweise in das vorgewärmte Tässchen glitt. Als sich ein hellbrauner Schaum bildete, nahm sie das Gefäß wie einen kostbaren Schatz in die Hand und stellte es andächtig vor Lucas hin.

„Es gab Rabatt. Nicht zwei für eine, aber ein paar Prozent konnten wir herausschlagen!"

„Als ob ihr darauf angewiesen wärt!", entgegnete Lucas und schloss beim ersten Schluck andächtig die Augen. Wie konnte etwas so gut schmecken, fragte er sich, und da fiel ihm wieder ein, warum er eigentlich zu Yvonne wollte.

„Habt ihr eine Personenwaage?"

Yvonne runzelte die Stirn und nickte.

„Willst du deinen Erfolg überprüfen?"

„Du hast es also doch gemerkt?", fragte Lucas und trank seinen Espresso in einem Zug aus.

„Natürlich. Ich würde sagen, dreißig Pfund."

„Warum hast du nichts gesagt?" Lucas schaute sie mit seinen hellblauen Augen enttäuscht an.

„Ach, Lucas! Für mich zählen deine inneren Werte. Wenn sich deine Hülle ausdehnt, sage ich ja auch nichts! Aber ich finde es lobenswert, dass du fitter geworden bist. In unserem Alter hat es nur Vorteile, keine überflüssigen Pfunde mit sich herumzuschleppen."

„Das kannst du gut sagen, du Leichtgewicht."

„Es stimmt, ich hatte tatsächlich nie Probleme, mein Gewicht zu halten. Auch nicht nach meinen drei Schwangerschaften. Das muss an den Genen liegen. Meine Mama ist auch mit siebenundsiebzig noch rank und schlank. Doch mein Dad hatte zeitlebens mit seinem gewaltigen Bauch zu kämpfen. Er starb mit gerade mal fünfzig an einem Herzinfarkt. Er ist nicht einmal so alt geworden, wie ich jetzt bin", sagte sie und blickte nachdenklich aufs Meer hinaus.

Lucas nickte und ließ ihr Zeit.

„Mein Beileid."

„Danke, aber er ist schon lange tot. Er hätte ..."

„Yvonne!"

Ein lauter Schrei drang aus dem Flur.

Lucas rutschte automatisch vom Barhocker und eilte zu den Zimmern. Yvonne folgte ihm auf den Fersen.

Ein schreckliches Bild erwartete sie. Eine dunkle Blutspur zog sich vom Schlafzimmer bis ins Bad und eine wimmernde Tina lag zusammengekrümmt auf dem Fußboden.

„Tina!", rief Yvonne und drängte sich an Lucas vorbei. Er musste die Situation erst einmal einordnen.

„Ich bin schwanger", schluchzte Tina und klammerte sich an Yvonnes Arm.

Die blutigen Hände hinterließen dunkle Flecken auf Yvonnes hellrosafarbenem Schlafanzug.

„Alles wird gut", flüsterte Yvonne und schlang ihre Arme um Tinas zierlichen Körper. Lucas kniete sich zu den beiden Frauen und berührte Yvonnes Schulter.

„Soll ich Anthony suchen?"

„Die sind auf dem Festland", presste Yvonne kopfschüttelnd hervor und überlegte, was sie tun sollten. „Ruf Arnold an, er soll so schnell wie möglich kommen. Seine Nummer hängt unten in der Küche am Kühlschrank. Lucas, wir brauchen dich im Team", fügte sie hinzu und sah ihn ernst an.

Er nickte, stand auf und rannte zur Treppe.

Barbara stand da und schaute dem Hubschrauber mit angsterfüllten Augen nach. Sie fühlte sich elend und setzte sich auf eine Bank. Ihre Gefühle schienen Achterbahn zu fahren und sie versuchte, sich zu beruhigen.

Die Freude über den Hauskauf währte nur kurz. Als sie glücklich in Pietros Armen lag, war Lucas schon herbeigeeilt, um den Notruf abzusetzen.

Und nun flog Tina begleitet von Yvonne aufs Festland. Hoffentlich konnten sie das Baby retten, dachte Barbara und sah traurig auf, als Pietro ihr ein Glas Wasser reichte.

„Es wird schon gut gehen. Sie ist noch jung. Und der Hubschrauber war erstaunlich schnell da, findest du nicht?", sagte er und setzte sich neben seine Frau.

„Gut, dass Arnold auf der dritten Insel war. Sonst hätten wir noch viel länger warten müssen", mischte sich Lucas ein und setzte sich ebenfalls. „Was für eine

Aufregung!" Er tupfte sich mit einem Tuch den Schweiß von der Stirn.

„Sie sah gar nicht schwanger aus", sagte Barbara.

„Weil sie wahrscheinlich erst in der zwölften Woche ist, ... hat Yvonne gesagt. Da kann noch viel passieren."

Lucas dachte an die vielen Fehlgeburten, die Anna und er erlebt hatten. Eine düstere Stimmung umgab ihn, und er konnte den tiefen Schmerz in seinem Inneren noch immer spüren. Auch wenn es schon viele Jahre her war, diese Traurigkeit konnte er nie ganz vergessen.

Am Ende hatte ihnen die Frauenärztin von weiteren Versuchen abgeraten. Und so waren sie kinderlos geblieben, was Lucas immer noch schmerzte. Und Anna wahrscheinlich auch. Er dachte liebevoll an sie und segnete sie in Gedanken, wo auch immer sie gerade in Australien war.

„Sie ist noch jung. Wenn sie das Kind verliert, kann sie es später noch einmal versuchen", sagte Pietro zuversichtlich und stand auf. „Komm, Barbara, wir gehen und zeichnen schon mal unsere Möbel in den Grundriss."

Lucas hätte ihn gerne korrigiert, dass Tina nicht automatisch wieder schwanger werden würde. Aber er behielt es für sich und hoffte inständig, dass er Recht haben würde.

Doch er kannte einige Paare, bei denen es nicht geklappt hatte, sich selbst eingeschlossen. Er sah den beiden nach, und fragte sich, warum sie keine Kinder hatten.

Barbara drehte sich noch einmal um und winkte ihm mit einem zögerlichen Lächeln zu. Er winkte zurück und betete auch für sie, dass sie auf dem Festland ihr Glück finden würden.

Dann konzentrierte er sich wieder ganz auf Tina und Anthony und das Baby und hoffte auf Heilung und alles, was sie brauchten. Mit geschlossenen Augen saß er da und vergaß die Zeit.

13. SCHICKSALE

Anthony kauerte im Flur des Krankenhauses und weinte in seine Handflächen. Die Tränen tropften zwischen seinen Fingern auf seinen Schoß und er zitterte am ganzen Leib.

Soeben war der Arzt bei ihm gewesen und hatte ihm die schreckliche Nachricht überbracht. Nun saß er da, zum Warten verurteilt.

Die Operation würde einige Stunden dauern, und er konnte nichts tun außer hoffen und beten.

Dann spürte er eine Hand auf seiner Schulter und schaute auf. Tom reichte ihm ein Stofftaschentuch und Anthony sah, dass auch er geweint hatte. Yvonne klammerte sich an Toms Arm und blickte traurig auf Anthony hinab.

„Wir haben ebenfalls mit dem Arzt gesprochen, sie bekommt die beste medizinische Versorgung, die sie bieten können. Wir bezahlen natürlich alles."

Anthony nickte und schnäuzte sich.

„Sie wird nie Kinder bekommen können, ... wir", sagte Anthony leise und starrte geradeaus.

An der gegenüberliegenden Wand schauten ihn Stars und Sternchen von Zeitschriftencovern an. „Hoffentlich überlebt sie."

„Sie wird wieder gesund, sie ist eine Kämpferin", sagte Yvonne mit fester Stimme und setzte sich neben ihn. „Wichtig ist nur, dass die Operation gut verläuft, nur das zählt! Wir bleiben bei euch, wir sind eine Familie."

„Danke", sagte Anthony matt, für mehr hatte er keine Kraft. Tom holte einen weiteren Stuhl und setzte sich.

„Ich habe einen der besten Onkologen angerufen. Dr. Martinez ist eine Koryphäe auf diesem Gebiet. Er wird sich nach der Operation mit dem Ärzteteam beraten. Vielleicht müsst ihr für weitere Behandlungen nach Boston. Nur bis sie wieder ganz gesund ist", fügte Tom hinzu und nickte zuversichtlich.

„Danke. Zum Glück ist der Tumor noch nicht groß. Vielleicht eine Walnuss, hat der Arzt gesagt. Zum Glück haben sie ihn entdeckt. Ich kann ohne Tina nicht leben", sagte Anthony und Tränen kullerten über seine markanten Wangen. Yvonne nahm ihn in die Arme und drückte ihn mütterlich an sich.

„Alles wird gut. Alles wird gut", wiederholte sie und hoffte inständig, dass die Operation gut verlaufen würde.

„Ich denke, wir sollten uns trennen ... im Guten, meine ich", sagte Michael und stellte zwei Tassen Tee auf das Tischchen. Irma blickte von ihrem Buch auf und legte es wie in Zeitlupe auf ihren Schoß.

„Das habe ich mir auch schon überlegt. Ich wusste nur nicht, wie ich es ansprechen sollte."

Sie griff nach der heißen Tasse und trank vorsichtig einen Schluck. Wie schaffte Michael es, die perfekte Trinktemperatur zu erzielen.

Diese Momente würde sie vermissen, mit ihm zusammenzusitzen, ein Buch zu lesen und einen exzellenten Tee zu trinken.

„Es scheint mir am einfachsten zu sein, einfach zu sagen, was man denkt. Ohne großes Drama, einfach, nüchtern und mit Respekt."

„Wenn es nur so leicht wäre. Ich überlege mir immer, was alles schiefgehen könnte", entgegnete Irma und stellte die Tasse wieder ab.

„Natürlich kann immer etwas schiefgehen, aber ich überlege mir vorher genau, was ich sagen will, schlafe mindestens einmal darüber und bringe es dann vor. Sonst hangelt man sich doch im Leben von Kompromiss zu Kompromiss. Das finde ich nicht gesund."

Irma nickte und überlegte, wann sie mit Robin sprechen könnte. Und mit Michelle. Wäre es überhaupt klug, zu viert das Thema Trennung anzusprechen?

„Ich würde allerdings gerne mit Michelle unter vier Augen sprechen", sagte Michael, als hätte er telepathische Fähigkeiten.

„Das ist eine gute Idee. Wann dachtest du denn?"

„Vielleicht heute Abend? Oder ist dir das zu überstürzt? Wir können auch erst morgen, ... wenn du noch einen Abschiedsfick willst", sagte er und beobachtete amüsiert, wie Irma tomatenrot wurde.

„Michael!", rief sie empört und schlug ihm auf den Arm. „Wie redest du denn? Wenn das jemand hört!"

„Es ist niemand im Haus. Das habe ich natürlich vorher überprüft! Und ich will auch nicht, dass Michelle unser Vorhaben womöglich von Barbara erfährt. Nein, sie und Pietro sind oben im Haupthaus. Anscheinend feiern sie den Kauf ihrer neuen Farm."

„Ich habe vorhin den Hubschrauber wegfliegen sehen. Ob Pietro einen kleinen Rundflug macht? Er war doch derjenige, der mit dem Hubschrauber zum Dock geflogen kam, erinnerst du dich?"

„Stimmt, habe ich fast vergessen. Dieser unscheinbare Aufschneider", sagte er erleichtert und atmete innerlich auf, dass Irma die Trennung so gelassen hinnahm.

„Ich denke, wir passen die beiden Abenteurer heute Abend ab, wenn sie von ihrer Wanderung zurück sind. Dann können wir unsere Entscheidung gleichzeitig verkünden, unter vier Augen natürlich! Was machen wir, wenn die beiden nicht einverstanden sind?"

„Daran habe ich gar nicht gedacht", antwortete Michael und sah Irma erstaunt an. „Ich habe das starke Gefühl, dass Michelle nicht glücklich ist. Nichts gegen Robin", sagte er und hob beschwichtigend beide Hände. „Aber sie wirkt in letzter Zeit so in sich gekehrt. Bei Tisch sagt sie kaum noch ein Wort, so kenne ich sie gar nicht. Normalerweise redet sie ununterbrochen. Da stimmt etwas nicht, da bin ich mir hundertprozentig sicher. Und es war ja nur ein Versuch, den man wieder rückgängig machen kann."

Irma nickte und dachte über seine Worte nach. Es stimmte tatsächlich, dass Michelle in letzter Zeit sehr ernst wirkte. Dann war es höchste Zeit, dem Ganzen ein schnelles Ende zu setzen.

„Und wenn Robin nicht zu mir zurückkehren will, dann kann er gerne hier bleiben, und ich ziehe wieder aufs Festland in mein schönes Haus."

„Recht hast du! Wenn er nicht zu schätzen weiß, was er an dir hat, dann soll er es lassen. Du bist eine Klassefrau und wirst dein Glück finden!"

„Genau, und vielleicht brauche ich gar keinen Partner an meiner Seite. Ich kann mir ein Leben als Single gut vorstellen, ich habe ja noch Jack", sagte sie und lächelte, als der Labrador zu ihren Füßen erwartungsvoll den

Kopf hob. „Guter Boy, wir warten noch mit dem Spaziergang, es ist noch zu heiß."

Als hätte er jedes Wort verstanden, legte er seinen Kopf wieder unter den Sessel und schlief sofort ein. Irma trank den Tee aus und spürte, wie ihr leichter ums Herz wurde. Jetzt konnte sie nach vorne schauen und sich auf die letzten Wochen auf der Insel freuen.

„Möchtest du nun einen Abschiedsfi ...?"

„Ach, Michael! Bestimmt nicht!", sagte sie lachend und sah zu, wie er das Geschirr in die Küche trug.

Siena joggte locker den Wellen entlang und sah ihren Mann weiter vorne unter einer Palme schlafen. Sie drehte ab und näherte sich ihm leise. Dann stellte sie sich mit gespreizten Beinen über ihn und schüttelte ihr nasses Haar.

„Heeee!", schrie er und wachte augenblicklich auf. Siena lachte und wollte wegspringen, aber er packte ihre Beine und zog sie zu sich herunter. „Jetzt hab' ich dich, du ungezogenes Gör!"

„Nein, nicht kitzeln!", schrie sie lachend und versuchte sich loszureißen. Aber gegen ihren muskulösen Mann hatte sie keine Chance. Er hielt sie wie in einem Schraubstock und begann, ihren Hals zu küssen.

„Nicht hier, es gibt noch andere Bewohner auf der Insel, mein Lieber!", flüsterte sie atemlos und spürte, wie sich sein Griff lockerte. „Hast du auch den Hubschrauber gesehen?"

„Nein. Ich habe geschlafen wie ein Stein. Nach dem Schwimmtraining mit Lucas war ich echt erschöpft. Er hat so große Fortschritte gemacht, dass ich alle Register ziehen muss, um ihm noch davonschwimmen zu können."

„Er ist wahrlich ein feiner Mensch. Ich werde ihn vermissen", sagte Siena und legte sich neben ihren Mann in den Sand. Die Palmwedel wiegten sich sanft im Wind und sie blickte in den tiefblauen Himmel.

„Ich auch", stimmte ihr Thomas zu und drehte sich auf die Seite. Mit einer Hand stützte er den Kopf, mit der anderen rieselte er weißen Sand auf Sienas Bauch. „Aber wir können ihn ja besuchen, auf der dritten Insel gibt's bestimmt ein Boot."

„Oder wir müssen erst ein Floß bauen! Ich rechne mit dem Schlimmsten!"

„Dann bauen wir erst unser Haus und höhlen dann einen Baumstamm aus", sagte Thomas grinsend.

„Wir sind schon ein bisschen verrückt, findest du nicht?"

„Ich bin verrückt nach dir", sagte er und küsste sie leidenschaftlich. Sie atmete seinen Duft ein und wühlte in seinem Haar. „Lass uns nach Hause gehen. Wir müssen unsere Entscheidung gebührend feiern und da wir keinen Champagner haben …", sagte er und erhob sich. Seine Badehose schien fast zu platzen, und Siena reichte ihm lachend die Hand.

„Ich will ein Kind", sagte Emma und starrte an die Decke. Justin drehte sich zu ihr um und lächelte sie an. „Vielleicht hat es gerade geklappt. Ich habe die Pille schon seit ein paar Wochen nicht mehr genommen. Ich konnte sie nicht finden, ich …"

Er legte seinen Zeigefinger auf ihren Schmollmund und nickte wissend.

„Ich habe sie versteckt", sagte er und grinste sie an. „Ich dachte, es wäre der richtige Zeitpunkt, hier auf der Insel."

Sie sah ihn erstaunt an und streckte sich dann.

„Soso, Mister Stockes. Ohne ein Wort zu sagen!"

„Du hättest mich ja fragen können, Mrs Bailey. Schließlich bin ich meistens dafür verantwortlich, wenn etwas nicht an seinem Platz ist."

Er legte sich wieder auf den Rücken und lächelte vergnügt. Das Leben konnte so schön sein, dachte er und überlegte dann, was für ein Vater er sein würde.

Hoffentlich wird es ein Junge, schoss es ihm durch den Kopf, und er sah sich bereits mit seinem kleinen Jungen in der Einfahrt Bälle werfen. Wie hatte er das vermisst, als er selbst noch ein Junge war. Neidisch hatte er die Nachbarsjungen mit ihren Vätern hinter einer Hecke versteckt beobachtet.

„Wenn es ein Mädchen wird, soll sie Isabella heißen, kurz Bella."

„Du hast zu viel Twilight gesehen", sagte Justin. „Und wenn es ein Junge wird, soll er Jacob heißen? Oder mit wem kommt sie schon wieder zusammen?"

„Mit Edward! Und ein Junge muss bestimmt nicht so heißen! Das wäre voll schräg, wenn Geschwister wie ein Liebespaar heißen würden!", empörte sie sich.

„Wie wäre es mit Adam und Eva!"

„Oder Barbie und Ken", prustete Emma los und wälzte sich glücklich im Bett.

„Noch besser: Bonnie und Clyde!"

„Oder Daisy und Donald!"

„Waren sie überhaupt ein Liebespaar? Ich kann mich nicht daran erinnern. Gut, ich hatte auch kein Geld für die Taschenbücher", sagte Justin und spürte den vertrauten Kloß im Hals, den die eingeprägte Armut auch nach Jahren und mehreren Millionen Dollar auf seinem Konto noch hervorrief.

„Keine Ahnung, dafür bin ich noch zu jung, das war wohl lange vor meiner Zeit", sagte Emma und rollte sich auf Justin. „Lust auf eine zweite Runde?"

„Ich muss erst etwas essen, schließlich soll es ein gestärkter Sprössling werden!", sagte er und stand auf.

Mit leichten Schritten ging er in den Gemeinschaftsraum und Emma sah ihm verträumt nach. Sie hätte die ganze Welt umarmen können, so glücklich war sie.

Innerhalb weniger Minuten verdunkelte sich der Himmel, und Barbara blickte angestrengt auf den Plan, der vor ihr lag. Sie versuchte ein Maß zu finden, aber die schlechte Kopie schien es unmöglich zu machen.

„Es müsste eins zu zweihundert sein", sagte Pietro und trat mit einer Kerze an den Tisch. „Hast du die Möbel schon ausgeschnitten?"

Sie sah ihn entgeistert an und verdrehte die Augen.

„Wie soll ich denn die Möbel zeichnen, wenn ich nicht einmal den Maßstab des Plans kenne?"

„Eins zu zweihundert! Das hat mir jedenfalls der Makler gesagt."

Pietro wusste, dass Barbara noch ganz mitgenommen vom Ereignis oben im Haupthaus war.

Er hatte sie noch nie so verletzlich gesehen. Und sie konnte kein Blut sehen, das wusste er. Und bei Tina war viel Blut gewesen, und bei Yvonne.

Er reichte ihr ein Maßband und setzte sich zu ihr.

„Danke", sagte sie knapp und begann, die Möbel auf ein Blatt Papier zu zeichnen. Er sah ihr fasziniert zu und war froh, dass sie nun etwas Ablenkung von dieser Tragödie hatten.

Hoffentlich kam Tina bald zurück, sie war ja noch jung und ansonsten gesund.

„Ich habe keine Ahnung, wie groß dein Schreibtisch ist", riss ihn Barbara aus seinen Gedanken. Sie sah ihn schuldbewusst an.

„Etwas kleiner als dieser Esstisch, würde ich sagen. Aber das spielt keine Rolle, das Haus hat ja genügend Räume für uns beide, da finden wir sicher ein schönes Plätzchen für den alten Eichentisch."

Die Tür wurde aufgerissen und Irma und Michael stürmten herein, gefolgt von Jack.

„Ist Robin schon zurück?", rief Irma und sah sich um.

Michael nahm Jack das Halsband ab und dirigierte ihn auf seine Decke. Folgsam trottete der Hund an Barbara vorbei, wobei er sie unterwürfig ansah.

Es war erstaunlich. Seit sie mit Pietro und diesem Köter, sie konnte sich einfach nicht überwinden, ihn Jack zu nennen, spazieren gingen, wuchs er ihr ein wenig ans Herz. Besonders, weil er sie nicht mehr ansprang.

Der Hund schien ihre Gedanken lesen zu können, denn er drehte sich um und wollte sich schon ein paar ‚barbarische' Streicheleinheiten gönnen, doch Michael blieb hart und pfiff ihn zurück.

Traurig wandte er sich von ihr ab und legte sich mit einem lauten Seufzer auf seine Decke.

„Braver Boy", lobte Michael und schien mit sich und dem Hund zufrieden zu sein. „Sie scheinen noch nicht zurück zu sein, ihre Schuhe sind nicht da."

Irma sah, dass die gegenüberliegende Garderobe leer war. Michelles Haustür stand weit offen und alles schien verwaist. Keine Schuhe, keine Jacken und auch die Rucksäcke fehlten.

„Hoffentlich kommen sie bald, der Wind wird immer stärker", sagte Irma und ging in die Küche.

Sie machte Feuer und füllte den Wasserkessel. In Gedanken sortierte sie ihre Worte, damit sie nicht ins Schlingern geriet, wenn sie allein mit Robin war.

„Ich gehe duschen", sagte Michael und wollte schon zu seinem alten Haus laufen, als er bemerkte, dass Barbara ihn mit hochgezogenen Augenbrauen ansah. Elegant drehte er sich um und lief zu Irmas Haus.

Gepackt hatte er noch nicht, aber er überlegte, ob er die freie Zeit dafür nutzen sollte. Es war nicht viel, doch dann würde er spüren, ob es die richtige Entscheidung war.

Als Michael alles fein säuberlich in seinen Kisten verstaut hatte, spürte er eine tiefe Freude in sich aufsteigen.

Jetzt gab es kein Zurück mehr. Heute Nacht würde er seine Frau, seine rechtmäßige Ehefrau wieder in den Armen halten und dieses seltsame Kapitel ihres Lebens schließen. Instinktiv schüttelte er den Kopf und ging ins Badezimmer.

„Ich glaube, wir sollten umkehren! Robin, wir sollten umkeeeeehren!" Michelle schrie und spürte, wie Wut in ihr aufstieg. Dieser Dickkopf wollte einfach nie zuhören. „Roooobiiiiinnnn!" Tränen schossen ihr in die Augen und sie blieb erschöpft stehen.

Die lange Wanderung steckte ihr noch in den Beinen und sie hatte seit Tagen schlecht geschlafen. Sie musste furchtbar aussehen, ging es ihr durch den Kopf, während sie versuchte, den roten Rucksack vor sich nicht aus den Augen zu verlieren.

Endlich drehte sich Robin zu ihr um und kam näher.

„Was ist los, kannst du nicht mehr?"

„Wir sollten umkehren und irgendwo warten, bis der Sturm vorbei ist", schrie sie und fürchtete, dass die Palmen um sie herum brechen würden. Aber die schwangen wild hin und her und sahen aus, als wären sie aus Gummi.

„Nein, es ist nicht mehr weit, und wenn wir uns beeilen, sind wir im Nu beim Haus", schrie er zurück und drehte sich bereits wieder um.

Sie seufzte und lief ihm mit hängenden Schultern hinterher. Der Regen peitschte ihr ins Gesicht und sie versuchte, dem roten Punkt zu folgen.

Ein ohrenbetäubender Donner grollte über ihnen, gefolgt von einem taghellen Blitz.

Michelle zuckte zusammen und weinte. Die Erschöpfung schien sie zu überwältigen, und sie wollte nur noch zurück, zurück zu Michael, in ihr ruhiges, beständiges Leben.

Klarer als je zuvor wusste sie in diesem Moment, dass sie sich so schnell wie möglich von Robin trennen musste, sonst würde sie zugrunde gehen.

Sie blickte auf, sah den roten Rucksack, der für Sekunden in der Luft zu schweben schien, und ihr stockte der Atem.

Robin wurde vom Boden gehoben, als wäre er ein leichter Ast. Er drehte sich um seine eigene Achse, sah sie mit weit aufgerissenen Augen an und dann – war er weg. Einfach weg - aus ihrem Sichtfeld verschwunden.

Michelle starrte geradeaus, unfähig zu begreifen, was geschehen war.

Im nächsten Moment sah sie den Abgrund vor ihren Füßen wie weggesprengt.

Wo vor wenigen Sekunden noch ein kleiner Trampelpfad gewesen war, klaffte nun eine gähnende Leere. Als hätte ein Riese einen großen Bissen von einem Schokoladenkuchen gegessen.

Michelle taumelte mit weichen Knien zurück und hielt sich an einer Palme fest. Instinktiv machte sie einen weiteren Schritt vom Abgrund weg und klammerte sich am nächsten Stamm fest.

„Rooobinn! Roooooobin!"

Sie schrie aus Leibeskräften und zitterte am ganzen Körper. Der Regen peitschte wie kleine Messerstiche in ihr Gesicht und der Wind zerrte heftig an ihr. Ihr Haar wehte wild um ihren Kopf und sie kniff die Augen zusammen. Erschöpft glitt sie den Baumstamm hinunter.

Sie wusste nicht, wie lange sie schon so am Boden kauerte. Plötzlich ließ der Wind nach und es fielen nur noch vereinzelte Regentropfen.

Ihre Hände waren starr und ihre Arme schmerzten vom Festhalten. Mühsam rappelte sie sich auf und sah sich panisch um.

Palmblätter lagen verstreut um sie herum und ein paar Meter vor ihr klaffte ein riesiges Loch in der Erde. Das Meer rauschte laut und sie versuchte zu begreifen, was gerade passiert war.

Endlich begann ihr Gehirn wieder zu arbeiten und sie wusste, dass sie schnellstmöglich Hilfe holen musste.

Aber den Weg über die Klippen würde sie nicht nehmen können. Zu gefährlich, schoss es ihr durch den Kopf, und sie machte kehrt.

Dann blieb sie abrupt stehen und nahm ihren gelben Rucksack ab. Mit zitternden Händen band sie ihn an der nächsten Palme fest und atmete schwer.

Lucas legte gerade den Hörer auf, als die Tür mit einem lauten Knall aufflog.

Entsetzt starrte er Michelle an, die wie ein Geist vor ihm stand. Das Haar zerzaust, dunkle Augenringe und nass bis auf die Haut.

„Robin ist tot", sagte sie und sank augenblicklich zu Boden.

Lucas eilte zu ihr und sah, dass sie ohnmächtig geworden war. Geistesgegenwärtig überprüfte er ihre Atmung und lagerte sie auf die Seite. Dann holte er eine Decke und legte sie über sie.

Michelle atmete gleichmäßig und öffnete langsam wieder die Augen. Erschrocken sah sie ihn an und sagte: „Robin ist tot."

„Wo ist Robin?", fragte Lucas ruhig und strich ihr behutsam die nassen Haare aus dem Gesicht.

Sie sah schrecklich aus, um Jahre gealtert. Lucas überlegte, ob er schon den Helikopter ordern sollte, aber er wusste ja nicht einmal, was genau passiert war.

„Michelle, wo ist R-O-B-I-N?"

„Wir waren auf dem Klippenweg ... und dann war er weg! Abgestürzt! Ich konnte nichts tun!", sagte sie und begann hemmungslos zu schluchzen. „Er ist tot, er ist tot", wiederholte sie weinend.

„Weit von hier? Michelle, kannst du dich erinnern, war es weit weg vom Haus?"

Sie schüttelte den Kopf und drückte die Augen fest zusammen. Lucas stand schnell auf und griff wieder zum Telefon.

„Arnold, hier ist Lucas aus *Hillarya*. Nein! Hör mir bitte gut zu! Bei uns ist jemand von der Klippe gestürzt. Ein Mann, ... Robin Newton!"

Michelle wimmerte und ihr ganzer Körper zitterte. Sie schüttelte den Kopf und wiederholte immer und immer wieder: „Er ist tot, er ist tot."

„Wann kannst du hier sein? Okay, ich alarmiere die Bewohner, dann bis später", sagte er und legte das Telefon neben Michelle auf den Boden. „Michelle, du bleibst hier. Das Telefon ist hier und ich hole Hilfe aus dem Dorf, der Hubschrauber kommt, sobald sich der Sturm gelegt hat", sagte er und eilte davon.

„Ich würde das Schlafzimmer lieber hier machen", sagte Barbara und zeigte mit einem Stift auf den Plan. „Dann haben wir morgens die Sonne im Zimmer, das magst du ..."

„Hilfe!" Lucas riss die Tür auf und atmete schwer. „Robin ist von der Klippe gestürzt, ich brauche eure Hilfe!"

Irma ließ ihre Teetasse fallen, die in tausend Stücke zersprang. Jack hob entsetzt den Kopf und Michael kam erstaunt aus dem Badezimmer.

„Worauf wartet ihr? Los, wir müssen ihn suchen! Der Hubschrauber kommt bald, sobald er fliegen kann!" Lucas machte kehrt und eilte mit Pietro davon.

Michael zog sich schnell an und folgte den beiden.

Irma stand wie angewurzelt da und verstand nicht, was gerade passiert war.

„Setz dich Irma, ich wische die Scherben auf, sonst verletzt sich noch Jack", sagte Barbara leise und begann, die Keramikstückchen zu einem Haufen zu fegen.

Jack sah ihr fasziniert zu und Irma starrte fassungslos nach draußen.

„Soll ich auch suchen gehen?", durchbrach sie die Stille und sah erschrocken auf Barbara herab.

„Bleib doch hier, die Männer machen das schon."

„Nein, ich muss nachsehen, wo Michelle ist. Michael braucht sie", sagte Irma und ging mechanisch zur Tür.

Barbara sah ihr besorgt nach.

Phoebe schnappte sich ein Tuch und ging auf die Veranda. Der Sturm hatte viele Blätter von den Bäumen gerissen, und sie stellte fest, dass sie härteres Geschütz auffahren musste. Mit einem Besen bewaffnet begann sie, den Boden zu wischen.

„Phoebe!", rief Barbara und rannte barfuß zu ihr.

„Wo sind deine Schuhe? Ich dachte, nach deiner Verletzung würdest du nicht mehr ohne ..."

„Robin ist abgestürzt!", sagte sie atemlos und kam die Treppe hoch. Phoebe sah sie irritiert an und bemerkte, wie Brain nach draußen kam.

„Was ist los?", fragte er und steckte die Hände in die Hosentaschen.

„Robin ist abgestürzt, die Männer suchen ihn, oben beim Haupthaus."

Brain überlegte kurz und ging zurück ins Haus. Bewaffnet mit Thomas und seiner Notfalltasche rannten sie eilig los.

„Ich komme mit!", rief Siena und zog sich hastig ihre Turnschuhe an. Sie eilte an den beiden Frauen vorbei und rannte den Männern hinterher.

„Das ist Gottes gerechte Strafe", sagte Barbara matt und setzte sich auf einen nassen Stuhl. Phoebe starrte sie fassungslos an und schüttelte den Kopf.

„Sag das nicht! Schlimme Dinge passieren. Das ist doch keine Bestrafung, höchstens eine Lektion." Sie wischte einen Stuhl trocken und setzte sich Barbara gegenüber.

„Und Tina musste ins Krankenhaus geflogen werden. Sie ist schwanger und hat viel Blut verloren."

„Oh, wie schlimm, das wusste ich nicht. Brain und ich hatten einen Mittagsschlaf gemacht. Der Hubschrauber hat mich geweckt. Ich dachte, Tom und Anthony wären zurück."

„Noch eine Lektion", sagte Barbara und blickte ernst auf die nassen Tomatenstauden. „Auf dieser Insel scheint ein Fluch zu liegen."

„So ist das Leben! Mal ist man auf der Sonnenseite, mal auf der Schattenseite. Wichtig ist nur, dass man den Kopf nicht hängen lässt. Komm Barbara, lass uns die Veranda putzen und danach etwas Leckeres kochen. Schließlich sind wir ein Team und halten zusammen, in guten wie in schlechten Zeiten", sagte Phoebe entschlossen und erhob sich.

Barbara schaute sie gerührt an und nickte.

Eine Welle der Liebe durchströmte sie und sie konnte den ehrlichen Zusammenhalt förmlich spüren.

Sie griff nach dem Besen und begann, das Laub wegzuwischen.

Der Hubschrauber blieb schwankend in der Luft und versuchte, sich in Position zu bringen. Lucas gab energische Handzeichen und dirigierte ihn weiter nach links. Dann sah er zu, wie er kurz in die Tiefe und anschließend zum Haupthaus flog.

Mit einem mulmigen Gefühl in der Magengegend kehrten die Männer zum Haus zurück.

„Ich denke, er hatte keine Chance", sagte Pietro und schritt hinter den anderen her.

Lucas schnaubte laut und räusperte sich.

„Wir wissen noch nicht, was Arnold gesehen oder nicht gesehen hat. Lasst uns die Hoffnung nicht verlieren!"

„Genau! Lucas hat Recht, in wenigen Minuten wissen wir, was zu tun ist", sagte Thomas und versuchte, optimistisch zu klingen.

„Wenn er ins Meer gestürzt ist, werden wir ihn niemals finden! Der Sturm hat ihn bestimmt schon meilenweit weggetrieben", entgegnete Pietro und lief geradewegs in Thomas hinein, der stehen geblieben war.

„Sei still", zischte er zwischen den Zähnen hindurch und funkelte ihn böse an. Pietro nickte verlegen und strich sich nervös über den Bart.

Als sie am Haupthaus ankamen, sahen sie, wie Arnold gerade das Seil der Winde kontrollierte.
Hast du ihn gesehen?", fragte Lucas hoffnungsvoll und kam näher.

„Ja, der arme Kerl hat großes Glück gehabt. Er liegt ein Stück weiter unten auf einem schmalen Felsvorsprung. Entweder bewusstlos oder ... tot."

„Wie sieht der Plan aus?", mischte sich Thomas ein und betrachtete die am Boden liegenden Gurte.

„Ich fliege noch einmal hin und lasse den Mutigsten von euch runter. Dann können wir ihn bergen, sonst sehe ich keine Möglichkeit, ihn da rauszuholen."

„Gut", sagte Lucas und überlegte, ob er sich diesen Flug zutrauen würde.

„Ich mach's! Es ist nicht das erste Mal. Ich hatte mal einen ähnlichen Einsatz auf einer Wanderung. Hast du zwei von diesen Gurten?", fragte Thomas und griff nach dem ersten. Er stieg bereits hinein und schnallte ihn sich um den Hintern.

„Hier", sagte Arnold und hielt ihm die zweite Vorrichtung hin.

Siena saß mit Irma und Michelle auf der Terrasse und verfolgte die Rettungsaktion aus der Ferne. Sie versuchte, ruhig zu bleiben. Thomas wusste, was er tat, aber sie fragte sich, was noch kommen würde.

Irma blickte zuversichtlich zum Hubschrauber, Michelle war auf die Seite gekippt und eingeschlafen. Sie wirkte so zerbrechlich und erschöpft, dass Siena ihr etwas zur Beruhigung gegeben hatte.

„Michael und ich haben uns getrennt", sagte Irma leise und sah Siena in die Augen. „Bevor das alles passiert ist ... im Guten", fügte sie rasch hinzu, da Siena sie erstaunt ansah. „Robin ist zäh, er wird es überleben. Ich spüre es ganz deutlich, er kann nicht tot sein."

Siena nickte und wandte sich wieder dem Hubschrauber zu. Jetzt hingen zwei Männer an der Seilwinde und sie näherten sich dem Landeplatz.

„Kommst du mit?", fragte Siena und stand auf.

Irma nickte, warf einen Blick auf die schlafende Michelle und entfernte sich leise. Was nicht nötig gewesen wäre, denn der Hubschrauber dröhnte nun über sie hinweg und riss Michelle aus dem Schlaf.

Erschrocken blickte sie auf.

„Komm, sie haben Robin geborgen", sagte Irma und streckte ihr die Hand entgegen. Michelle ergriff sie mechanisch und folgte ihr.

Lucas betrat den Shop und sah sich um. Niemand schien hier zu sein. Er ging zielstrebig auf einen Barhocker zu und ließ sich schwer seufzend nieder.

Im Stillen dankte er Gott, dass Robin noch lebte. Er betete um Beistand für das medizinische Personal, für Robin und natürlich für Irma. Sie musste jetzt stark sein.

Er war erleichtert, dass Arnold ihm erlaubt hatte, das Ehepaar zu begleiten. Aber in der Notaufnahme hatte er weniger Glück gehabt.

‚Die letzte Ölung wird nicht nötig sein', hatte eine junge, freundliche Ärztin zu ihm gesagt, als sie einen ersten Blick auf Robins Zustand geworfen hatte. Eine Krankenschwester hatte ihn daraufhin bestimmt aus dem Schockraum geführt.

Wahrscheinlich würden sie ihn bald verlegen, in eine richtige Klinik, dachte Lucas und blickte zum Hafen, wo der Hubschrauber noch auf dem Kiesplatz stand.

„Mamma mia, was machst du denn hier Lucas? Hatten wir eine Verabredung?" Ottilia kam aus dem Lagerraum und weitete die Augen.

Ihr Lächeln erstarb, als sie Lucas ernsten Gesichtsausdruck bemerkte. „Was ist los?"

Lucas helle Augen glänzten und er war froh, dass er nun seelischen Beistand hatte.

„Ottilia, wie schön, dass du da bist."

„Wo sollte ich denn sonst sein? Die Frage ist nur, warum bist du hier?" Sie kam näher und küsste ihn auf den Mund.

Er berührte ihren Arm und sagte dann: „Robin ist vom Klippenweg gestürzt. Der Sturm hat einen beachtlichen Teil davon weggerissen. Sie behandeln ihn unten in der Notaufnahme."

„Merde!", sagte Ottilia und griff sich an die Brust. „Wie geht es ihm?"

„Keine Ahnung. Zumindest lebt er noch. Der Sturm hat ihn einfach mitgerissen, in einem Moment war er noch da und dann einfach weg. Gott sei Dank war weiter unten ein Felsvorsprung. Dort blieb er bewusstlos liegen. Der Hubschrauber konnte ihn bergen, mit der Hilfe von Thomas."

Ottilia setzte sich neben Lucas und schluckte leer. Er nahm ihre Hand und drückte sie fest.

„Sie haben mich weggeschickt, obwohl ich ein Pastor bin!", sagte er entrüstet und fuhr sich mit der Hand über die Glatze.

„Ist Michelle bei ihm?"

Lucas schüttelte den Kopf. Er holte tief Luft und sagte: „Irma ist bei ihm. Sie ist schließlich seine rechtmäßige Frau."

Was für ein Durcheinander, dachte Lucas. Wollte Gott so seinen Mahnfinger auf die beiden Paare legen?

„Hast du etwas Süßes für mich? Ich brauche Nervennahrung", wechselte er abrupt das Thema und sah sie hoffnungsvoll an.

Doch sie schüttelte mitleidig den Kopf.

„Ich konnte ja nicht wissen, dass du kommst! Aber warte … ich könnte dir einen köstlichen Affogato zaubern", sagte sie und rutschte vom Barhocker.

Er sah ihr nach, wie sie in der Küche verschwand und hoffte, dass es wirklich etwas Leckeres war und nichts mit Affen zu tun hatte.

Kaum eine Minute später kam sie mit einem kleinen Schälchen und einem milden Lächeln um die Ecke und hantierte an ihrem ‚Caro' herum. Lucas beobachtete sie und fragte sich, was ihn wohl erwarten würde.

„Ecco il tuo affogato", sagte sie und stellte ihm ein schmales Tellerchen auf den Tresen. Darauf stand das besagte Schälchen, darin eine Kugel Vanilleeis und daneben ein Espressotässchen.

„Du gießt den Espresso über das Eis und schon hast du einen Affogato! Möchtest du noch einen Grappa dazu?"

„Gerne", antwortete Lucas und goss den Kaffee andächtig über das Vanilleeis.

Sie kam mit zwei gut gefüllten Grappagläsern aus der Küche und leerte eines über Lucas Dessert. Sie selbst kippte den Tresterbrand in einem Zug hinunter.

Lucas hob die Augenbrauen.

„Wegen der Aufregung", sagte sie entschuldigend und setzte sich wieder. Lucas löffelte genüsslich das Schälchen leer und nickte verständnisvoll.

„Köstlich, wirklich köstlich!"

Schweigend saßen sie da und blickten zum Hafen hinunter.

Nach einer Weile räusperte sich Lucas und sagte: „Gott sei Dank habt ihr hier eine Notaufnahme!"

„Mister Tom Cooper sei Dank", erwiderte Ottilia. „Wahrscheinlich hat er sie aus reinem Eigennutz gebaut. Das behaupten jedenfalls böse Zungen im Dorf. Oder es war eine lobenswerte Bestechung des Bürgermeisters, damit er seine Inselvision verwirklichen konnte."

Lucas schaute sie mit seinen hellblauen Augen erstaunt an. Diese Seite von Tom, dem gerissenen Geschäftsmann, kannte er nicht.

„Leider hatten wir hier früher keine gute medizinische Versorgung. Doktor Gere hatte zwar eine kleine Praxis, aber bei echten Notfällen war er schnell überfordert. Er hat die Praxis vor drei Jahren geschlossen, mit fünfundachtzig!"

„Dann hat Tom dafür gesorgt, dass diese Station gebaut wurde?"

Ottilia nickte und räumte das Geschirr in die Küche. Lucas sah ihr verwirrt nach und bemerkte, dass ihre Schultern zitterten. Er stand auf und folgte ihr.

Sie drehte sich zu ihm um und versuchte nicht länger, ihre Tränen zu verbergen. Schluchzend warf sie sich in seine Arme und weinte.

Er hielt sie fest, und murmelte ihr tröstende Worte ins Haar. Nach einigen Minuten schniefte sie und atmete tief durch.

„Wären die Ärzte damals schon hier gewesen, würde James vielleicht noch leben", sagte sie mit erstickter Stimme. Dankbar nahm sie Lucas' Taschentuch und wischte sich die Augen trocken.

„Die Wege des Herrn sind unergründlich", flüsterte er und strich ihr über den Rücken.

Sie nickte und berührte das kleine goldene Kreuz, das Lucas ihr geschenkt hatte. Früher hatte an der feinen Goldkette das Amulett von James gehangen.

„Heute ist wahrlich ein schwarzer Tag für *Hillarya*", sagte Tom und setzte sich neben Yvonne. Sie nickte und beobachtete die anderen Besucher im Warteraum.

„Es ist ein Junge!", durchbrach ein junger Mann die Stille und schritt aufgeregt auf eine ältere Frau zu. Diese erhob sich ruckartig und schlang die Arme um ihn.

Das Glück der beiden schien, wie eine leuchtende goldene Kugel über ihnen zu schweben und Yvonne beobachtete fasziniert den unvergesslichen Moment. Freudentränen wurden weggewischt, stolz die ersten

Fotos gezeigt und anschließend aufgeregt telefoniert. Freud und Leid konnten so nah beieinander liegen, dachte Yvonne und blickte angespannt zu der eben geöffneten Tür.

Jetzt lagen gleich zwei Insulaner im Operationssaal und sie spürte, wie sie innerlich bebte. Am liebsten hätte sie sich in eine Ecke verkrochen und geweint. Aber sie musste, wollte für die anderen stark bleiben.

Es reichte, dass Anthony wie ein Häufchen Elend neben ihr saß und auf den Boden starrte.

Dann wurde die Tür schwungvoll geöffnet, und eine Ärztin kam auf sie zu und nahm ihren Mundschutz ab. Jetzt sah Yvonne ihr Lächeln und atmete auf.

„Mister King?", sagte sie und ging auf Anthony zu.

Er blickte erschrocken auf und nickte. „Ihre Frau ist jetzt auf der Intensivstation. Alles ist nach Plan verlaufen. Mehr noch, wir konnten den ganzen Tumor entfernen. Leider kann sie nun keine Kinder mehr bekommen, aber das wissen Sie ja bereits, oder? In einer Stunde können Sie zu ihr. Alles Weitere besprechen wir, wenn sich ihre Frau etwas erholt hat, okay?"

Er nickte und lächelte matt. Tina lebte, und das war das Wichtigste. Sie lebte und würde wieder gesund werden.

Yvonne schlang ihre Arme um ihn und begann zu weinen.

„Sie wird wieder gesund, sie wird wieder gesund", flüsterte Anthony und drückte Yvonne fest an sich.

Irma beobachtete die beiden und hoffte innerlich, dass auch sie bald erlöst werden würde.

Robin überlebte schwer verletzt und konnte nur mit großer Mühe für den Weitertransport stabilisiert werden. Aber Tom hatte sich für ihn eingesetzt und nun war er hier in guten Händen.

Leider konnte man ihr noch nichts Genaues sagen. Nur, dass er einige Brüche erlitten hatte und keine äußeren Verletzungen am Kopf zu sehen waren.

Sie knetete ihre Hände und erschrak, als sie eine Hand auf ihrer Schulter spürte.

„Wie lange ist er schon im OP?", fragte Tom und reichte ihr einen dampfenden Becher.

„Eine Stunde, vielleicht etwas länger", antwortete sie und trank dankbar einen Schluck. Ihr Hals fühlte sich rau an, obwohl sie nicht geweint hatte.

„Der wird schon wieder, zäh und stark, wie er ist", sagte Tom und sah liebevoll zu seiner Frau hinüber.

„Tina scheint es überstanden zu haben", sagte Irma und lächelte gequält. Tom nickte. „Kein guter Tag für *Hillarya*."

„Ich bin einfach froh, dass wir das Haupthaus haben. Damals auf *Harmonya* hatten wir nicht einmal ein Satellitentelefon. Eine Insel ohne Strom, das klingt toll, kann aber in der Praxis ganz schön ins Auge gehen."

„Willst du alle Inseln bebauen?"

Irma versuchte sich abzulenken und klammerte sich instinktiv an die Konversation mit Tom.

„Schon möglich. Aber ich gehe es gemütlich an. Eine Insel nach der anderen. Solange die Ideen sprudeln, und mein Team mitzieht, haben wir was zu tun. Doch allein hätte ich keine Chancen!"

Er blickte wieder zu Yvonne und Anthony und war froh, dass seine Frau sich wieder gefasst hatte.

„Wie viele sind es genau? Vom Schiff aus konnte ich es nicht gut schätzen."

„Das wissen nur ich und mein Team. Ein kleines Mysterium. Und natürlich Arnold, weil er so oft fliegt. Ich weiß zwar nicht, ob er sie je gezählt hat, aber er kennt die Besonderheiten."

„Warum?"

„Er hat sie alle mit mir besucht. Wir haben ja nicht überall die gleichen Bedingungen."

„*Harmonya* soll die größte sein, das hat mir Siena erzählt."

Tom nickte und lächelte verschmitzt. Irma entspannte sich ein wenig und löcherte Tom mit weiteren Fragen. Er hatte etwas Magisches an sich und verführte dazu, Zeit mit ihm verbringen zu wollen.

14. AUFBRUCH

Die Sonne brannte vom Himmel und die Wellen kräuselten sich sachte am Ufer. Michael saß neben Michelle im Sand und blickte zum Horizont.

In der Ferne konnte er schwach *Harmonya* erkennen. Das Wetter war nun seit Tagen stabil und hatte ihnen Zeit zum Durchatmen gegeben.

Michelle atmete schwer und starrte geradeaus. Sie war immer noch schwach und fühlte sich schlecht.

Dass Robin über dem Berg war, erleichterte die Situation. Aber sie hatten sich noch kein eigenes Bild von ihm, von seinen Verletzungen machen können.

Irma hatte ihn mit dem Hubschrauber ins Krankenhaus begleitet und war nun bei ihm.

Die Tatsache, dass sie und Michael sich vor dem Unfall im Guten getrennt hatten, erleichterte Michelle wohl die neue Situation.

Trotzdem fühlte Michelle sich schuldig, weil sie sich nicht mit Robin hatte aussprechen können. Und telefonieren ging im Moment auch nicht, weil er im künstlichen Koma lag.

„Wie sind wir nur in diese absurde Situation geraten?", fragte Michelle leise und ihr Blick blieb starr.

„Keine Ahnung."

„Das sind doch nicht wir, Michael!"

Er suchte ihren Blick, aber sie wollte ihm ihre Verletzlichkeit nicht zeigen.

Gerne hätte er sie in den Arm genommen, aber er spürte, dass nun die Zeit der Aussprache gekommen war. Besser hier auf der Insel als später in Philadelphia. Er schluckte und betrachtete ihren Hinterkopf.

„Ich schäme mich so, dass ich diesem Viehhandel überhaupt zugestimmt habe!", sagte sie wütend.

„Es war die neue Umgebung", beschwichtigte Michael. „Wir waren glücklich, unbeschwert und locker. Da kommt man auf dumme, ... sehr dumme Ideen. Weißt du noch, als wir in Mexiko waren? Da habe ich mir diese völlig überteuerte Lederjacke aufschwatzen lassen, weißt du noch?"

„Das ist doch wohl was ganz anderes, Michael!" Sie drehte sich zu ihm um und sah ihn empört an.

„Und zu deiner Verteidigung, ich war der Erste, der zugestimmt hat. Gut, Robin hatte die verrückte Idee ... aber ich habe zugestimmt, vor dir."

Sie nickte und atmete schwer.

„Robin und ich haben uns immer und immer wieder gepusht. Und noch eine Runde joggen, und nochmals Hanteln drücken, ... wir haben das gesunde Maß völlig aus den Augen verloren. Und jetzt liegt er da und kann nichts mehr tun, vielleicht für immer." Ihre Worte klangen bitter.

„Er wird wieder, Michelle. Er ist ein Kämpfer."

„Da bin ich mir nicht so sicher. In den letzten Tagen schien er irgendwie anders zu sein. In sich gekehrt, stiller. Als hätte er geahnt, dass er bald sterben würde."

„Er ist aber nicht tot, Michelle! Begreif das doch mal! Er wollte nicht umkehren. Er wusste, wie gefährlich der Klippenweg ist! Anthony hat uns wahrlich genug darauf hingewiesen. Wer nicht hören will, muss fühlen. Vielleicht tut ihm die Pause gut. Vielleicht besinnt er sich auf das Wesentliche im Leben ... vielleicht schätzt er Irma jetzt mehr denn je."

„Liebst du sie?"

„Irma?", fragte Michael überflüssigerweise.

Michelle nickte nur und starrte wieder in die Wellen.

„Was genau ist Liebe? Ich mag sie, ich schätze sie. Aber diese tiefe Verbundenheit, dieses Urvertrauen, das ich bei dir fühle, ... das fühle ich nur bei dir!"

Sie wandte sich ihm zu und sah ihn zärtlich an.

„Ich auch, Michael. Ich habe dich so vermisst! Ich hatte einfach nicht den Mut, es laut auszusprechen. Du hast mir so gefehlt, deine ruhige, ausgeglichene Art." Sie warf sich weinend in seine Arme und Michael hielt sie einfach nur fest.

Es war vorbei und er war froh, seine Frau wieder zu haben.

„Wir schaffen das!", sagte er zuversichtlich und beobachtete, wie Michelle sich schnäuzte.

„Jetzt weiß ich auch, warum man sagt ‚Gegensätze ziehen sich an'! Du bist und bleibst mein Ruhepol, mein Fels in der Brandung, ... danke dir für alles!" Sie küsste ihn sanft und wandte sich dann wieder ab.

Er beobachtete, wie ihr Atem ruhiger wurde und sie aufs Meer blickte.

„Gehen wir zurück zum Haus?"

Sie schüttelte den Kopf.

„Nein, ich will einfach hier sitzen und den Wellen zusehen, das beruhigt mich."

Sie wollte mit Michael allein sein. Sie konnte das Gerede der anderen nicht ertragen. Einige dachten wohl, jetzt, wo Robin im Krankenhaus lag, sei sie einfach zu

Michael zurückgekehrt. Als hätten sie Irma irgendwie übergangen, aber so war es nicht. Und sie hatte keine Lust, allen zu erklären, was zwischen ihnen war.

Das war ihre Sache und damit basta. Es war Zeit, nach Philadelphia zurückzukehren. Dort würden sie ihre Ruhe haben, Michael und sie.

„Gut", sagte Michael und legte sich rückwärts in den Sand. Er betrachtete seine Frau und fragte sich, ob sie sich rasch erholen würde.

Michelle blickte weiterhin geradeaus und wirkte sehr zerbrechlich. Ihre Wangen waren eingefallen und sie sah aus wie jemand, der eine ungesunde Hungerkur hinter sich hatte oder lange krank gewesen war.

Sie hatte kein Pfund zu viel auf den Rippen und jetzt fehlten ihr diese Reserven. Ihr Kinn wirkte spitz und ihr Haar strähnig.

Michael bemühte sich, ihr das Essen so liebevoll wie möglich zuzubereiten, aber sie hatte keinen Appetit und aß immer nur ein paar Bissen.

Sie schien sich Vorwürfe zu machen, dass sie die Wanderung nicht früher abgebrochen hatten. Aber Michael kannte Robin gut genug, um zu wissen, dass er nicht auf sie gehört hätte. Dieser sture Bock!

Auch Irma hatte niemandem ein Vorwurf gemacht. Sie war sehr gefasst geblieben und hatte Robin, ohne zu zögern ins Krankenhaus begleitet.

Wie ging es ihr? schoss es Michael durch den Kopf. Sie hatte ihn nur am Arm gepackt und gefragt, ob er während ihrer Abwesenheit auf Jack aufpassen würde.

Jetzt lag der Labrador neben ihm und schlief. Erschöpft vom Apportieren. Er hatte keine Ahnung, dass sein Herrchen zerschunden auf der Intensivstation lag.

Michael streichelte ihm über den Kopf und hoffte, dass Irma bald mit guten Nachrichten zurückkehren würde.

Eine dunkle Wolke schien über dem Inselleben zu schweben, obwohl der Himmel tiefblau war.
Viele Paare hatten sich dazu entschlossen, nach einem Jahr wieder aufs Festland zu ziehen, was sich spürbar auf das Gemeinschaftsleben auswirkte. Man blieb unter sich und engagierte sich nur noch zweckgebunden.
Thomas beobachtete, wie Emma in der Küche hantierte und das Gemüse putzte.
Seit sie wusste, dass sie schwanger war, musste Lucas die Fische zubereiten. Sie ertrug den Gestank nicht mehr, nicht einmal in der Küche. Jetzt musste Lucas bei Wind und Wetter draußen oder im Nachbarhaus für alle kochen.
Am Anfang waren immer viele um den Küchentisch herumgewuselt, und übernahmen freiwillig zusätzliche Aufgaben. Aber jetzt hielten sich die meisten zurück und frönten, wann immer es ging, dem süßen Nichtstun.
Wahrscheinlich, weil die Wochen nun gezählt waren, dachte Thomas und legte einen Popper auf den Tisch.
Er hatte sich angewöhnt, nach jedem Fang die Utensilien gründlich zu reinigen und ordentlich zu verstauen. Man wusste ja nie, wer als Nächster zum Fischen ging.
Emma blickte auf und lächelte ihn an. Sie wirkte so strahlend schön, dass er auf einen Jungen tippen würde. Ihm war schon oft aufgefallen, dass Frauen, die einen Jungen erwarteten, eine glänzend reine Haut hatten und etwas Magisches ausstrahlten.

Er hob den Daumen nach oben und freute sich bereits auf die nächste Untersuchung. Eine der erfreulicheren Konsultationen, eine Mutter und ihr ungeborenes Kind zu begleiten.

Tina trat in seine Gedanken, und er bewunderte sie dafür, dass sie Emma zu ihrer Schwangerschaft gratuliert hatte. Wie schwer musste es für sie sein, nie ein Kind bekommen zu können?

Aber sie hatte Glück im Unglück. Nicht auszudenken, was passiert wäre, wenn der Tumor erst im fortgeschrittenen Stadium der Schwangerschaft entdeckt worden wäre. Jetzt galt sie als geheilt und brauchte keine weiteren Therapien.

Und Anthony umsorgte sie liebevoll im Haupthaus und wich ihr nur selten von ihrer Seite.

„Warum schaust du so traurig?", fragte Siena, als sie sich zu ihrem Mann setzte.

„Ich habe gerade an Tina gedacht und hoffe, dass sie über den Verlust hinwegkommt."

„Sie ist stärker, als sie aussieht."

„Genau wie du", sagte Thomas und blickte sie liebevoll an. „Gehen wir nachher noch schwimmen?"

„Gute Idee. Ein bisschen Bewegung tut mir gut. Ich habe gerade Lucas beim Ausnehmen der Fische assistiert", sagte sie und rümpfte die Nase. „Ich denke, dass ich diese Aufgabe auf der dritten Insel gerne dir überlassen werde."

„Halt, das geht nicht. Ich gehe schon angeln und schleppe den Fang ins Dorf. Da kannst du ruhig auch etwas dazu beitragen!"

Siena lachte und schüttelte den Kopf.

„Nein, ich bin für kleinere Wunden zuständig, das steht schwarz auf weiß in meinem Vertrag!", beharrte sie und ging lachend davon.

„Dann hast du das Kleingedruckte nicht gelesen! Wir leben da wie Robinson Crusoe, da kannst du dir keine Allüren erlauben", rief er ihr grinsend hinterher.

„Hoffentlich werde ich es nicht bereuen. Sonst wechsle ich dann nach *Harmonya* oder bewerbe mich für das Team", erwiderte Siena und streifte sich im Gehen ihr Kleid ab. Thomas beobachtete sie und warf die Strandtücher daneben.

„Oder wir wechseln tatsächlich, und fahren direkt nach *Harmonya*."

„Das würde dir so passen!", sagte Siena und rannte über den heißen Sand.

„Warum nicht? Was spricht dagegen?"

„Du willst doch nur sehen, was abends im Luko los ist! Lola hatte deine volle Aufmerksamkeit, das habe ich schon gemerkt. Ich habe dich durchschaut, mein lieber Gemahl. Nein, wir wagen etwas Abenteuerliches, etwas Mutiges und freuen uns auf eine weitere Veränderung. Und Lucas bleibt uns ja erhalten, jetzt, wo er im Team ist."

„Umso mehr wundert es mich, dass er immer noch zu uns hinabsteigt, um die Fische auszunehmen", sagte Thomas und schwamm seiner Frau hinterher.

„Ich glaube, er genießt unsere Anwesenheit."

„Genau, aber nur, wenn er sich vorher einen guten Espresso zu Gemüte geführt hat", entgegnete Thomas.

Siena lachte laut und schwamm zufrieden davon.

Der Mond schien hell und Barbara saß andächtig im kühlen Sand. Seit den Turbulenzen hatte sie sich angewöhnt, frühmorgens allein hierher zu kommen. Die Ruhe tat ihr gut, sie brauchte Zeit zum Nachdenken.

Es hatte sie regelrecht aus der Bahn geworfen, als Tina blutüberströmt abtransportiert worden war. Noch immer sah sie ihr schmerzverzerrtes, tränennasses Gesicht vor sich.

Und dann der Absturz von Robin. Sie hatte ernsthaft geglaubt, er sei ins Meer gefallen und von den Haien gefressen worden.

Das stundenlange Warten hatte sie fast um den Verstand gebracht. Dabei mochte sie ihn nicht einmal.

Aber das Wissen, dass dieses Unglück auch Pietro oder ihr hätte passieren können, lag ihr wie ein dumpfer Schmerz in der Magengegend.

Diese Insel schien sie wirklich an ihre Grenzen zu bringen. Jetzt erkannte sie, dass sie mit Pietro doch lieber zurückgezogen auf einer Farm leben wollte.

Sie dachte an das wunderschöne Haus, in das sie bald einziehen würden, und blickte zufrieden über den Strand.

Da hörte sie ein leises Rascheln einige Meter neben sich und schaute genauer hin.

Ihr stockte der Atem und sie hoffte inständig, dass es kein ekliges Tier war.

Wie von Zauberhand rieselte der Sand nach unten und bildete einen kleinen Krater.

Barbara hielt ihre mitgebrachte Taschenlampe darauf und beobachtete aus sicherer Entfernung.

Sie hatte noch nie davon gehört, dass sich am Strand aus dem Nichts ein großer Krater auftat.

Eine innere Zuversicht ließ sie ruhig bleiben und sie hielt den Lichtstrahl fest darauf gerichtet.

Und plötzlich - lugte ein kleiner Kopf hervor, und Barbara sah, wie ein winziges Geschöpf mit seinen Flossen den Sand beiseite schob.

Sie hatte schon von Schildkröten auf der Insel gehört, aber noch nie eine gesehen.

Und dann - kam ein weiterer Kopf zum Vorschein. Innerhalb weniger Minuten schwoll die Masse an und viele Schildkrötenbabys befreiten sich aus dem Sand und krabbelten übereinander.

Barbara kniete sich hin und beobachtete ergriffen, wie sich die kleinen Geschöpfe mühsam mit den beiden vorderen Flossen fortbewegten. Sie waren vielleicht fünf oder sechs Zentimeter groß.

Eines nach dem anderen schien zu spüren, wohin die weite Reise ging, denn sie zogen sich mutig über den Sand in Richtung Wasser. Der Mond wies ihnen den Weg. Jedes Tier hinterließ eine lange Spur im Sand, und Barbara sah fasziniert zu, wie die Wellen die ersten Neugeborenen umschlossen und wieder an den Strand zurückspülten.

Und dann, krabbelten sie wieder ins Wasser, einige schafften es beim zweiten Versuch und schwammen schließlich flatternd davon.

Barbara wusste nicht mehr, wie lange sie diesem Naturschauspiel zugesehen hatte, aber als die Sonne langsam am Horizont erschien, hockte sie weinend da und fühlte eine nie dagewesene Ruhe und Dankbarkeit in sich aufsteigen.

Alles Negative schien von ihr abzufallen. Als hätte Gott sie mit diesem Naturphänomen wachgerüttelt, ihr aufgezeigt, wie kostbar das Leben war.

Sie weinte und weinte, dankte für ihren gesunden Körper, dankte für ihren gütigen Mann und für ihre vielversprechende Zukunft.

An diesem Morgen kehrte eine veränderte Barbara ins Dorf zurück.

Es geschehen noch Wunder, dachte Barbara, als sie Lucas lächelnd auf der Veranda begrüßte.

Was für eine Freude, ihm in allen Einzelheiten von ihrem Erlebnis erzählen zu können!

Der Hubschrauber wirbelte die Wiese vor dem Haupthaus hin und her und Irma entdeckte Anthony auf der Terrasse. Neben ihm saß Tina, in eine Decke gehüllt.

Irma atmete tief durch und war erleichtert bei dem Gedanken, dass sie bald wieder wegfliegen konnte. Und das, obwohl sie noch gar nicht angekommen war.

Die letzten Wochen im Krankenhaus hatten an ihren Nerven gezerrt, und dass sie Jack so lange nicht bei sich haben konnte, tat ihr in der Seele weh.

Sie hatte sich so sehr gewünscht, dass Michael sie hier mit ihrem treuen Begleiter empfangen würde, aber er konnte ja nicht ahnen, dass sie gerade jetzt landete.

Die Sonne brannte vom Himmel und sie wunderte sich, warum Tina eine Decke um sich trug, als Anthony ihr die Tür öffnete und ihr die Hand reichte.

„Willkommen zurück! Wie geht es Robin?"

Irma griff nach ihrer Tasche und war froh, dass er ihr beim Aussteigen half. Anthony sah sie mit einem mitleidigen Blick an - oder bildete sie sich das nur ein?

„Gut, den Umständen entsprechend gut, danke der Nachfrage", antwortete sie knapp und machte sich auf den Weg zum Haus.

Arnold schaltete die Maschine aus und hängte den Kopfhörer an einen Haken.

„Hallo Irma, wie geht es Robin?" Tina kam auf sie zu, und jetzt sah Irma, dass sie keine Decke um sich gewickelt hatte, sondern ein sehr voluminöses Sommerkleid trug.

„Gut, danke. Wo ist Jack?", stellte sie gleich eine Gegenfrage und sah sich um.

„Bei Michael unten im Dorf. Wir wussten nicht, wann du kommst."

„Gut, dann gehe ich gleich runter und begrüße ihn", sagte Irma kurz angebunden und entfernte sich mit großen Schritten.

Sie überlegte, was sie Michelle und Michael sagen sollte, und wäre beinahe über eine Wurzel gestolpert. Dann sah sie schon die Häuser zwischen dem Dickicht aufblitzen und ihr Gang wurde noch schneller.

Sie blieb wie angewurzelt stehen und sah Michelle in einem Sessel sitzen, in ein Buch vertieft. Jack lag neben ihr auf dem Boden und schlief.

Im nächsten Moment hob der Labrador den Kopf, als hätte er gespürt, dass sein Frauchen wieder da war und sah sie direkt an.

Irma ließ die Tasche auf den Boden fallen, und das schien das Startsignal zu sein. Abrupt sprang er auf die Füße und mit in einem Satz von der Veranda.

„Heee, Jack, was ist los?", rief Michelle erschrocken und blickte in Irmas Richtung.

„Guter Boy", sagte Irma und kniete sich auf den Boden. Der Hund wedelte mit dem ganzen Körper und leckte ihr freudig übers Gesicht. Seine Freude über das Wiedersehen schien wie eine Bombe in ihm zu explodieren. Er hechelte und leckte immer und immer wieder über jedes Stück Haut, das er erreichen konnte.

Irma hockte nun auf dem Boden und weinte. Weinte vor Freude, ihren treuen Begleiter wieder bei sich zu haben, weinte vor Erschöpfung, über die harten Wochen im Krankenhaus. Sie wurde regelrecht geschüttelt und Jack versuchte, ihr jede Träne vom Gesicht zu lecken.

Michael hatte den Tumult gehört und war neben Michelle auf die Veranda getreten. Er beobachtete die beiden und freute sich, dass sie wieder vereint waren.

Seit Irma weg war, hatte Jack lustlos und traurig gewirkt. Nur am Strand hatte er sich für ein paar Minuten dem Ballspiel hingeben können. Ansonsten war er bedrückt herumgelaufen und hatte viel geschlafen. Als könnte er so die Zeit besser ertragen.

Und nun hüpfte er um Irma herum und wirkte wie ein Welpe, der zum ersten Mal im Garten spielen darf.

Nach ein paar Minuten raffte sich Irma auf und versuchte, ihre Kleider in Ordnung zu bringen. Dann ging sie auf die Veranda und nahm dankbar das Taschentuch entgegen, das Michelle ihr lächelnd reichte.

„Ich werde mich erst mal etwas frisch machen", sagte Irma und schritt an den beiden vorbei ins Haus. Jack ließ sie keine Sekunde aus den Augen und trottete glücklich hinterher.

Im Badezimmer wusch sich Irma das Gesicht und Jack beobachtete jeden ihrer Handgriffe. Dann kämmte sie ihr Haar und schnäuzte sich geräuschvoll. Der Hund saß da und schien zu lächeln.

„Komm, Jack, lass uns nach draußen gehen", sagte sie und ging an ihm vorbei.

„Schön, dass du kommen konntest. Wie geht es dir?", fragte Michael und rückte ihr einen Sessel zurecht. „Darf ich dir eine Tasse Tee anbieten?"

„Gern, Michael, vielen Dank." Er war der Erste, der fragte, wie es ihr ging. Alle anderen erkundigten sich nur nach Robin.

Es rührte sie, dass er spürte, dass auch sie harte Wochen hinter sich hatte. Wieder einmal bewies er, dass er ein einfühlsamer Mann war.

Sie kraulte gedankenverloren Jacks Kopf, den er auf ihren Schoss gelegt hatte.

„Den Umständen entsprechend gut", sagte sie und fragte sich, warum sie log. Es ging ihr miserabel und sie fühlte sich ausgelaugt.

„Das wundert mich, es muss schwer gewesen sein, mit all den Operationen und dem ganzen Kummer."

Sie sah Michael mit erstaunten Augen an und dachte, dass er sie doch besser kannte, als sie gedacht hatte.

„Ja, es war … es ist hart", sagte sie bedrückt und nahm dankbar die Tasse entgegen. Jack schien im Sitzen eingeschlafen zu sein, sein schwerer Kopf wärmte ihre Oberschenkel. „Ich bin einfach froh, wenn wir wieder zu Hause sind. Mein Dad kümmert sich um den Umbau, damit der Rollstuhl überall hindurchpasst. Und es wird noch ein Treppenlift installiert, aber der kommt erst in zwei Wochen. Dann sollten wir schon zu Hause sein."

„Ein Rollstuhl?", warf Michelle schockiert ein und sah Irma irritiert an.

„Ja, aber wir hoffen, dass es nur vorübergehend ist. Seine Beine wurden beim Aufprall schwer verletzt. Damit alles gut verheilen kann, wird er die nächsten Monate im Rollstuhl sitzen müssen."

Irma trank einen Schluck Tee und war froh, dass sich das Gespräch nicht seltsam anfühlte. Im Gegenteil, sie spürte eine angenehme Verbundenheit mit den beiden. Vielleicht auch deshalb, weil sie wusste, dass sie bald wieder wegfliegen konnte.

„Robin möchte sich bei dir entschuldigen", fuhr Irma fort und blickte Michelle nun direkt in die Augen. „Es tut ihm unendlich leid, dass er dich in diese gefährliche Situation gebracht hatte. Er leidet und hofft, dass du ihm verzeihen kannst."

Michelle nickte und umklammerte ihre Tasse mit beiden Händen.

„Er hat sich immer und immer wieder gefragt, was passiert wäre, wenn du an seiner Stelle gestürzt wärst. Er wäre wohl daran zerbrochen."

Michael räusperte sich und sagte dann: „Richte ihm liebe Grüße und baldige Genesung von uns aus. Wenn wir irgendetwas für ihn, für dich oder für Jack tun können, sagt es uns einfach. Wir sind für euch da. Auch wenn wir nach Phili zurückkehren."

„Danke für das Angebot, aber das wird nicht nötig sein. Robins Kanzlei hat eine hervorragende Versicherung für solche Unfälle und kommt für sämtliche Kosten auf. Sogar für den Umbau des Hauses. Ich bin sehr dankbar, dass ihr euch so gut um Jack gekümmert habt!"

„Das war doch das Mindeste", sagte Michael und beobachtete den Labrador, der nun erschöpft nachgab und sich von Irmas Schoß auf den Boden gleiten ließ, den Kopf aber auf ihre Füße legte. Wahrscheinlich, um sicherzustellen, dass er ihren Aufbruch nicht verpasste.

„Ich habe mich in einem hübschen Hotel einquartiert und Hunde sind dort zum Glück willkommen", sagte Irma und trank ihre Tasse leer.

„Warum bezahlt die Kanzlei? Ich dachte, er hätte seinen Job geschmissen?", warf Michelle erstaunt ein.

„Nicht ganz. Die Firma wollte das Arbeitsverhältnis offiziell erst in einem Monat beenden, wegen Robins Nachfolge. Aber jetzt können sie den Vertrag natürlich nicht auflösen. Was Robin fast ein wenig amüsiert. Er wird noch für viele Monate, wenn nicht Jahre, eine großzügige Rente beziehen können. Vorausgesetzt, er kann nicht mehr arbeiten."

„Glaubst du, dass er Invalide bleibt?", fragte Michael direkt und sah, wie Irmas Wangen erröteten.

„Vom Verstand her sicher nicht, er kann schon wieder sehr gut meckern und den Krankenschwestern den Hof machen. Aber wie weit seine Motorik wieder hergestellt wird, das wissen wir einfach noch nicht. Zum Glück ist in seinem Beruf der Verstand wichtiger als die Beine. Deshalb könnte er natürlich auch wieder arbeiten, falls er im Rollstuhl bleiben müsste. Wir werden sehen", sagte Irma und erhob sich.

Sie spürte, dass es Zeit war, Abschied zu nehmen. Sie wollte gehen und sich auf ihre Zukunft konzentrieren.

Jack sprang zeitgleich auf die Füße und sah sie neugierig an. „Gehen wir nach Hause, Jack?", fragte Irma und der Labrador stellte seinen Kopf ein wenig schräg und wedelte leicht mit seiner Rute.

„Wir haben eure Sachen schon ins Haupthaus gebracht, ich hoffe, das ist okay für dich?", fragte Michael und reichte ihr Jacks Leine.

„Vielen Dank für alles", sagte Irma und ging die Treppe hinunter. Sie wollte keine peinliche Umarmung, sie wollte ein neutrales Ende.

Jack schien regelrecht an ihrem rechten Bein zu kleben, er wich keinen Zentimeter von ihrer Seite.

„Anthony wird dafür sorgen, dass eure Sachen beim nächsten Landgang einem Transportunternehmen übergeben werden", rief Michael und sah ihnen nach. Michelle nahm seine Hand und flüsterte: „Sie ist stark. Es fühlte sich in Ordnung an, oder?"

Er nickte und sah zu, wie sie hinter den Palmen verschwanden.

Emma legte die Beine auf den Sessel ihr gegenüber und nahm ein Buch in die Hand. Sie genoss die Pause und überlegte gerade, ob sie ein Nickerchen in ihrem Bett machen sollte, als Barbara auf die Veranda trat. Sie trug einen Krug Limonade und stellte ihn auf das Tischchen.

„Darf ich dir ein Glas anbieten?", fragte sie und machte bereits kehrt, um Gläser zu holen.

„Gerne, danke."

„Bitte sehr", sagte Barbara und reichte ihr ein Glas. Die Zitronenscheibe wirbelte darin herum. „Wie fühlst du dich? Soll ich dir die Füße massieren?"

Emma hob die Augenbrauen und fragte sich, ob das wirklich Barbara war, die jetzt geschickt einen Fuß in ihre Hände nahm und zu kneten begann.

„Oh", sagte Emma, die eigentlich ablehnen wollte. Sich nun aber rasch umentschied, ab dem angenehmen Druck. „Du bist ja richtig gut darin!"

Barbara nickte und knetete konzentriert weiter.

„Ich habe vor Jahren mal einen Kurs gemacht: Fußreflexzonenmassage. Das hat sogar richtig Spaß gemacht!", sagte sie und lächelte.

„Freust du dich auf eure Farm?"

„Und wie! Pietro hat schon alles genaustens geplant und wir werden dort glücklich sein."

„Du siehst jetzt schon glücklich aus", erwiderte Emma und streckte ihr den anderen Fuß hin. Barbara nickte und lächelte milde.

„Dieses Inseljahr war das Beste, was mir passieren konnte. Auch wenn ich mich anfänglich furchtbar angestellt habe."

„Wir sind doch alle auf dieser Welt, um uns weiterzuentwickeln. Besser spät als nie, kann ich nur sagen. Es freut mich, dass es dir gut getan hat. Auch für Justin war die Auszeit ein Segen. Er hat uns sogar ein Haus gekauft", sagte Emma feierlich und konnte es selbst kaum glauben.

„Wie schön für euch. Das wird bestimmt toll, wenn das Baby da ist!"

„Ja, das war wohl der ausschlaggebende Grund für ihn, sein geliebtes Loft zu verlassen. Na ja, er muss ja nicht ganz ausziehen. Er wird dort sein Büro einrichten, um in der Stadt noch ein Domizil zu haben. Und ich werde als erstes den Garten umgraben, damit ich mein Gemüse nicht im Supermarkt kaufen muss."

Barbara nickte und dachte an die bevorstehende Ernte. Sie würden ankommen und gleich loslegen müssen. Aber das machte ihr nichts aus, sie fühlte sich so ausgeruht wie noch nie in ihrem Leben.

„Vielleicht komme ich mal bei dir vorbei, um eine Kiste Äpfel zu kaufen", riss Emma sie aus ihren Gedanken.

„Gibt es hier eine kostenlose Massage?" Phoebe trat neben Barbara und schaute ihr über die Schulter.

„Noch nicht, sie hat noch mit meinen Füßen zu tun!", sagte Emma lachend und lehnte sich im Sessel zurück.

„Das wäre wirklich eine neue Geschäftsidee", sagte Barbara und überlegte. „Ich könnte mir ein Zimmer herrichten und im Winter, wenn wir auf der Farm nicht viel zu tun haben, Fußmassagen anbieten. Phoebe klatschte in die Hände und setzte sich.

„Das hättest du hier auf der Insel anbieten können! Dann hätte ich wenigstens auch etwas davon gehabt." Alle lachten und genossen die gelöste Stimmung.

„Ich musste erst zu mir selbst finden, meine innere Mitte erfahren, um die Energie für meine Gaben zu bekommen. Aber wenn du willst, verwöhne ich deine Füße jeden Tag bis zu meiner Abreise!"

„Dieses Angebot nehme ich sehr gerne an. Ich werde dich vermissen, liebe Barbara, jetzt erst recht", sagte Phoebe und wischte sich eine Träne weg.

Lucas trat auf die Terrasse, in einer Hand hielt er eine Espressotasse, mit der anderen schützte er sich vor der Sonne.

Der Hubschrauber flog weg und Irma würde nicht mehr wiederkommen, dachte er.

Er setzte sich auf die Bank im Schatten und sah den Abreisenden nach. Der Lärm verebbte allmählich und er dachte an Robin.

Gott sei Dank, er hatte überlebt! Auch wenn jetzt schwere Monate vor den beiden lagen, Irma hatte bewiesen, dass sie stark genug dafür war.

Lucas war jede Woche im Krankenhaus gewesen und hatte versucht, ihnen eine Stütze zu sein.

Auch wenn er den Eindruck hatte, dass Irma alles alleine machen wollte. Seine Versuche, mit ihr über ihre Gefühle zu sprechen, hatte sie immer vehement abgeblockt. Vielleicht war sie einfach noch nicht so weit, nach allem, was sie erlebt hatte.

Michelle und Michael schienen sich wiedergefunden und versöhnt zu haben. Er sah die beiden oft am Strand spazieren gehen. Michelle wirkte immer noch zerbrechlich, aber sie schien die Fürsorge ihres Mannes annehmen zu können.

In der Ferne sah Lucas die größte Insel und lächelte milde. Was hatte er dort alles erlebt, dachte er und trank genüsslich einen Schluck Kaffee.

Und auch hier lief nicht alles nach Plan. Aber so ist das Leben, dachte er und blickte zum Himmel. Es galt immer wieder Schwierigkeiten, Verletzungen und Unerwartetes zu überwinden. Trotzdem war Lucas der festen Überzeugung, dass Gott jedem nur so viel auflud, wie er auch tragen konnte.

„Hier bist du!", riss Tina ihn aus seinen Gedanken über das Leben und setzte sich lächelnd neben ihn. Ihr Haar war streng zu einem Dutt hochgesteckt und sie wirkte wieder wie eine echte Business Frau.

„Hallo, Liebes, wie schön, dass du mir Gesellschaft leistest", sagte Lucas und musterte sie zufrieden.

Sie schien sich gut erholt zu haben, zumindest äußerlich. Ihre Schönheit strahlte wieder von innen.

„Ich kann echt eine Pause gebrauchen. Die Bewerbungen für die dritte Insel haben es in sich. Manchmal habe ich das Gefühl, dass ich meine gute Menschenkenntnis verloren habe."

„Ach was! Du hast eine gute Seele. Aber jeder Mensch hat Seiten, die nur er kennt, wenn überhaupt ... und natürlich Gott!"

„Ich dachte wirklich, dass es auf *Hillarya* ruhiger und gemütlicher wird."

„Nun, ich finde es hier sehr gemütlich, besonders, seit ich bei euch im Haupthaus wohne!"

„Haha, das kann ich mir gut vorstellen. Ich würde behaupten, das liegt vor allem an der Kaffeemaschine und weniger an uns!"

„Wo denkst du hin! Ich schätze eure Gesellschaft sehr. ihr seid meine neue Familie ... gut, die Kaffeemaschine ist auch nicht schlecht", erwiderte Lucas lächelnd.

„Hast du es gut verkraftet, dass du mit Anna keine Kinder bekommen hast?" Die Ernsthaftigkeit in Tinas Stimme ließ Lucas' Lachen im Keim ersticken.

Er blickte nachdenklich auf den Horizont und hatte eigentlich keine Lust, dieses schmerzhafte Kapitel seines Lebens nach außen zu stülpen. Aber er spürte, dass sie nach Antworten suchte.

„Die Zeit heilt Wunden ... nicht alle ... und nicht bei jedem gleich schnell. Aber ich kann hier und heute mit gutem Gewissen sagen, dass ich mit einem glücklichen, mit einem zufriedenen Leben gesegnet bin."

Tina nickte und betrachtete sein Profil. Seine Wangen schienen an Fülle verloren zu haben, und sie bemerkte, dass ein verwandelter Lucas neben ihr saß.

„Hast du abgenommen?", sagte sie erstaunt und fragte sich, wie lange er schon auf Diät war.

„Endlich siehst du es!", rief er erleichtert und sprang leichtfüßig auf. Er drehte sich strahlend um die eigene Achse und fuhr sich elegant mit den Händen über den Körper, was albern aussah, aber zu Lucas passte.

Tatsächlich war sein Bauch wie von Zauberhand verschwunden und er wirkte agiler und fitter.

„Wow!", sagte sie und lächelte ihn anerkennend an.

„Vierzig Pfund! Und wenn es weitergeht, kommen noch zehn dazu, äh … natürlich weg!"

„Das ist ja toll! Wie hast du das geschafft?"

„Selbstbeherrschung und eiserne Disziplin! Und die gesunde Küche von Emma, … und das anstrengende Schwimmtraining mit Thomas. Ich hätte nicht gedacht, dass ich das in meinem Alter noch schaffe!"

„Fällt dir der Verzicht schwer?"

„Jetzt nicht mehr so sehr. Aber am Anfang dachte ich, ich sterbe vor Muskelkater", sagte er schmunzelnd. „Und da ich Ottilia nur einmal die Woche besuche, vertrage ich Gott sei Dank auch den einen oder anderen Nachtisch."

„Das nächste Mal begleite ich dich! Dann hoffe ich, dass sie uns ein Tiramisu zubereitet. Ich liebe Tiramisu!"

„Das wird sie!", sagte Lucas und zückte sein Smartphone aus der Gesäßtasche.

Tina sah zu, wie er eine kurze Nachricht tippte und dann lächelnd aufblickte.

„Ein weiterer Vorteil, wenn man zum Team gehört. Ich kann jederzeit mit meiner Liebsten telefonieren", sagte er und steckte sein Telefon zufrieden wieder ein.

Tina ging lachend zurück ins Büro.

Das Licht flackerte und Robin kniff genervt die Augen zusammen. Obwohl es sich um eine Privatstation handelte, schien der Hausmeister unauffindbar zu sein.

Es klopfte, die Tür wurde aufgestoßen und eine füllige Mittfünfzigerin mit leuchtend rot gefärbten Haaren betrat den Raum.

„Guten Abend Mister Newton, hat es Ihnen geschmeckt?", fragte sie und wartete keine Antwort ab, sondern räumte geschäftig das Geschirr auf einen Wagen.

Robin beobachtete sie und fragte sich, ob sie in jedem Zimmer die gleiche Floskel hinausposaunte. Immerhin hatte sie sich seinen Namen gemerkt. Was womöglich an den vielen Reklamationen lag, die er über die Wochen verteilt bei ihr platzierte.

Bei Ines wollte er nicht meckern. Sie war eine Augenweide, eine Schwedin, wie sie im Buche stand: groß, schlank, lange blonde Haare und dann diese blauen Augen! Die weiße Schwesternkluft unterstrich ihre Schönheit noch, obwohl Robin sie lieber in einem kurzen Rock gesehen hätte als in der langen, gestärkten Hose.

„Brauchen Sie noch etwas?", riss Schwester Angela ihn aus seinen träumerischen Gedanken.

„Ja! Könnten Sie den Hausmeister vorbeischicken? Die Lampe flackert immer noch! Es scheint nicht an der Lichtröhre zu liegen, vielleicht ist der Starter defekt", sagte Robin altklug, als ob er sich mit solchen Dingen auskannte. Er verschwieg der Schwester, dass diese Theorie vom Hausmeister selbst stammte, als er am Morgen die Lichtröhre ausgewechselt hatte.

Schwester Angela hob die Augenbrauen und antwortete: „Tut mir leid, Mister Newton. Der Hausmeister kommt erst morgen um acht. Und da es sich nicht um einen Notfall handelt, müssen Sie sich bis dahin gedulden. Es ist sowieso bald Schlafenszeit, ... in diesem Sinne, gute Nacht."

Schnell schob sie den Geschirrwagen hinaus, als ob sie weitere Beschwerden befürchtete.

Robin schluckte einen bösen Kommentar hinunter. Schließlich war er auf ihre Hilfe angewiesen, denn ohne sie konnte er nicht einmal auf die Toilette gehen.

Er starrte an die Decke und griff nach seinem Smartphone. Es war erst halb acht und er schnaufte laut.

Gut, dass er ein Einzelzimmer hatte. Nicht auszudenken, wenn er einen schnarchenden oder würgenden Bettnachbarn hätte!

Schlafen konnte er definitiv noch nicht, also tippte er auf seinem Handy herum und scrollte durch die Nachrichten.

Irma hatte ihm gefühlte hundert Fotos von sich und Jack geschickt: Jack am Strand, Jack auf Entenjagd, Jack auf dem Sofa und ein Teller Spaghetti Carbonara.

Wenigstens war das Essen in diesem Laden angemessen. Heute gab es ein saftiges Rinderfilet mit einem exzellentem Kartoffelgratin.

Augenblicklich lief ihm das Wasser im Mund zusammen und er griff in die oberste Schublade seines Nachttisches.

Er kramte darin herum und beförderte eine rote Packung Pralinen heraus. Die hatte er von Ottilia bekommen.

Irma hatte ihm eine lange Geschichte dazu erzählt, aber er erinnerte sich nur noch daran, dass ein Verwandter von Ottilia in der Schweiz Urlaub gemacht hatte und ihr diese Süßigkeit mitgebracht hatte.

Er rollte das Papier andächtig auf und steckte sich die braune Kugel feierlich in den Mund.

Seine Stimmung besserte sich augenblicklich und er entspannte sich. Zwei Kugeln für jeden Tag, dachte er und legte eine weitere parat.

Er wollte nicht, dass man ihn als Fettsack aus dem Krankenhaus rollte.

Zum Glück hatte er bereits einen erfahrenen Therapeuten an seiner Seite. Dank des professionellen Trainings und seiner eisernen Disziplin wurde sein Oberkörper von Mal zu Mal kräftiger.

In ein paar Tagen, so hoffte er, würde er das Krankenhaus verlassen können. Am liebsten hätte er kleine Striche in die Wand geritzt.

Er spürte eine ungeahnte Sehnsucht nach Irma, nach Jack, nach seinem Zuhause.

Er stopfte sich die zweite Kugel in den Mund und schloss die Schublade wieder.

Nie im Leben hätte er gedacht, dass er einen Hund so vermissen würde.

Irma kam ihn jeden Tag besuchen, was er sehr schätzte, aber leider durfte Jack sie nicht begleiten. Eine dumme Regel, dachte er und biss auf die Kugel. Der weiche Schokoladenkern füllte seinen Mund und Robin schluckte genüsslich.

Er würde Ottilia eine Karte schreiben und sich bei ihr bedanken. Sie ahnte wahrscheinlich nicht, wie sehr er sich jeden Tag auf diese zwei kleinen Kugeln freute. Er sparte sie bis zum Abend auf, sozusagen als Belohnung.

War das der Sinn des Lebens, schoss es ihm durch den Kopf. Sich auf die kleinen, unscheinbaren Dinge zu konzentrieren und dafür dankbar zu sein?

Er drückte auf den Lichtschalter und entspannte sich. Ohne das Flackern konnte er besser nachdenken.

Zum Glück war sein Kopf beim Absturz heil geblieben. Er konnte sich an nichts, an rein gar nichts erinnern. Nicht einmal daran, dass er mit Michelle unterwegs gewesen war, nicht einmal an den Sturm.

Er hatte einen totalen Filmriss und man hatte ihm erzählen müssen, was passiert war.

Der Klippenweg war bis auf weiteres gesperrt worden. Es hatte sich ein beachtlicher Brocken gelöst. Wahrscheinlich war der Fels vom vielen Regen unterspült worden. Nicht auszudenken, wenn Michelle dort abgestürzt wäre.

Robin blickte aus dem Fenster und dachte an seine kurzzeitige Geliebte. Er besaß nicht einmal ihre Telefonnummer.

War sie schon in Philadelphia? Er hatte es nicht gewagt, Irma zu fragen.

Er rechnete es Irma hoch an, dass sie ihm treu zur Seite stand. Sie hätte ihn auch seinem Schicksal überlassen können, so egoistisch, wie er sich in den letzten Monaten ihr, allen gegenüber verhalten hatte.

Er war ihr zutiefst dankbar, dass sie jeden Tag kam, dass sie sich eine Zukunft mit ihm vorstellen konnte. Sie kümmerte sich sogar um den Umbau.

Und trotzdem hätte er sich gerne bei Michelle persönlich entschuldigt, sich von ihr verabschiedet und sie ein letztes Mal in den Arm genommen. Auch wenn sie für ihn nur ein Flirt, ein Abenteuer gewesen war, mochte er sie.

Er hoffte, dass sie mit Michael glücklich die Ehe fortsetzen konnte. Er war ein guter Kerl, auf seine Art. Und er war so nett gewesen, sich um Jack zu kümmern.

Irma erwähnte ihn zum Glück nie, ansonsten hätte er sich zu viele Gedanken gemacht.

Die Sonne verschwand hinter dem Nachbargebäude und Robin sah auf die Uhr. Nur noch fünf Mal schlafen, hoffentlich, dachte er und schloss die Augen.

15. NEUES LEBEN

Der Lieferwagen drosselte das Tempo und Emma hielt sich den Bauch. Er war jetzt sehr groß und sie fühlte sich wie eine Kugel.

Justin schaute seitlich aus dem Fenster und strich nervös über ihr Bein.

„Noch dreißig Minuten", sagte der Fahrer neben Emma überflüssigerweise, denn das Navigationsgerät prangte direkt vor ihr, und sie sah die genaue Ankunftszeit und die noch zu fahrenden Meilen.

„Es wird dir gefallen", flüsterte Justin und sah sie aufgeregt an. „Hoffentlich haben sie die richtige Tapete fürs Kinderzimmer genommen!"

Emma lächelte und fuhr ihm mit der Hand über den Dreitagebart.

„Und wenn nicht, wird sich der kleine Robert auch in einem lila Zimmer wohlfühlen."

„Auf keinen Fall!", rief Justin und sah seine Frau entsetzt an. „Wir haben ein wunderschönes Lindengrün für unseren Sohn ausgesucht!"

„Hattest du als Kind ein hellblaues Zimmer?", fragte sie und sah ihn milde lächelnd an.

Augenblicklich verdüsterte sich seine Stimmung und er sah sie nachdenklich an.

„Du hast recht. Egal welche Tapete, unser Baby wird dort glücklich sein", sagte er und blickte geradeaus auf die Straße.

Er dachte an die schäbigen Absteigen, in denen er mit seiner Mutter gewohnt hatte, und daran, dass er nie ein eigenes Zimmer gehabt hatte. Das Sofa hatte seiner Mutter und ihm nachts als Schlafstätte dienen müssen. Und dass es so etwas wie Innenarchitekten oder ausgeklügelte Farbkonzepte gibt, davon hatte er bis vor wenigen Jahren keine Ahnung.

Ihr Traumhaus stammte aus den zwanziger Jahren, und Emma hatte sich auf Anhieb in die vielen Holzverzierungen und den imposanten Turm verliebt.

Leider war das Haus in keinem guten Zustand gewesen, was den Preis nach unten gedrückt hatte.

Zum Glück hatte Tom ihnen eine hervorragende Handwerkertruppe vermittelt, und nun war das Schmuckstück bezugsbereit. Gerade noch rechtzeitig zur Geburt seines Sohnes.

„Es wird uns dort gefallen, Justin. Solange wir drei zusammen sind, das ist die Hauptsache."

Er nickte und hielt ihre Hand fest.

Die bevorstehende Geburt machte ihn ebenfalls nervös. Zum Glück blieb Emma ruhig. Sie holte ihn immer wieder auf den Boden der Realität zurück, und das schätzte er besonders an ihr.

Trotz seines Reichtums würde er nie vergessen, woher er kam und was er an ihr hatte.

Der Wagen fuhr eine prächtige Allee entlang und Justin staunte über die feudale Nachbarschaft.

Links und rechts der Straße reihte sich ein Traumhaus an das andere, auf beiden Seiten gab es großzügige Gehwege, die Baumreihen umrahmten das Bild perfekt.

Es sah aus wie in einem kitschigen Film, und als der Wagen in eine breite, frisch gepflasterte Einfahrt fuhr, stand Justin der Mund offen.

Das satte Blau und die leuchtend rote Tür ließen das Haus im viktorianischen Stil richtiggehend erstrahlen.

Emma blickte ungläubig zu Justin und dann zum Fahrer.

„Wir sind da! Soll ich die Kisten ausladen, oder bekomme ich erst einen Kaffee?"

Justin nickte nur und öffnete die Wagentür. Er half Emma beim Aussteigen und hielt sie fest an der Hand.

„Das sieht so anders aus, … so wunderschön", stammelte sie und ging ein paar Schritte auf das Haus zu. Justin hielt sie fest und staunte ebenfalls.

„Mensch, ich hatte ja keine Ahnung, was ein bisschen Farbe daraus machen könnte!"

„Es war wohl einiges mehr notwendig als nur etwas Farbe!", rief eine tiefe Stimme, und ein breit gebauter Mann in den Vierzigern trat aus der Garage. Er trug eine Mütze und auf seinem Shirt klebten noch Holzspäne.

„Guten Tag Mrs Stokes, Mr Stokes. Ich bin Andy und das hier ist Ihr neues Zuhause", sagte er und machte mit einem Arm eine einladende Bewegung.

Emma spürte, wie Justin die Namensverwechslung korrigieren wollte, hielt ihn aber fest am Arm und schüttelte leicht den Kopf.

„Ich muss noch ein paar Schnitzereien an der Rückseite ausbessern, aber der Innenausbau ist abgeschlossen. Das Babyzimmer erstrahlt in einem wunderschönen Lila", sagte er und zeigte zufrieden auf Emmas Bauch.

Als er Justins entsetzten Gesichtsausdruck sah, lachte er laut heraus. „Nein, nein, keine Sorge, Mr Stokes, Tom hat mir versichert, dass Sie einen Jungen erwarten. Das Grün passt perfekt zu den bereits gelieferten Möbeln. Yvonne hat sich erlaubt, Ihnen ein Geschenk zum Einzug zu machen."

Emma nickte und ging an Andy vorbei auf die Veranda. Diese verlieh dem Haus einen überdachten, gemütlichen Ankunftsbereich, und das weiß gestrichene Sprossengeländer wirkte sehr elegant. Sie nahm Justins Hand und zog ihn zu der roten Tür.

„Darf ich?", fragte er und wollte sie hochheben, doch sie schüttelte energisch den Kopf und drückte seine Hand noch fester.

„Nicht in meinem Zustand! Oder willst du, dass unser Kind hier auf der Veranda zur Welt kommt? Wir sind doch ein modernes Paar, da brauchen wir diese alten Bräuche nicht!", sagte sie bestimmt und drehte entschlossen den Türknauf.

Neugierig trat sie in die Diele und traute ihren Augen nicht. Der frisch lackierte, helle Holzboden spiegelte das Sonnenlicht und die weiße Treppe ragte prominent gegenüber der Tür empor. Rechts luden ein paar Polstermöbel, raffiniert in einem großzügigen Erker platziert, zum Verweilen ein.

Justin pfiff und sah sich überwältigt um. Er ging ein paar Schritte nach links und betrat das zweite Erkerzimmer. Sein Schreibtisch stand in der Mitte und so hatte man einen wunderbaren Blick auf die Veranda und die Einfahrt.

„Da kannst du uns beim Spielen draußen zusehen, während du arbeitest", sagte Emma zärtlich.

„Mein Gott, das ist so unwirklich! Ich kann gar nicht glauben, dass das alles uns gehört."

„Komm, lass uns in die Küche gehen."

Justin folgte Emma in den nächsten Raum. Ein riesiges Wohnzimmer mit einem gigantischen Fernseher an der Wand. Er musste grinsen und freute sich schon auf gemütliche Filmabende mit seiner Frau. Er würde wohl nie mehr ins Kino gehen, dachte er und lächelte glücklich.

„Schau mal, die Küchenarbeitsplatte!", rief Emma und Justin bog um die Ecke. Seine Frau strahlte vor Glück und strich mit beiden Händen über das massive Holz. „Ist das nicht traumhaft schön?", fragte sie und drehte sich dann langsam im Kreis.

Justin nickte und überlegte, wie viele Erker dieses Haus hatte. Neben der Küche stand ein kleiner runder Frühstückstisch mit vier Stühlen. Da dieser Erker fünf Fenster hatte, war der Blick in den Garten fantastisch.

Die Lichtverhältnisse waren unglaublich und Justin starrte auf eine alte Eiche hinter dem Haus. Dort werde ich eine Schaukel für meinen Sohn montieren, dachte er und spürte Emmas Hand an seiner Taille.

„Ich hätte nicht gedacht, dass man aus einer alten Bruchbude so etwas zaubern kann", sagte sie andächtig und schmiegte sich an ihn.

„Ich auch nicht. Und ich bin froh, dass wir nichts Neues gebaut haben. Sieh dir die mächtigen Bäume da hinten an ... einfach wunderschön!"

Emma nickte und schritt zur Terrassentür. Die frische Luft vermischte sich mit der farbgeschwängerten Innenluft, und Justin fragte: „Wie viele dieser tollen Erker hat das Haus eigentlich? Ich habe wohl den Überblick verloren."

„Vier im Erdgeschoss: Im Salon, im Arbeitszimmer, in der Frühstücksecke und im Speisezimmer. Dann noch drei im Obergeschoss: In den beiden Kinderzimmern und in unserem Badezimmer. Dort sollte die Badewanne stehen."

„Komm, lass uns nach oben gehen", sagte Justin und zog Emma zurück ins Haus. Sie ließ die Terrassentür offen und folgte ihm.

Jetzt hatte er ein eigenes Haus, ein richtiges Zuhause mit einer wunderbaren Frau, und bald würden sie ihr Kind darin aufwachsen sehen.

Justin konnte sein Glück kaum fassen. Eine nie gekannte Ruhe überkam ihn und er stieg dankbar die Treppe hinauf.

Michael machte sich Sorgen und lenkte seinen Pickup auf den Parkplatz vor der Klinik. Seit ihrer Rückkehr ging es Michelle immer schlechter und er war sich sicher, dass sie irgendeinen Virus von der Insel mitgebracht hatte.

Er löste ein Ticket und eilte zum Eingang. Im Besucherraum sah er sich um und stellte fest, dass sie wohl noch im Behandlungsraum sein musste.

Er überlegte, ob er am Empfang nach ihr fragen sollte, entschied sich aber dagegen und suchte sich einen Platz im hinteren Teil. Die Menschen um ihn herum nahm er nur verschwommen wahr.

Was werden die Ärzte wohl herausfinden, dachte er, als sich die Schiebetüre öffnete und Michelle heraustrat.

Sie wirkte verloren und blickte sich um. Ihre Augen schienen gerötet zu sein, und Michael spürte einen unangenehmen Druck in seinem Bauch.

War sie ernsthaft krank? Hatte sie Krebs? Er sprang vom Stuhl auf und lief eilig auf sie zu.

Sie warf sich ihm in die Arme und begann zu schluchzen. Er drückte sie an sich und spürte, wie auch ihm die Tränen in die Augen schossen.

„Liebling, was ist los?", fragte er leise und führte sie behutsam aus dem Krankenhaus.

Draußen wehte ein leichter Wind und sie strich sich übers Gesicht. Er führte sie zu einer Parkbank und setzte sich neben sie.

„Ich bin schwanger", sagte sie geradeheraus, und er versuchte zu verstehen, was sie damit meinte.

Sie blickte niedergeschlagen zu Boden und knetete ihre Hände in ihrem Schoß. „Ich erwarte ein Kind … von Robin", fügte sie hinzu und schluckte fest.

Michael versuchte, diese Information zu begreifen. Schwanger? Von Robin? Das konnte nicht sein! Dann müsste sie schon weit fortgeschritten sein. Man sah doch nichts, dachte er und bemerkte, dass er sie schon seit Wochen nicht mehr nackt gesehen hatte.

Da es ihr immer schlecht gegangen war, hatte sie sich oft im Schlafzimmer aufgehalten, und er war auf das Gästezimmer ausgewichen, um ihr genügend Raum und Zeit zur Genesung zu geben.

„Es tut mir so leid, Michael", riss sie ihn aus seinen Gedanken und schnäuzte sich. „Es tut mir so leid."

„Gut, dass du keinen Krebs hast", sagte er leise.

Sie sah ihn irritiert an. „Ich dachte schon, du wärst ernsthaft krank. Aber ein Kind ist ein Segen."

„Es ist nicht von dir, es ist von Robin, verstehst du?", sagte sie behutsam und sah ihn mit ihren rehbraunen, verweinten Augen an.

„Jetzt ist es unser Kind. Ich werde der Vater sein."

„Bist du sicher?", hakte sie nach und musterte ihn.

„Ja. Wie weit bist du?"

„In der sechzehnten Woche. Bald soll es mir besser gehen, hat die Ärztin gesagt."

„Gut, dann gehen wir jetzt nach Hause und überlegen, wie wir das Kinderzimmer einrichten", sagte er und erhob sich.

Michelle blieb sitzen und erwiderte: „Wir haben doch gar kein Kinderzimmer!"

„Jetzt schon! Wir räumen das Gästezimmer aus. Es wird höchste Zeit, dass wir wieder zusammen in einem Bett schlafen. Schließlich soll sich das Baby an meine Stimme gewöhnen", sagte er und zog sie auf die Füße.

Sie spürte, wie eine Welle der Erleichterung sie durchströmte, und nahm dankbar seine Hand.

Das Leben konnte ungewöhnliche Wendungen nehmen, dachte sie und lief neben Michael zum Wagen. Er lächelte sie an und drückte ihre Hand.

Der Hubschrauber schien sich in Position zu bringen und verlor langsam an Höhe. Am liebsten hätte er den Flug sitzend absolviert, dann hätte er seine Nachbarschaft aus luftiger Höhe auskundschaften können. Aber sein Arzt hatte darauf bestanden, dass der Patient liegend transportiert wird.

Nun lag Robin angeschnallt auf einer harten Liege und starrte an die Decke.

Irma war einfach großartig! Sie kümmerte sich liebevoll um ihn und achtete auf die kleinsten Details. Sie blühte mit jeder neuen Herausforderung auf und er war dankbar, dass sie sein Schicksal so gefasst ertrug.

Der Hubschrauber setzte auf und die Rotoren drehten aus. Die Tür wurde aufgeschoben und Robin konnte nun Jacks aufgeregtes Bellen hören.

Anscheinend war er mit diesem außergewöhnlichen Besucher nicht einverstanden, dachte Robin und grinste.

„Alles in Ordnung, Mister Newton?", fragte ein Pfleger und löste die Gurte. Robin nickte und atmete auf; endlich zu Hause.

Der Rollstuhl stand bereit, und zu zweit hoben sie ihn von der Trage. Er spürte, wie alles schwarz wurde und Panik um ihn herum aufstieg.

In der Ferne hörte er Irma schimpfen, und im nächsten Moment spürte er etwas Warmes, Feuchtes an seiner Hand.

Jack leckte ihn energisch ab und konnte sein Glück kaum fassen.

„Sie sind wieder da, das freut uns", sagte eine unbekannte Stimme.

„Willkommen zu Hause", sagte Irma und ihre Wangen glühten. Sie lächelte und er konnte ihre schiefen, süßen Vorderzähne sehen. Glücklich lächelte er zurück und streichelte über Jacks Kopf.

Er versuchte sich vorzustellen, dass er der Präsident war, der galant mit dem Hubschrauber in seinem Garten abgesetzt wurde. Aber es war nicht das Weiße Haus, das ihn erwartete, sondern sein Zuhause.

Eine Welle der Erleichterung überkam ihn und er atmete tief durch. Der Pfleger schob ihn über den frisch gemähten Rasen, und Jack hüpfte aufgeregt neben ihm her. Robin sog die frische Luft ein und war einfach zutiefst dankbar, endlich wieder zu Hause zu sein.

„Guter Boy", sagte er und beobachtete, wie Jack seinen Ball holte und ihm übergab.

Robin warf den Ball und Irma lächelte ihn an. Jetzt waren sie wieder vereint, dachte er und ergriff ihre Hand.

„Bene, Ottilia, ... molto bene." Lucas nickte und hielt sich sein Smartphone ans Ohr. „Ti amo, ... grazie mille, mio bellina. Grazie Ottilia, ciao, ciao, pecca, ciao."

Er steckte das Handy in seine Gesäßtasche und wollte zum Tisch schreiten, hielt aber inne, als er sah, dass ihn alle mit großen Augen anstarrten.

„Sprichst du jetzt schon Italienisch? In so kurzer Zeit?", fragte Anthony und sah ihn ungläubig an.

Lucas schüttelte lächelnd den Kopf und setzte sich zu seinem Team.

„Wo denkst du hin. Ich kann lediglich ein paar Brocken. Und die wiederhole ich so lange, bis ich fast selbst glaube, die Sprache zu beherrschen."

Die anderen lachten und Tina steckte sich ihr Haar zu einem Dutt zusammen.

„Und möchtest du nicht Italienisch lernen?", warf Yvonne ein.

„Das muss ich wohl oder übel. Denn Ottilia vergisst manchmal, dass ich nicht gerade viel verstehe. Wenn ich meine wenigen Worte benutze, ist es schon vorgekommen, dass sie mir ganz selbstverständlich eine Geschichte in ihrer Muttersprache erzählte. Bis sie gemerkt hat, dass ich kein Wort verstehe."

„Eine Fremdsprache zu lernen, ... und dann auch noch in deinem Alter, ist eine ausgezeichnete Idee!", sagte Tom und verteilte die Papiere.

„In meinem Alter?", rief Lucas und hob gespielt pikiert die Augenbrauen.

„Wir werden alle nicht jünger, mein Freund. Aber nun sollten wir uns auf die Arbeit konzentrieren."

Wie auf Kommando setzten sich alle aufrechter hin und Tom hatte die volle Aufmerksamkeit.

„Wie ihr wisst, werden wir die dritte Insel ganz anders gestalten. Das habe ich … wir, natürlich zusammen mit meiner lieben Yvonne, aus einem ganz bestimmten Grund beschlossen", sagte er und genoss es, dass alle an seinen Lippen hingen. „Schon auf *Harmonya* und nun leider auch auf *Hillarya* haben wir festgestellt, dass das süße Nichtstun einige Insulaner auf Abwege führt. Ich hätte nicht gedacht, dass die sexuellen Entgleisungen derart hemmungslos sind, … auf beiden Inseln. Nun denke ich, dass wir die Bewohner einfach besser beschäftigen müssen."

Anthony nickte zustimmend und griff nach einem Sandwich. Yvonne blickte etwas bedrückt auf die Papiere in ihren Händen.

„Und deshalb müssen die Neuankömmlinge ihre Hütten selbst bauen. Da bleibt dann hoffentlich keine überschüssige Energie übrig, um sich wie in einem Freudenhaus zu benehmen."

„Wie im Luko, meinst du wohl", korrigierte ihn Lucas und flüsterte: „Gott hab ihn selig."

Alle starrten jetzt den Pastor erschrocken an, und in diesem Moment wurde ihm bewusst, was er gesagt hatte.

Lucas strich sich verlegen über die Glatze und suchte fieberhaft nach einer Ausrede, aber Anthony packte ihn am Arm.

„Ist er tot?", schrie er und legte das angebissene Brot auf den Tisch. „Ist Kim tot?", wiederholte er laut.

Lucas sah alle nacheinander ernst an und nickte dann.

„Oh mein Gott", flüsterte Yvonne und griff sich an die Brust.

„Seit wann?", mischte sich Tom ein und fixierte Lucas. Tinas Augen waren weit aufgerissen.

„Schon seit einiger Zeit, muss ich gestehen. Ich wollte es euch sagen, aber dann habe ich George versprochen, dass es niemand erfährt."

„Er hat ihn umgebracht! George Green hat ihn umgebracht!", schrie Anthony und sprang abrupt auf. „Dieser Mistkerl hatte kein Recht dazu!"

„Nein, nein, das ist nicht wahr!", sagte Lucas und versuchte ruhig zu bleiben. „George Green hat damit nichts, rein gar nichts zu tun, das schwöre ich bei Gott!"

„Blödsinn! Du warst wahrscheinlich nicht mal in der Nähe und glaubst diesem gehörnten Ehemann alles, was er dir auftischt!"

„Tony, bitte setz dich wieder. Ich werde euch genau erzählen, was passiert ist", sagte Lucas und deutete auf den leeren Stuhl.

Mit einem lauten Schnaufen setzte sich Anthony und ballte die Hände zu Fäusten.

Lucas erzählte ihnen die ganze Geschichte. Fassungslos saßen sie da, keiner konnte glauben, dass ein Unfall ihren ehemaligen Teamkollegen mitten aus dem Leben gerissen hatte.

Tom hielt Yvonnes Hand und fragte sich, ob es eine Strafe Gottes war, dass dieser aktive junge Mann nicht mehr lebte. Er dachte an die Turbulenzen auf *Harmonya* und dann fiel ihm ein, dass Kim einmal mit seiner jüngsten Tochter liiert gewesen war. Es schien eine Ewigkeit her zu sein und er beschloss instinktiv, Josephine nichts davon zu erzählen.

Wozu auch, dachte er und hatte augenblicklich Verständnis für Lucas Handeln.

„Danke, dass du es uns gesagt hast", flüsterte Tina und schnäuzte sich geräuschvoll. „Ich habe es einfach nicht verstanden, warum er nicht zu unserer Hochzeit gekommen ist. Ich hatte die Befürchtung, dass er uns nicht wirklich liebt. Aber jetzt habe ich Gewissheit ... er wäre gekommen", sagte sie mit erstickter Stimme.

Anthony nickte und legte seinen Arm um ihre zierlichen Schultern.

„Ab jetzt gibt es keine Geheimnisse mehr", sagte Tom und fügte hinzu: „Ich bin sehr froh, dass das Team wieder komplett ist, denn es wird eine aufregende Zeit auf uns zukommen, das kann ich euch garantieren!"

16. ZUKUNFTSMUSIK

Irma wendete den Wagen und winkte Jordan zum Abschied zu. Sie fädelte sich geschickt in den abendlichen Verkehr ein.

Die Sonne warf lange Schatten auf die Straße und sie griff nach ihrer Sonnenbrille. Zufrieden klopfte sie auf das Lenkrad und fixierte die rote Ampel.

Ihre Gedanken schweiften zu den vielen motivierten Jugendlichen und ein Lächeln huschte über ihr Gesicht. Diese Arbeit tat ihr einfach gut und sie fühlte eine große Dankbarkeit, wieder in ihrem gewohnten Leben zu sein.

Das Inselabenteuer schien weit weg zu sein und sie dachte nur noch selten daran.

Ihr Engagement im Gemeindezentrum gab ihr wieder das befriedigende Gefühl, etwas Sinnvolles zu tun, und erst auf der Insel hatte sie gemerkt, wie wichtig ihr diese Arbeit war.

Robin zog sie manchmal auf, weil sie keinen Cent verdiente. Aber das war ihr egal. Sie hatte genug Erspartes, beziehungsweise geerbtes Geld. Und dank Robins Rente ging es ihnen ausgezeichnet, zumindest finanziell.

Leider stagnierte seine Genesung seit Wochen und er saß immer noch im Rollstuhl.

Was Irma jedoch viel mehr zu schaffen machte, war sein psychischer Zustand. Robin litt sehr darunter, an den Rollstuhl gefesselt zu sein, was sich immer öfter in lauten Wutausbrüchen entlud. Sein Jähzorn schien unberechenbar von ihm Besitz zu ergreifen, und Irma war froh, dass sie nicht mehr so oft zu Hause war.

Sie hatte ihn überreden wollen, wieder als Anwalt in die Kanzlei zurückzukehren, aber er hatte sich vehement geweigert. Er wolle dieses falsche Gesindel nie mehr sehen. Er brauche ihr Mitleid nicht.

Sie raste über den Highway und fragte sich, wie die Stimmung zu Hause wohl war. Dieses Auf und Ab der Gefühle machte ihr allmählich zu schaffen.

Gerade deshalb liebte sie ihr Engagement im Gemeindezentrum und war froh, ihre Familie in der Nähe zu haben.

So verbrachte sie viele Stunden außer Haus, sei es beim Coachen der Teenager, beim Kaffeetrinken mit ihren Schwestern oder beim Lunch mit ihrem Vater.

Dazu genoss sie die langen Spaziergänge mit Jack, bei denen sie Ruhe fand und in der Natur neue Energie tanken konnte.

Der Weg nach Hause schien immer kürzer zu werden, und so bog sie in die breite Einfahrt ihres Hauses ein. Als sie aus dem Wagen stieg, hörte sie Jack bellen.

Er wartete schon im Hauswirtschaftsraum auf sie.

„Braver Boy", sagte sie und kraulte ihm den Kopf. Er hechelte zufrieden und genoss die Aufmerksamkeit. „Hallo, ich bin zu Hause", rief sie ins Haus und streifte ihre Schuhe ab. Keine Antwort ist gut, dachte sie und stellte ihre Handtasche auf die Küchenablage.

Trotzdem beschlich sie ein ungutes Gefühl und sie ging leise ins Wohnzimmer.

Dort lief der Fernseher und Robin schlief auf dem Sofa. Sie sah auf ihren Mann hinab und wusste nicht, ob sie wütend oder traurig sein sollte.

Leere Bierdosen, Medikamente und eine offene Chipstüte lagen auf dem Tisch. Als sie sich entfernen wollte, fegte Jack fröhlich die Bierdosen vom Tisch und Robin wachte auf.

„Auch schon da?", fragte er mürrisch und rieb sich die Augen.

„Ja, hallo Robin. Soll ich dir etwas zu essen machen? Es ist bereits neunzehn Uhr."

„Keinen Appetit!"

„Kein Wunder, wenn du dich mit Bier volllaufen lässt und dieses eklige Zeug isst", sagte sie und griff nach der Chipstüte. „Und du solltest diese Dinger nicht auf Jacks Höhe liegen lassen. Das könnte tödlich für ihn sein, das ganze Salz!" Genervt ging sie zurück in die Küche.

„Ach, halt doch die Klappe! Jack und ich hatten einen tollen Tag ... bis du kamst!", schrie er und rappelte sich auf. Mühsam zog er den Rollstuhl heran und hievte sich hinein.

Irma schüttelte müde den Kopf und begann, das Chaos in der Küche aufzuräumen. Sie hörte, wie Robin sich näherte.

„War Paula heute nicht da?", fragte sie, während sie das abgestandene Geschirr abwusch.

„Ich hab' sie weggeschickt, ich wollte meine Ruhe."

„Du kannst dich ja in deinem Büro verkriechen, wenn sie da ist! Es kann doch nicht sein, dass ich nach Hause komme und noch aufräumen muss!"

„Sie ist einfach unfreundlich ... und hässlich", entgegnete Robin und lenkte den Rollstuhl zum Tisch.

„Wir könnten doch eine hübsche Chica einstellen. Dann hätten meine Augen wenigstens auch was davon."

„Das könnte dir so passen. Hier entscheide immer noch ich, wer für mich arbeitet, das ist schließlich mein Haus, falls du das vergessen hast."

Er schnaubte laut und rollte wieder davon. Sie hörte noch, wie er die Tür seines Arbeitszimmers zuschlug, und atmete schwer auf.

Das Gemüse lag vor ihr, und sie spürte, wie ihr der Appetit verflog. Sie wollte gerade alles wieder in den Kühlschrank räumen, als das Telefon an der Wand klingelte.

Erschrocken fuhr sie herum und nahm nach dem ersten Klingeln ab.

„Hallo?", fragte sie und lauschte in den Hörer. Es war bestimmt ihr Vater, dachte sie und erwartete seine vertraute Stimme. Er war der Einzige, der sie nach wie vor zu Hause auf dem Festnetz anrief. Alle anderen nutzten die Nummer ihres Handys. „Dad, bist du das?"

„Nicht ganz."

Ihr Herz machte einen Sprung und sie griff sich an die Brust. Sofort durchströmte sie eine Wärme, und sie spürte, wie sich ihre Wangen röteten.

„Entschuldige die Störung, ich hätte nicht angerufen, wenn es nicht wichtig wäre."

Sie nickte benommen und setzte sich auf einen Stuhl. Dann blickte sie zu Robins Arbeitszimmer und war erleichtert, dass die Tür noch geschlossen war. Offenbar hatte er das Telefon nicht gehört.

„Bist du noch da, Irma?"

Sie nickte, räusperte sich dann und sagte: „Ja. Was gibt's?"

„Können wir uns treffen? Möglichst bald?"

Sie spürte eine ungeahnte Sehnsucht in sich aufsteigen und sagte entschlossen: „Ja! Wann? Wo?"

„Ich bin nächsten Donnerstag für zwei Nächte geschäftlich in deiner Nähe."

Ihre Gedanken überschlugen sich und sie überlegte hastig, wo sie sich treffen könnten. Die üblichen Hotels konnte sie vergessen, zu groß war die Chance, dort jemanden zu treffen, den sie kannte.

Doch dann erinnerte sie sich an eine kleine, hübsche Pension am Stadtrand. Ihre Freundin Susan hatte dort einmal für eine Woche gewohnt, weil sie nicht mit ihr und Robin im Haus wohnen wollte. Nicht gerade Irmas erste Wahl, aber sie würde dort bestimmt niemanden kennen.

„Treffen wir uns am Donnerstagabend im Marinas? Gegenüber der Kirche ... und ein Park ist in der Nähe", sagte sie und spürte, wie das schlechte Gewissen in ihr hochkroch. War es eine gute Idee, ihn gegenüber einer Kirche zu treffen?

„Gut, ich erwarte dich um acht in der Lobby", sagte er und kappte die Verbindung.

Irma blickte benommen aus dem Fenster und fragte sich, was Michael von ihr wollte. Könnte es sein, dass er sie zurück wollte?

Sie erschrak, als Jack sie liebevoll mit seiner feuchten Nase stupste.

„Komm, lass uns spazieren gehen", sagte sie und stand auf.

Die nächsten Tage vergingen wie in Trance. Irma hatte eine neue Pflegerin für Robin eingestellt. Eine sehr junge, langbeinige Schönheit, an der er nichts auszusetzen hatte.

Und dass sie eine Freundin besuchen wollte, hatte er bedenkenlos hingenommen. Auch als sie ihm erklärte, dass sie über Nacht wegbleibe, hatte er nur mit den Schultern gezuckt und sich vergewissert, dass sie Jack mitnahm.

Nun stand sie in ihrem Ankleidezimmer und überlegte, was sie einpacken sollte. Sie zog eine Schublade auf und griff nach ihrem schönsten Bustier.

Die glänzende schwarze Seide lag angenehm in ihrer Hand an und sie fragte sich, wann sie dieses Schmuckstück zum letzten Mal getragen hatte. Es musste noch vor ihrem Inselbesuch gewesen sein.

Entschlossen legte sie es in den Koffer und versuchte, ihre Nervosität herunterzuschlucken.

Was würde wohl auf sie zukommen? schoss es ihr immer wieder durch den Kopf. Sie konnte sich einfach keinen Reim auf Michaels Anruf machen.

Sie hoffte, bald im Auto zu sitzen, damit sie aufhören konnte zu grübeln.

„Jack aus, aus!", schrie Robin und erregte damit Irmas Aufmerksamkeit. Hastig ging sie mit dem Koffer in der Hand die Treppe runter und sah, wie Jack angriffslustig mit einer Krücke im Maul vor Robin stand.

Irma hob die Augenbrauen und trat näher. Sie berührte den Labrador sanft am Rücken, machte ein zischendes Geräusch, und sofort ließ der Hund seine Beute auf den Boden fallen.

„Braver Boy", sagte sie und hob die Gehhilfe auf.

„Überhaupt nicht brav!", schrie Robin und streckte ihr mit böser Miene die Hand entgegen. Sie reichte ihm die Krücke und sah ihn fragend an.

„Hast du dich tatsächlich dazu entschlossen, dein Training wieder aufzunehmen?"

„Ja, aber dein Hund denkt, das sind seine Stöckchen! Gut, dass du ihn mitnimmst. Wo willst du schon wieder hin?"

Sie beobachtete, wie er sich auf die Krücken stützte und mit viel Kraft auf den Füßen stand. Langsam machte er ein paar Schritte und ging in Richtung Küche. Irma folgte ihm und fand es eigenartig, ihren Mann wieder in voller Größe vor sich zu sehen. Er wirkte auf einen Schlag attraktiver und stolzer.

„Das wird Melissa freuen."

„Was?", fragte Irma und sah ihn irritiert an.

„Melissa, meine neue Therapeutin!"

„Sie ist keine Therapeutin, sie ist nur eine Pflegerin", entgegnete Irma und verdrehte die Augen.

Dieses junge Ding hatte es anscheinend geschafft, den Ehrgeiz ihres Mannes zu wecken. Ihr sollte es recht sein, dachte Irma. Wenigstens machte er wieder Fortschritte.

„Sie weiß aber viel über Muskelaufbau. Das Training mit ihr tut mir richtig gut."

„Ich muss los, wir sehen uns am Sonntag, okay? Hast du alles?"

„Ja, ja. Und Melissa ist auch noch da", antwortete Robin und setzte sich in der Küche auf einen Stuhl. Ein feiner Schweißfilm stand auf seiner Stirn.

„Vielleicht kann sie dir noch die Haare schneiden, dann siehst du wieder aus wie ein Mensch", sagte Irma und griff nach Jacks Leine.

Der Labrador lief schwanzwedelnd in die Garage und würdigte Robin keines Blickes.

„Das kann sie bestimmt!", rief Robin ihr hinterher und flüsterte: „Sie kann mit der Intimrasur anfangen."

Irma hörte seine Worte nicht mehr und so entging ihr sein unverschämtes Grinsen.

Nervös knetet Irma ihre Hände im Schoß und sah sich in der Hotellobby um. Ein reges Kommen und Gehen machte sie noch unruhiger.

Würde sie ihn wiedererkennen? Bestimmt, ein Mensch konnte sich nicht in ein paar Monaten so stark verändern, dass man ihn nicht wiedererkannte.

Außer Robin, schoss es ihr durch den Kopf und sie strich sich den Rock glatt. Er hatte sich von einem attraktiven Mann in eine unausstehliche Nervensäge verwandelt.

Sie schob den Gedanken an ihren Mann beiseite und blickte auf.

Da kam er mit hängenden Schultern und einem schüchternen Lächeln auf sie zu. Seine blonden Haare waren etwas kürzer und standen wild vom Kopf ab. Er wirkte erschöpft und müde.

Sie lächelte verlegen und erhob sich. Sie wollte ihn schon küssen, doch er nahm sie rasch in die Arme, drückte sie kurz an sich und löste sich dann wieder. Mit einem Räuspern setzte er sich ihr gegenüber und sagte: „Hallo Irma, du siehst gut aus."

Ihr wurde augenblicklich heiß und sie spürte, wie sich ihre Wangen röteten. So offensichtlich, dachte sie und fuhr sich verlegen über den Rock.

Sie war extra beim Friseur gewesen, hatte sich die Beine enthaart und sich sorgfältig das Make-up aufgetragen. Jetzt ließ sie sich wieder auf das Sofa gleiten und sah ihn erwartungsvoll an.

Sein Mund bewegte sich, und sie hörte die Worte, aber ihr Gehirn schien das Gesagte nicht einordnen zu können. Wie vom Blitz getroffen hockte sie da und ihr Mund wurde ganz trocken.

„Es tut mir so leid", schloss Michael und fuhr sich mechanisch durchs Haar. Er schien um Jahre gealtert zu sein, und Irma verstand nun, warum.

„Bist du … seid ihr sicher?"

Er wich ihrem Blick aus und betrachtete die Menschen draußen auf der Straße. Er nickte und sie griff sich an die Brust.

„Warum erzählst du es mir?", fragte sie und suchte seinen Blick. Er atmete schwer und zuckte mit den Schultern.

„Sie musste es behalten. Sie weiß übrigens nicht, dass ich dich treffe." Michael schämte sich für diese Lüge, aber er konnte und wollte sich nicht eingestehen, dass es doch nicht so einfach war, ein fremdes Kind als sein eigenes anzunehmen.

„Na toll!", sagte Irma etwas zu laut, und das Paar am Nebentisch schaute erschrocken zu ihnen herüber. „Weiß Robin davon?", hakte sie nach.

„Nein", antwortete Michael und erschrak, als ein Kellner neben ihm auftauchte und die Bestellung aufnehmen wollte. „Ein Bier für mich."

Irma klammerte sich an ihre Teetasse und hätte am liebsten einen Whisky bestellt, brachte aber keinen Ton heraus.

„Michelle glaubt, dass ich mich hier um einen Job bewerbe. Das wäre auch nötig, … bitter nötig! Aber die Aussichten sind leider nicht gerade rosig", sagte er und nahm dankbar sein Getränk entgegen.

Irma beobachtete, wie er gierig einen großen Schluck trank, und versuchte zu verstehen, was das Ganze für sie zu bedeuten hatte.

„Brauchst du Geld?", fragte sie leise und achtete darauf, dass die anderen Gäste nichts mehr von ihrem heiklen Gespräch mitbekamen.

„Michelle wird nicht mehr lange in der Praxis arbeiten können. Und mit den paar Gelegenheitsjobs kann ich die Familie nicht ernähren." Er blickte deprimiert auf die Tischplatte.

Also kam er nur wegen des Geldes zu ihr. Sie musste tief durchatmen und überlegte, was sie tun sollte. Dann nickte sie und fragte: „Also hat sie es Robin nicht erzählt … und wird es ihm auch nie erzählen, richtig?"

„Das ist unsere Abmachung. Wir behalten das Kind und ich werde der rechtmäßige Vater sein. Niemand wird je erfahren, dass ich nicht der leibliche Vater bin", sagte Michael und sah Irma mit festem Blick an.

Sie nickte erneut und atmete schwer.

„Ich werde meinen Vater um Rat fragen. Er war Richter und weiß am besten, wie man die Sache am diskretesten handhabt."

Zum Glück hatte sie ihm bereits von diesem unsäglichen Partnertausch erzählt. Das würde das Gespräch wenigstens erleichtern, dachte sie und trank einen Schluck von dem inzwischen kalten Tee.

Michael nickte und leerte sein Bierglas in einem Zug.

„Können wir uns morgen um die gleiche Zeit wieder hier treffen?", fragte sie und erhob sich.

Sie legte einen zwanzig Dollarschein auf den Tisch und blickte ihn mit ernster Miene an.

„Ja, ich werde da sein", sagte er und sah ihr nach, wie sie hoch erhobenen Hauptes quer durch die Lobby zu den Aufzügen schritt.

Sie drückte auf den Knopf und hätte sich ohrfeigen können. Die Spitzenunterwäsche drückte gegen ihre Haut und sie versuchte, ruhig zu bleiben.

Was hatte sie sich nur eingebildet? Dass Michael sie zu einem Schäferstündchen in ein Hotel bestellen würde? Sie kam sich vor wie ein billiges Flittchen und langte in ihre kleine Handtasche.

Die Tür glitt auf, ein lachendes junges Paar verließ den Aufzug und Irma trat ein. Auf ihrem Handy scrollte sie zum Buchstaben D und drückte auf Dad.

Die Wellen schwappten sanft ans Ufer und die Sonne würde bald im Meer versinken.

„Hast du Zweifel? Willst du doch nach *Harmonya*?"

„Nein! Aber heute sieht es fast so aus, als wären unsere Nachbarn nicht weit weg", antwortete Siena und lächelte ihren Mann an. „Ich freue mich auf das Abenteuer. Und wenn es zu anstrengend wird, können wir ja bei Lillibeth und Joseph um Asyl bitten. Die werden uns bestimmt irgendwo unterbringen."

Thomas grinste bei dem Gedanken.

„Ich glaube, es wird großartig. Tony hat mir gestern die Pläne gezeigt. Wir können noch wählen, wo wir wohnen möchten."

„Morgen- oder Abendsonne?", fragte Siena.

„Abendsonne", kam es von beiden wie aus einem Mund. Sie lachten und sahen sich verliebt an.

Die Sonne berührte nun den Ozean und schien mit der Oberfläche zu verschmelzen.

„So ein Sonnenuntergang krönt den Tag", flüsterte Thomas und zog seine Frau näher an sich heran.

Siena nickte und kniff die Augen zusammen. Sie sog die Meeresbrise ein und war dankbar, dass ihnen das Inselleben so gut gefiel.

Viele hatten es nicht geschafft, und jetzt wirkte es auf *Hillarya* ein wenig verwaist. Zumindest, bis die neue Delegation eintraf. Tina war schon ganz aufgeregt.

Aber bis dahin genoss Siena mit Thomas die Ruhe, die Inselidylle und die Zweisamkeit.

„Ich fahre! Bis heute Abend", rief Irma und schnappte sich die Autoschlüssel. Robin schaute in den Spiegel und grinste.

„Bye, bis heute Abend", rief er ihr nach und stellte das Wasser an. Er wusch sich das Gesicht und konnte seine Aufregung nicht verbergen.

Seine braunen Augen glänzten. Mit einem Kamm versuchte er sein Haar zu bändigen und setzte seine Hornbrille auf.

Zufrieden griff er nach den Krücken und trat zum Fenster. Von hier aus hatte er uneingeschränkte Sicht auf den Garten und das Gästehaus.

Er öffnete das Fenster und spürte die frische Luft auf seinem nackten Oberkörper. Er hörte den Wagen wegfahren und atmete erleichtert auf. Jetzt hatte er seine Ruhe, Irma war weg.

Dann sah er, wie im Gästehaus die Vorhänge zurückgezogen wurden und sich die Balkontür öffnete.

Robin blickte gespannt darauf und spürte die Aufregung in sich aufsteigen. Er klammerte sich an den Krücken fest und wartete.

Dann sah er, wie sie hinaustrat und sich umsah. Das feine weiße Nachthemd flatterte leicht im Morgenwind. Sie löste ihr langes Haar und schüttelte es theatralisch im Wind. Die schwarzen Locken umschmeichelten ihre Arme. Robin stand wie gebannt da und konnte den Blick nicht von ihr wenden.

Sie sah ihn direkt an und lächelte. Er grinste zurück und wusste, dass sie diesen Moment genoss.

Mit Leichtigkeit zog sie sich das dünne Kleidchen über den Kopf und legte es auf das Geländer. Dann begann sie, sich zu strecken, und Robins Atem ging schneller.

Ihre üppigen Brüste hoben sich unnatürlich von ihrem schlanken Körper ab, aber das störte Robin nicht. Er beobachtete jede ihrer Bewegungen und hoffte, dass sie ihn nicht zu lange auf die Folter spannen würde.

Sie dehnte sich und genoss seinen Blick.

Irgendwann hielt er es nicht mehr aus und pfiff laut. Sie lachte und warf ihm eine Kusshand zu.

Er wartete ungeduldig, es kam ihm wie eine Ewigkeit vor. Dann klopfte es und Melissa trat ein. Ihr schwarzes Haar war wieder streng zurückgebunden und ihre Augen funkelten ihn an.

„Mister Newton, sind Sie bereit für Ihr Training?", sagte sie streng und trat ihm gegenüber.

„Bereiter als bereit", antwortete er und setzte sich aufs Bett.

„Wie viel Zeit haben wir heute? Ist die Misses einkaufen gegangen?"

„Nein, sie arbeitet heute und kommt erst am Abend zurück."

„Gut", sagte sie und zog sich das Top über den Kopf. Sie ging auf Robin zu und streckte ihm ihre Brüste entgegen.

Er atmete schwer und begann gierig daran zu saugen. Sie streichelte seinen Nacken. Er griff nach ihrem Po und zog sie näher zu sich.

„Ich brauche dich jetzt, zieh dich aus!", befahl er und sah zu, wie sie aus ihren Shorts schlüpfte. Kein Höschen - braves Mädchen, dachte er grinsend.

Geschickt setzte sie sich auf seinen Schoß und er stöhnte laut auf.

„Langsam, Mister Newton. Sie müssen die Übung schön langsam machen, zwanzig Wiederholungen."

„Heute muss es schnell gehen, ich bin einfach geil", sagte er und zog sie fester an sich. Sie schrie auf, und das erregte ihn noch mehr. Er packte sie am Hals und hielt sie wie in einem Schraubstock.

„Fick mich! Dafür bekommst du ein großzügiges Trinkgeld", raunte Robin und spürte, wie sein Höhepunkt näher rückte.

Synchron zu seinem lauten Lustschrei ertönte die Türglocke und beide erstarrten augenblicklich. Melissa sprang von ihrem Patienten runter und sah ihn erschrocken an. Robin fluchte und spürte, wie das befreiende Gefühl verflog.

„Soll ich runtergehen und nachsehen, Mr Newton?"

Dass sie ihn mit seinem Nachnamen ansprach, irritierte ihn immer wieder. Immerhin hatten sie nun schon über ein Jahr Spaß miteinander.

Aber Melissa hatte darauf bestanden, und so war es in all der Zeit nie zu einer kompromittierenden Situation in Irmas Gegenwart gekommen.

„Nein, hilf mir, mich anzuziehen!", sagte er schroff und versuchte, die eben ausgetretene Flüssigkeit wegzuwischen. Wieder klingelte es, und Robin ärgerte sich über die abrupte Unterbrechung.

Mühsam humpelte er die Treppe hinunter, und als das dritte Klingeln durch das Haus hallte, schrie er laut: „Ich komme ja!"

Schwer atmend drehte er den Türknauf und öffnete mit Schwung die massive Holztür.

Da stand sie, hübsch und zierlich wie eh und je. Sie lächelte ihn verlegen an und Robin erwiderte verwirrt ihren Blick.

„Hallo Robin", sagte Michelle und klammerte sich an ein Baby, das friedlich in ihren Armen schlief.

„Hey", brachte Robin nur hervor und versuchte, die Situation zu begreifen. Sein Gehirn schien ausgeschaltet zu sein, denn er brachte kein weiteres Wort heraus.

„Du siehst gut aus. Toll, dass du wieder laufen kannst."

Sie lächelte ihn schüchtern an. Er räusperte sich und fuhr sich mit der Hand über den Dreitagebart.

„Willst du reinkommen?", fragte er aufgewühlt und trat einen Schritt zur Seite.

Sie schaute ihn mit ihren großen rehbraunen Augen erstaunt und ängstlich zugleich an.

„Irma ist leider nicht da", fügte er rasch hinzu, „aber meine Therapeutin ist im Haus."

Sie lächelte wieder und hob das Baby ein wenig an.

„Robin, darf ich dir deinen Sohn vorstellen?"

Er versuchte zu verstehen, was ihre Worte bedeuteten. Aber seine Gedanken wirbelten wild in seinem Kopf durcheinander.

Danksagung

Mein größter Dank gilt meinem Mann. Er hat mein Buchprojekt von der ersten Minute an unterstützt und interessiert begleitet. Es bereitet mir immer wieder großes Vergnügen, mit ihm über die fiktiven Figuren zu philosophieren.

Ein herzliches Dankeschön geht an meine Herzensschwester für ihre Hilfe beim Feinschliff des Buches.

Ein weiterer Dank geht an meine treuen Leserinnen und Leser. Euer Mitfiebern, wie die Inselgeschichte weitergeht, treibt mich an. Der Austausch über die Geschichte macht mir große Freude!

Herzlichen Dank, Bina

Bereits bei BoD erschienen

397 Seiten, ISBN 978-3-7412-3700-3

Harmonya: Eine Insel ohne Technik wird das Zuhause einer bunt zusammengewürfelten Gemeinschaft. Keine störenden Smartphones, Computer oder Fernseher. Stattdessen weiße Sandstrände, eine grüne Oase und jede Menge Zeit. Der Trend zum Minimalismus, die raffinierten Tiny Houses und die Aussicht auf ein Leben in Harmonie locken auch Linda Green und ihren Mann George auf die Insel. Jetzt wo die Kinder aus dem Haus sind, wagen sie einen neuen Lebensabschnitt. Doch die Inselidylle wird für sie zu einer ungeahnten Herausforderung.

www.binabotta.com